如烟飘散的故事

RUYAN PIAOSAN DE GUSHI

潘以骏 著

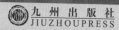

九州出版社
JIUZHOUPRESS

图书在版编目（CIP）数据

如烟飘散的故事／潘以骏著．－－北京：九州出版社，2019. 12

ISBN 978－7－5108－8631－7

Ⅰ.①如… Ⅱ.①潘… Ⅲ.①长篇小说—中国—当代 Ⅳ.①I247. 5

中国版本图书馆 CIP 数据核字（2019）第 289132 号

如烟飘散的故事

作　　者　潘以骏　著
出版发行　九州出版社
地　　址　北京市西城区阜外大街甲 35 号（100037）
发行电话　（010）68992190/3/5/6
网　　址　www. jiuzhoupress. com
电子信箱　jiuzhou@ jiuzhoupress. com
印　　刷　三河市华东印刷有限公司
开　　本　710 毫米×1000 毫米　16 开
印　　张　17
字　　数　242 千字
版　　次　2020 年 4 月第 1 版
印　　次　2020 年 4 月第 1 次印刷
书　　号　ISBN 978－7－5108－8631－7
定　　价　75.00 元

●●●●●● 目录

第一章　肖老太太的硬骨气

北漂，并不是四十年改革开放所开创出的社会进程中的新事物，它不过是人类生存和发展中产生的一种历史、人文和社会现象。

现实社会中，一些人成为富豪，身家数十个亿甚至上千亿；一些人迈进小康，衣食无忧；一些人挣扎在贫穷之中为温饱而辛劳，挣扎在社会这个金字塔自古有之的底层……

北漂的出现，却有更为深刻的含义。甚至每个人理解的含义也相差甚远。

清末和民国初期，在山东地界上流行一种说法，叫"闯关东"。暂且将其看作一种漂。它的本质不过是换了一块土地去生存。与目前流行的城市化进程相比，也不过是换了头顶上的一片云彩。"闯关东"的人们试图离开面朝黄土背朝天的繁重体力劳动，让自己找到一份不太辛苦，却能创造出更多的价值，并且能够拥有更多财富的工作。

当然，还有一种漂，就是要漂到外国去。应当承认，寻求更美好的生活是每一个人的梦想。

这种人口的迁移既然称之为漂，其命运就具有不确定性。也许能漂下来，有一份满意和固定的收入，买房置地，娶妻生子，让爹妈也沾沾光，俗

1

称"光宗耀祖"。于是乎，在 20 世纪的 80 年代，大量人口涌入北京、上海、深圳和广州。

虽说人多好办事，但还有一种说法叫和尚多了没水喝。中国改革开放四十年之际，北京市统计局官方资料表明，户籍人口中，60 岁以上老年人口已占到25%。

观念的是非，留待后世去探讨和定论，而北京老龄化仍将日趋严重。家庭年龄结构的巨大变化，同样影响着家庭成员对家庭结构的认知程度。

生活是什么？是进取？是辉煌？是败落？是残喘？

历尽沧桑岁月的老翁或老妪，会坦然地告诉人们，生活其实不过是一日三餐、柴米油盐，是日复一日家人之间的一言一语，是日复一日家人之间的争吵嬉闹，也是日复一日家人之间不能回避的必然同行。

近百年的画卷，倾诉着北漂一家四代的繁盛与悲哀、兴旺与衰败、苦痛与欢乐，也真实记录下近百年来的社会变迁。

儿孙自有儿孙福，也有人说，儿孙自有儿孙命。

或许是性格决定命运。

故事，从一个年逾九旬的老太太说起，她的居住地，是紫竹院公园附近的一个社区。

这个老太太，可以被称为北漂的先驱。她的名字叫肖芬兰。兰是有情趣的，何况她是出生于离太湖不远的富饶之乡。准确地讲是在离乌镇不远的一个村庄。具体之地已无从考证，但那里曾留下历史的记忆，是"文化大革命"期间被唤作桐乡东方红公社东方红大队的地方。

肖老太太走出房门，牵着她养了十年的小狗在社区里漫步。哦，不是小狗，是一只体型小小的老狗。她管它叫"小黑"。小黑全身都是黑色的。小黑老了，依然被唤作"小黑"。小黑没精打采地跟着肖老太太，走不动了，凝望着相依为命的主人，在目光中流露着乞求。肖老太太怜惜地俯下身去，又有些吃力地将小黑抱在怀里，她知道小黑太老了，走不动啦。

"阿姨！"一个两鬓斑白的男人在喊，"肖阿姨！"

肖老太太终于明白是在叫自己。肖老太太转过身，看到那个两鬓花白的男人在向自己弯腰示礼。她端详着他的模样许久，缓缓地问道："你是老刘家的？是刘家老二？"

"阿姨，您记性真好。您的身子骨还这么硬朗，您真是咱们老院儿的寿星。"刘家老二由衷赞叹肖阿姨的硬朗。在闲谈之间，他们身旁不时传来"肖奶奶""肖师傅"的呼唤声。这是谁家女儿或儿媳？或是谁家孙辈？肖老太太没整明白，只是招招手，笑笑说："好，好，大家都好！"

"您记得不，我小时候天天跟建国泡在一起？建国还好吗？"

"记得的，记得的。"肖老太太频频点头。建国是她的大儿子，薛建国。

"建国退休好多年啦。你今天来看哪个？"肖老太太突然想到刘家老两口都已经走了，儿女们正在商量一些遗产后事。话音顿时止住。

"我是来跟我妹商量些家事。"都是老院里的邻居，老辈人之间都是熟识的，肖老太太还能记得老李家有几个孩子，老刘家有几个女孩，但说到这些往事，又有些模糊。叙说完往事家常，肖老太太抱着小狗也感到有些累，便告辞回家休息。刘家老二目送肖老太太，看着她有些吃力的脚步，回想起六十多年前儿时的一些往事，心中自有一番唏嘘。

肖老太太刚到家里，便将小狗放在地板上，用手捶了捶腰。她住在这个楼房的两居室里，在这里她已经独自居住了八年。这是她唯一的清静之处。隔着一堵墙，便是老大建国的住宅，老二建军在万寿路那边，离得有20多里地。有一个儿子在身边，也够了。好在两个儿子都有孝心，都靠得住。

都说人老了，会没有安全感，肖老太太却从不担心。何况她作为一名公安部第四研究院的退休人员，有人们羡慕的退休金和医保待遇，有自己名下的房产，她觉得已经足够，她是知足的。虽然岁数大了总感到有些精力不足，倒还能自己做饭、买菜、搞卫生。能生活自理，不给儿孙找麻烦，这也是她的心愿。

1958 年，她以家庭妇女的身份，随丈夫奉调入京。从那时起，她毅然将几个儿子分别送入小学校园和公安部幼儿园，自己去参加工作。从她丈夫单位的下属工厂科技实验厂的一名临时工做起，她一直努力工作，踏实做人。以一名共产党员的身份，无愧于她的职业生涯。

中国人民站起来了，当家作主了，作为工人阶级的一员，她也拥有了令人尊敬的社会地位。这一切回忆，俱成往事，今天让她感受颇深的是衣食无忧的生活和当今社会人们对长寿者的崇拜心理。

"丁零零……"电话铃声响起，传来老邻居张秀萍的问候。"肖师傅，"电话那边传来苍老的声音，"您还好吗?"肖老太太应声："秀萍，侬哪样啦?"

打来电话的是五十年前的老邻居，也是她的老乡，浙江嘉兴人。张秀萍在刚结婚的那年，搬到自家隔壁。新婚时期，小两口也免不了有些拌嘴，肖老太太那时常常免不得去劝解一番。

"肖师傅，侬怎样? 挂念侬呢。"

"好，好。我都好。明天我要去复兴医院开一点高血压的药。侬在家里厢哇?"

"我在家里厢的。勿好意思，哪里好意思让侬来看我呀。讲一讲话就好。李江又办了一个公司，老叫人担心。上次才把我和老李的老底扔干净，这次又勿晓得怎样。还是你家好，老大听话，在所里当公务员，老二在国企当领导，当不了暴发户，倒也安稳。也不知怎么啦，这个社会就非当暴发户才光荣?"两个月没通话，张秀萍喋喋不休。

"秀萍呀，也勿要太着急。年轻人有他们的想法，让他们试一试。其实，我也只能管管老大，也管不了老二。能支持就支持，也要保住养老的老本。"老太太说话不紧不慢。

"肖师傅，不是我吹捧你，你家老大孝顺，你家建军也了不起。我和老李都是'文化大革命'前清华毕业的大学生，老李要是一直在清华大学教书，或许早就当上教授了，现在是高级职称，一辈子也没见在报纸上发表过文章。你看你家建军能出版长篇小说当作家，我们拼死拼活地供李江读博士，也没见啥出息。"肖老太太未见张秀萍的愁容，却听到一声声的叹息。

放下电话，肖老太太瞅了瞅趴在脚边的小黑，也禁不得一声长叹。她想起老三，想起老三患肝癌十多年前就走了。又想起老三留下的唯一骨肉——亮亮，刚刚 20 岁，患白血病，也走了。

可怜白发人送黑发人。晚年丧子，丧孙！

所有认识肖老太太的邻居和同事，甚至晚辈，都认为肖老太太前生有德，今世得福，而且是福寿双全。她在 1949 年，上海解放之际，与丈夫薛功瑾成婚。

薛功瑾，浙江宁海人。同为浙江人氏，这个薛功瑾不仅相貌堂堂，且被称为巧匠，比她大三岁。抗战时期就从宁海县漂到宁波国民党的一家兵工厂，当校枪员。经他手中校对过的枪不下万支。抗战中，他校正枪支的精准度得到上司的赞誉。他帮助国民党军和新四军打击日寇，立下卓越功勋。抗战胜利后，他在国共两党谈判期间漂到上海，被上海鼓风机厂录用。也就是在蒋家王朝疯狂发动内战的日日夜夜，他有了明显的政治倾向。

在上海解放后不久，也就是他和肖老太太结婚后不久，他便加入了中国共产党，后来成为上海鼓风机厂工会的积极分子和骨干。而在当时，共产党员人数并不多。基于此，薛功瑾成为公安部组建公安技术队伍的人选之一。肖老太太凭借薛功瑾的政治面貌和技术能力的光环，进入公安系统，当然这其中也不乏她的坚强，不乏她对新社会的认知。

至于她的儿子，老大薛建国，就是这个单位的副处级退休干部，一级警督，大儿媳吴云花退休前更是人人皆知的高级警监，财务处处长。老二薛建军，退休前在一家国企担任领导职务，作家协会会员，二儿媳陈川菊在解放军某部退休，享受部队副师职待遇。

够了，这是一个红色之家，是一个父母、长子和长媳、次子和二儿媳都是党员的家庭。在那个时代里，谁能不将这种红色模式作为追求的最佳家庭模式？而肖老太太并不满足，她并不将这些职务、社会名誉放在眼里，她认为，她用一生的隐忍，成就了丈夫，成就了丈夫的家族。那么，她深层次的追求在哪里？

"妈，你从小的时候就喜欢越剧？"建军小心翼翼地发问。

"家乡戏。我从小就唱。"

"妈，你还喜欢沪剧？"建军又一次小心翼翼地发问。

"在上海待了十多年呢。"肖老太太在看电视里的越剧《红楼梦》，电视的音量不大，老太太清晰地作答。

建军不会忘记和母亲的一次对话："花谢花飞飞满天，红消香断有谁怜？游丝软系飘春榭，落絮轻沾扑绣帘。"他轻轻吟诵着剧中的唱词。

"你怎么记得这么多的词？"肖老太太有些疑惑。

"妈，你忘啦，我小时候就偏科，《红楼梦》里的诗词基本上都能背下来。连小飞飞也会背诵很多古诗呢。"

小飞飞是建军的外孙女，已经上小学三年级了。每年春节或者暑假期间，小飞飞都会随姥姥、姥爷参加以太姥姥为中心的大家庭聚会。在一次大家庭聚餐中，建军无意中谈到年轻一辈对入党的认识。

建军指点着每个人的座位，调侃道："在座十人，党员八个。"小飞飞跳着举起手，道："姥爷，你说得不对，应该是九个。"她转向肖老太太分辩说："还有我呢。我姥爷当过党支部书记，他早就发展我啦！"肖老太太拍拍飞飞的肩膀，笑道："好，好，算你一个。以后长大要争取哟。"

大儿媳吴云花不失时机地唤她的外孙子："小平平，太姥说让你们长大后都要争取入党，好不好？"大约是肖老太太和老伴薛老太爷，在70多岁的时候，已经失去或者叫放弃家庭事务的话语权，因此很多事务都交给下一代去处理。尤其是前几年薛老太爷以85岁高龄逝世后，肖老太太更不曾主动拿主意。太姥爷和太姥姥就如同两尊"佛"，被第二代和第三代供奉起来。

看得出在这个大家庭中，建国和建军这第二代人的主导作用。其实，老大建国忠厚平和，二儿媳陈川菊擅做具体事务不善言谈，大家庭事务的话语权，更多地落在老二建军和大儿媳吴云花身上。俩人都有些霸道，却也不乏与众不同的能力。第三代毫无话语权，不过好在都听话。

肖老太太近几年更关注的是重孙辈，在她凝望重孙辈的目光中，依稀流露出童真。或许，她在凝视眼前的重孙女儿，也在回忆自己的童年时光。说起自己的身世，无非"北漂"。从桐乡漂到上海，再向北漂，从上海漂到北京。

一条小河弯弯，向东流淌，在家门口荡起层层波纹。家门口有几级石阶。20世纪20年代末，肖老太太出生在这里。30年代初，那个时候的肖老太太，光着两只小脚丫，扎着两个小辫，比飞飞还要小许多。她坐在石阶上，依偎在母亲的怀里，目送小船的离去。

这只小船承载家里赖以生存的生产资料，被累弯了腰的父亲慢慢地摇着木橹，消失在远处的茫茫白雾之中。也许在三天或五天之后，她依旧会依偎在母亲的怀里，期待着父亲的小船从远处茫茫的白雾中驶来。父亲不仅会带来日常生活所需，还会给她带来很多很多好吃的糖果和点心。她是独生女，是父母的掌上明珠。

桐乡——江南水乡，江南鱼米之乡，更是著名的杭州丝绸原材料蚕丝的产地。

"桐乡，比宁海富裕多了。"这是肖老太太说过很多遍的话，也是对家乡人杰地灵的赞美，或许还有阔别近80年后对家乡的思恋。

淞沪之战，国民党军惨败。一部分军队退到村里，战火燃到桐乡。日寇飞机呼啸，村里一片火海。她的母亲就是在日寇飞机的轰炸中身亡的。那时肖老太太仅有12岁。肖老太太对日本鬼子的仇恨是很深的，这种刻骨的仇恨，也深刻地影响到下一代。

这里不妨提上多余的一句，20世纪70年代初，正值中日关系正常化初期，薛家老二建军陪同从宁海老家来的小姑姑去故宫参观，恰巧在珍宝馆台阶上与一群日本游客相遇。他居高临下，怒目而视，这群日本人居然连连退后，惶恐不已。看到那些日本人的恐慌，薛建军哈哈大笑，拂袖而去。这是旧话，不提也罢。

且说肖老太太，从此家境一落千丈。肖老太太的父亲难以承受突如其来的打击，身体和精神每况愈下。肖老太太的快乐童年就此结束了。她要照料父亲，还要和患病的父亲共同支撑起这个破碎的家。

抗战十四年，百业凋零，日子愈发艰难。父亲将她送出桐乡，北漂上海。她在上海给一个私营业主家做用人。按现在的话讲，便是家政服务。所谓的私营业主，用"文化大革命"前的说法，叫小资本家。这种小资本家，在上海一抓一大把。凭借着江南水乡人的聪慧、古朴和实在的性情，勤快而不失分寸的性格，她两年来和这户小资本家家人的相处，居然成就出女主人与她结拜姐妹的一段传奇！

在她的干姐姐和干姐夫的穿针引线之下，她与薛功瑾结为伴侣。十多年之后，她虽然已是一名党员，在"文化大革命"中却偏偏时常回忆和惦念这个干姐姐。而那个知冷知热的干姐姐的社会身份是一个"资本家的老婆"。

离开用人的工作，是不情愿的，只因为她已经为人妻，也注定要为人母。在那个疯狂的阶级斗争年代，肖老太太却以"人性论"的思维看待主人和用人的关系，也许与她幼年与世无争的生活有很大的关系。新婚不久，肖老太太怀孕了，怀了大儿子建国。临产之际，丈夫薛功瑾却做了一件令肖老太太永远也不能原谅的事情。老大建国快 70 岁的年纪了，肖老太太对薛老爷子的怨恨也一直带到今天。

蒋介石退守台湾，自然被视作人民公敌。上海遭受轰炸，断电成为常态。在似明似暗的一间小小房间里，向外望去，弄堂里一片黑暗。

"快生了，预产期在这几天，该生产了。明天或后天，我就要进海伦路医院的产房。"她有些不安，又有些羞涩地说。

薛功瑾沉默了好一会儿，自言自语地说："我知道，不知是男孩还是女孩。"看得出，他有些心神不宁。到底发生了什么？薛功瑾是她的丈夫，是她依托终身的男人。或者他在外惹上麻烦？或者是丢了工作？她为她的丈夫担心，更为眼下自己肚子里未出生的孩子担心。

丈夫，是女人的依靠，也是她肚子里孩子的依靠。她不能想象，离开丈夫这个男人，她会怎样。她想起自己的父亲在摇着橹，想起在那条弯弯小河的台阶上母亲的亲吻。但是，她知道，回不到从前！

"芬兰，我把钱都寄回宁海了，父亲大人要买几亩田。我现在手里一点钱也没有。我会向工友借钱。"面对妻子的追问，薛功瑾有些惊恐和愧疚。

愤怒，除却愤怒，依然是愤怒！在早已成为世界大都市的花花大上海，她竟嫁给了一个贪图家里有几亩薄田的男人！她的梦，瞬间被打得粉碎。也就是那个时刻，她知道不能把男人作为依靠。如果说得更准确，她更思念在晨雾中摇着橹的那个男人，更将希望寄托在肚子里的孩子身上。也就是在那个时候，她坚定了一个女人的定位。

这个家，从那一刻起，开始了心的分歧。虽然都是北漂，漂到上海，芬兰梦想的是融入这个大上海的生活，因为她的干姐姐就是她的楷模。她努力学越剧，学沪剧，她要立足于十里洋场。而眼前的这个男人，不过是一个手艺人，仍是贪图二亩薄田的农家子弟！

尽管相守六十年，心的离异却是注定的。尽管当时寄去买田的大洋，因为实施土地改革而汇回，老大平安降生，老二、老三也相继出生。肖老太太隐忍了许多年。

可以想象，随着薛功瑾奉调入京到公安部科技实验厂，自己得到参加社会工作的机遇，肖老太太绝不会再甘心做家庭妇女。

女人，要自强，要靠自己！在公安部科技实验厂 1959 年的春节联欢会上，她以一名家属兼临时工的身份，登台演唱了一段沪剧片段《罗汉钱》。台下掌声如潮。因为这次演唱，年幼的建国和建军，都依稀记得父亲与母亲曾有过争吵。

在大庭广众之下的这段《罗汉钱》，暴露出夫妻间情感的裂痕。

薛功瑾在职业生涯中曾经辉煌过，在这保密单位令许多人向往的岗位上，他曾经以公安部技术尖子的身份，参与很多科研项目。他有过"特权"，可以在这个科技实验厂里踏足每一个角落；他可以将设计图纸摊开在卧室，却禁止肖老太太进卧室一步。而肖老太太的工作区域是极为有限的劳保供应室。

根据"保密条例"的规定，她在这个工厂的行动范围受到严格限制。薛功瑾曾经多次受到公安部部长和军队首长的接见，而肖老太太从未被大大小小的领导所关注。

至于肖老太太的父亲，生于南国水乡，逝于南国水乡。按照当地的习俗，肖老太太的父亲没有续弦，更没有男性后人，作为女儿的肖老太太，自然没有继承的身份。于是，同族中的兄弟将其送终，家产归送终者所有。肖老太太在1958年参加工作后才有一点工资收入，偶尔寄些钱回家以示孝道，毕竟夫妻感情不和，又要抚养三个儿子，她心里也苦。1965年奔丧时，她已40多岁，也就了却了对父亲的挂念。

肖老太太几次拷问自己：母亲早已远去，父亲又已离世。是幸事，还是不幸？

门锁扭动，晚间七点，正在播报《新闻联播》。建国推门而入。

"妈，云花做了点豆腐，你吃点，看看顺口不，挺软的。"老大建国拿着一个饭盒进来。肖老太太的两居室有三把钥匙，一把在肖老太太的手里，一把在老大建国的手里，还有一把，在老二建军的手里。

"不用了，你拿回去吧！"肖老太太眼睛都没转过来，仍旧盯着电视屏幕。近来，她总感到体乏，也很少出门。除去遛遛小狗，哪里也不想动。前些年和张秀萍经常往来，现在张秀萍已确诊为胃癌，她们就只通过电话，扯些闲篇。在家看看电视剧，看看越剧、沪剧，倒也随意。

建国把饭盒放在桌上，陪着肖老太太看《新闻联播》。母子俩认真地听着播报，却一句话都没有。每天，建国都会过来陪着肖老太太看电视，实际上是对老妈不放心。有过很多报道，独居的老人在家里摔跤爬不起来，而家人却不知道，酿成大祸。好在建国居所离肖老太太近，可以每天"报到"。在他看来——"报到"类似古人每天向长辈"请安"。

他庆幸，所里这次经济适用房的安置方案，照顾到很多已经退休多年的老同志。他才能通过交旧房换新房的方式，将母亲接过来。那次安置方案里，明确了以2009年年底的在册人员为依据。老父亲虽在2010年逝去，却在调整范围之内，而肖老太太因工龄短，且不是退休干部的身份，没有调整住房的资格。

在挑选房间时，建军也陪着肖老太太到了现场，兄弟俩不约而同地选了这个房间。这套单元房，就在建国家的隔壁，一墙之隔。所里的老人都说肖老太太沾了老薛的光，而兄弟俩人每次谈论起来，仍旧为老父亲唏嘘。

终于看完了《新闻联播》，建国将拿来的饭盒又捧到怀里，说道："妈，你还有事吗？要没有，我就回去了。"

肖老太太唤住他，道："宁海来信，说是老宅要拆迁。具体情况向绿妹了解没有？宁海的东西我不沾，具体钱数也不晓得，总还有50多万吧。这些都是你们兄弟俩的，你和老二商量没有？"

建国返身又坐下来。绿妹，是自己的小姑，和自己年龄相仿。他知道老太太的想法，父母亲一辈子感情不和，经济上从无往来，老太太一生要强，自然会说出这些话来。他有些无奈，道："老二的意思是老妈在，不能把钱分掉。那是老妈的养老钱。老二说得也对。"

肖老太太很不高兴，问道："我说的话没用啦？告诉阿毛，就说是我定下来的。"

既然肖老太太说出这话，建国心里当然有数。阿毛是老二的乳名，老二脾气大，但从小就听老太太的。只是这十来年从风风雨雨中过来，老二始终在家庭矛盾的风口浪尖上。他的性情，连老太太也要让他三分。在这个家里，谁都知道建军的孝心，知道他的办事能力，同样也都知道他是永远把控不了的一匹野马，谁都难以了解他的内心。而老大建国，近七十年如一日地平和，性情就如巴金先生的小说"激流三部曲"《家》《春》《秋》中的老大。

建国笑了笑："嗯，听老妈的。"

建国站起身，看到茶几前有一小片小狗吃剩的碎骨渣，顺手清理干净，起身回自己的家。刚进家门，便听到女儿在训斥外孙，外孙平平已经上小学一年级了，女儿管平平的学习。小平平常常被女儿薛宁训斥得眼泪汪汪。

"你怎么那么笨哪，教你几遍了，还记不住？喝西北风吧！你知道长大以后，就得靠本事吃饭！你姥姥就是你的榜样，别学你姥爷，平平淡淡的。你知道你姥姥是谁吗？公安部第四研究所的财务处处长，好好学学你姥姥！"

女儿薛宁对儿子的训斥，老大建国声声入耳，却装作没听见。他不能因为发泄积愤，使自己在家庭中处于尴尬的境地。更何况，用当今人们习惯的思维去考量，在他人的眼里，女人的地位，理当在男人之下。

"这是财务处处长吴云花的爱人，薛建国。"研究所办公室主任在向宾客介绍每一个参加晚宴的人员时，都会这样介绍。他反感这种介绍模式，却无能为力。他很少参加这类的宴请，却又不得不接受这个社会交往中的介绍模式。

权力，就是资本。作为警监级别的吴云花，只需要一个暗示，就可以把行政拨款的几百亿资金，从建设银行移到工商银行。对于这样一个存款大户，任何一家银行也不敢小视，毕竟是争夺业绩的头牌对象。吴云花把单位的资金放在哪家银行，是她职权的正常行使。在研究所的春节团拜会上，人们依然这样介绍——"这是吴处长的爱人，薛建国"。

他觉得，男人比女人社会地位高，才是正常的家庭格局。所以每逢此时，建国多少有些尴尬。他不喜欢也不适应这种场合，情愿在家里吃两个馒头喝一碗茶。

这种社会地位的差异，也带到了他们的家庭生活之中。前几年，在薛宁结婚后不久，兄弟俩见面闲聊。扯到婚房的布置时，建国当即开车，吴云花作陪，请建军和陈川菊到望京去参观女儿和女婿的婚房。经过半个小时的车程，来到薛宁的婚房前。建国取出手机联系女儿，却几次被挂断。

"或许他们外出了？也不该不接电话呀。是不是有什么急事，不方便接手机？"建国自言自语，又转过身，看看建军和弟媳陈川菊，似有白跑一趟的歉意。

其实，女儿女婿的婚房虽然是他们老两口买下的，但是名字挂在女儿薛宁的名下。毕竟是婚房，他们没有给自己留下钥匙。

倒是吴云花心有不甘，道："我再打一遍。"没承想，吴云花刚刚拨通了电话，薛宁便回道："妈，有啥事？"

"你在哪儿呢？"吴云花问。

"就在家里，搞卫生呢。"薛宁答道。

电话打通了，四人遂上得楼去。建国敲开门，却见女儿薛宁和女婿季霄在踢毽子，一个40多岁做家政服务的女人正在擦拭窗户上的玻璃。建国有些恼火，问道："我打电话，你怎么不接？"

薛宁笑道："我想您没什么事，只是我这里忙。"

没待建国答话，建军冷冷一笑："宁宁，你根本没把你爸爸放在眼里，你别忘了，这是你亲爸爸。"说罢，对建国笑道："我先出去抽支烟。"径自下楼去了。

建军虽然脾气大，但毕竟这是哥哥的家事，只能心里骂侄女宁宁是个王八蛋，亦不便直接把宁宁痛骂一番。吴云花看出建军的不悦，几次打电话想把建军叫回来，建军执意不回。倒是陈川菊打圆场："嫂子，建军的狗脾气你也不是不知道。宁宁她们都挺好，就行了。"

一路返回，都无言。在建军看来，婿不肖，女之过。如果女儿都不懂得敬重自己的爸爸，又有哪个女婿会把岳父放在眼里？

回到研究所，建军驾车和陈川菊回万寿路原总后勤部的住所。

建国与吴云花心里也不自在。建国本想带弟弟和弟妹陈川菊看看女儿的婚房，然后一起吃顿饭。谁料得建军挑眼，不光是不欢而散，更是留下晚辈薛宁不懂事的评价。

回到家里，建国仍然愤愤然，对吴云花说道："老二难得去一次，宁宁也太过分了！"吴云花虽然认可宁宁办事不对，却还是说道："宁宁还小，哪懂得应酬。建军给脸子看，难道就对了？建军是长辈，怎么就不能退一步？"

话说到这一步，建国也不想再说下去了。再说下去，有碍安定团结。唯一的女儿出嫁，这个家只留下他们两个人。再往多了说，隔堵墙，还有一个老妈。

"建军的脾气太大了，真不知道是怎么让你们家惯出来的！建军有什么资格在我面前摆谱?"吴云花也愤愤然,只因为说好让建军看女儿的婚房,建军却没给女儿面子。

"你别废话了,建军不是省油的灯。"

"不就是他有一帮信服他的发小吗?咱们刚结婚的那个时候,总有人跟我说,是建军的铁哥们,是建军的什么人。我到现在也没整明白。"

的确有为数不少的人,在以这种方式向吴云花介绍自己。"吴处,我是建军的朋友,你听他说起过我吗?我们是铁哥们儿!"吴云花摇摇头,建军在社会上从不和别人称兄道弟,怎会有铁哥们?怎么能令那些年龄与他相仿的发小们折服?

事情很简单,不过是建军打过一场架,这场架,与众不同。

在吴云花的眼里,建军和原配妻子离婚后,独自带着儿子毛毛生活,每天把刚刚会说话的儿子抱到单位的幼儿园,然后去上班。她看到的是一个经济状态很糟糕的男人,也同样是一个挣扎在最底层的工人!在薛家老二身上,她看到的是无奈,也看到他抚养儿子小毛毛的艰难。

公共汽车八场刚刚投入运营时,建军的儿子毛毛仅仅 1 岁零 4 个月,便被送入场办托儿所。建军不想让母亲过于操劳,每天抱着儿子上班,下班再将儿子抱回父母的家。他只是一个刚刚调到公交系统的工人,收入也有限。要支付儿子在单位托儿所的应交费用,也要给父母交一些生活费,因为每天自己和毛毛都在那里吃晚饭。

那是建军一生中最狼狈的岁月。他甚至连在月底到食堂就餐的饭票都没有。他只有在单位午休之际,回到刚刚分配给他的那个福利房里,用电炉做一锅半生不熟的米饭,撒些盐,或者倒点酱油充饥。

而吴云花是公安系统编制中的正式干部,她不会把企业中的一个工人真正放在心里,她有社会地位的优越感。在她眼中,薛家老二只是一个落魄男人。

"别招惹他,他不是省油的灯!"这是建国对建军的评价。

的确如此,建军不是省油的灯。在"文化大革命"期间,在木樨地旁边有一家复兴医院，这家复兴医院当时隶属公安部。就在这个医院的太平间旁边，有过一场流血事件。流血的，就是薛家老二建军。1967年底，"红卫兵运动"被淘汰，那些"破四旧、立四新"的日子荡然而去，一群想着"老子英雄儿好汉"的"好汉们"无所事事。

曾经意气风发的一群十四五岁的少年娃凑在一起，谁都难料下一步的命运。想到下一步的归宿，大约就是上山下乡，去山西或陕北插队当一个农民。或者是内蒙古的军垦，云南的农垦？

在太平间门口，一群军队干部的子弟将建军包围。来的有近百人，有海军大院的，有空军大院的，还有总后大院的一群少年。

"建军，政法干校的朋友让我们来收拾一个人，怎么是你？"来的近百来号人中间，也不乏建军认识或间接认识的。这百来号人瞬间散去。

"既然都认识，就算了。"政法干校院里一个外号叫"老鸽子"的笑着说，"咱们谈谈吧。"

此时只有六个政法干校的干部子弟。就在建军放松警惕之际，一把钢丝锁狠狠地抡在他的脑后。建军的身体晃动了一下，血已经从脑袋上流下来。顿时，现场所有人作鸟兽散。好在此事发生在医院门口，急诊室里医护人员立即为他缝针包扎。肖老太太赶来，自然是交了医药费。追问起来，建军却装糊涂，只说是路过，被几个人误伤，心里却在盘算复仇的具体细节。

建军后来终于明白事由。原来他曾嘲笑过院里一个外号叫"汪狗"的人，笑他男不男女不女，把他妈妈的香水洒在身上。"汪狗"承诺他们，如能"收拾"建军，就送他们两套军装。

建军立即将这六个人的住址查询清楚，包括"汪狗"。

就在第二天下午，建军集合七八个人，在短短的十多分钟内，连闯六家家宅，五个脑袋几乎同时流血，有一个不在家幸免。建军的突袭大获成功，以至于脑袋被打破的那些小子还没明白过来，袭击者早已离去。当然，建军虽然策划，却没有露面。复兴医院的急诊室顿时又忙碌起来，可以想象急诊室里五个头破血流的患者，相视之中，是如何的狼狈！

"老鸽子"是公安系统在木樨地一带知名的顽主,曾加入过联动组织,还做过小头目。而这次在与建军的较量中被建军折服,建军因此声名大起。"老鸽子"也曾经想报复,无奈建军出行,必带匕首,自然有"拼一个够本,拼两个赚一个"的心态。

得知政法干校谢副校长的儿子"老谢"也是建军的朋友,挨了一顿臭骂的"老鸽子"才死了心。其实,政法干校另一名张副校长的儿子,也是建军真正要好的同班同学。更何况建军拿命来换,谁敢换?谁又敢玩真的?

说来也怪,建军从此退出江湖,每日里只是下下围棋,很少出门。多年后有人问及此事,建军只是笑笑,从不作答。

"妈,您那时候带着三个秃小子,在家也够闹心的吧?"吴云花曾经问婆婆。肖老太太摇摇头:"他们在家都不闹。老大在外也不闹事,老二闹事不会带回家来。老三已经走了,就不提啦。"每次,肖老太太的说话都滴水不漏,话从不说破,也绝不说满。

"妈,又要月初了,该去医院开药了。让建国替你跑一趟吧,都90多岁的人了,自己乘公交车去医院开药也不安全。"吴云花又道。肖老太太摇摇头,说道:"我还走得动,你们事情多,不用啦。"

"妈,建国已经和建军商量过了,兄弟俩回一趟宁海,办理老爸的房产,所有资料和证明都齐全了。这笔钱,您看怎么处理?"吴云花又问。

肖老太太毫无表情,回答道:"你们商量办吧。"

每次和婆婆对话,吴云花都没有得到过婆婆的正面回应。这老太太是一颗脆嘣嘣的铜豌豆,水米不进。这就是肖老太太的性格,用吴云花的话来讲,这是一个一辈子都咬紧牙关的"江竹筠"!

江竹筠是小说《红岩》中的人物,性格坚强,铁嘴钢牙。

其实这也表现出肖老太太人生的一种态度。年轻时靠父母靠不住,结婚后靠丈夫靠不住,而今只有这两个儿子,也各自成家立业。她和小狗小黑朝夕相伴已经十年。即便儿子能有孝心,又能靠得多少?只有靠自己。眼下生活还能够自理,真的倒下,也就听天由命吧。

第二章　喝不够的家乡水

北京城区中心的房价高得离谱，确实令人不解。这也许是常人永远想不通的，南宋的临安城内，寸土寸金，而今宁海虽是四线小城，房价也与日俱增。

薛家，在宁海这座县城里，也曾是名门望族。老大建国曾经问过与他年龄相仿的小姑："近代著名画家薛天寿和咱们有什么关系？"小姑答："薛天寿是天字辈，往下是为字辈，再往下是功字辈，再下面，你们这辈是建字辈。算起来，薛天寿应当是你太爷辈的。咱们这一支好几代都是长子，所以是岁数大辈分小。说起来，你太爷在清末还曾经考取过举人，只是到你爷爷辈，便没落下来。"

小姑说的话，建国是相信的。20世纪60年代，他曾经看到过爷爷奶奶的婚床，古色古香，据说价值不菲。他曾想过，爷爷奶奶的结婚应当在20世纪20年代初，或许太爷家族的败落和清朝的灭亡有关。

薛功瑾的父亲薛为信，早在20世纪50年代，就给子女们分了家。按照老祖宗的规矩，三个姑奶奶没有份额。四个儿子，老大和老二各得两间房产，老三和老四各得一些钱和物。如今薛功瑾两间房子的遗产，估价约为50万元，算是个不大不小的数额。

肖老太太虽然文化层次不高，但是也认得字，读得书报。她写下一份"本人年事已高，自愿放弃对丈夫遗产的继承权"的文书，交给建军道："你看一下，这样写，可以吗?"

建军看罢，随手递到建国手里，问："老爸从10多岁就离开老家，爷爷给他们这辈儿人分家后，老爸几乎没住过。宁海的房产这几十年都是大姑和小姑代为出租和维修，总要表示一下。"吴云花应声："对，拿出一万来，表示一下就可以。"

建军的目光看了看建国和陈川菊，却见二人又看着自己，似乎在等待自己的表态。此时情景倒有些微妙，遂笑道："妈，老爸的东西就是你的，你说给姑姑她们多少，你拿主意，剩下的你留下养老用吧。真要住个院，有个治疗，花钱跟流水似的。"

"呸呸呸，乌鸦嘴! 老太太身体那么棒，过百岁!"吴云花笑着打趣。

在这四个第二代人里，就吴云花和建军叔嫂二人口才好些。

建军佩服嫂子见人说人话，见鬼说鬼话的变通能力。在他眼里，嫂子的作秀能力堪称一流。秀，无非作秀。作秀的能力也是能力。

他记得老妈说过这样的话："你和川菊刚结婚那会儿还好，这十多年争争吵吵，我都烦了。建国和云花他们两个出去都手拉手。你也60多岁，你们的感情就那么远了?"对肖老太太的责怪，建军一般是奉行"三不"原则——不顶嘴，不解释，不接受。

妈，你可知道，我为哥哥抱不平! 十多年前，他们曾结伴出国旅游。同行的有建国、吴云花、建军、陈川菊和薛宁的婆婆历妮，另一人为吴云花在社会上因业务合作而结识的一个私企女老板。在新马泰旅游期间，建军亲眼看见云花对哥哥的漠不关心，从而对建国的生活处境感到担心。

在新加坡机场，陈川菊拉着夫妻俩的旅行箱在前边走，历妮倒背着手随行，吴云花与同行的这位私营女老板手挽手谈笑风生，而建国推着四人的行李吃力地尾随。

"怎么啦?"建军来到哥哥身边问。

"有些发烧，没事。"建国答。

建军无言，将行李车接过来，推向前去。而那个曾经在高速路上秀恩爱的嫂子，却始终挎着那个老板朋友的臂膀。在新加坡他和陈川菊寸步不离地陪伴哥哥，他知道，哥哥唯一最亲最亲的人只有自己。

如果说这一次算作吴云花对丈夫的忽略，在泰国旅游城市芭堤亚的一幕，更让建军凉到心底。在芭堤亚，他们乘坐当地的一只快艇，经过近一个小时的海浪飞溅，到达一处风光秀丽的岛屿。船上剧烈的颠簸和沉浮，令大多数旅客身体不适，不少人已经陆续在船上呕吐开。

在这同行的六人中，晕船的有两个人，即建国和陈川菊。建军将陈川菊扶下船，安置在码头上的长栏上时，却一眼望见建国在泰国船员的帮扶下，艰难走下船来。他急忙跑过去，将建国也搀扶到长栏上。

长栏内，便是偌大的一个海鲜餐厅。吴云花和那个女老板兴高采烈地评论美食。侄女的婆婆历妮在沙滩上的特色小商品展前驻足，而在自己身边因晕船而呕吐不止的两个人——一个是自己的妻子，一个是自己的哥哥。他瞬间明白，陪伴他们的只会是自己，绝不会是第二个人！

够了，他已经把嫂子吴云花的秀恩爱看得透透的。一次新马泰之行，他认定，自己的哥哥不过是"妻奴"罢了。

事隔多年之后，建军曾向哥哥谈及此事，建国只是淡淡地笑道："你是胡思乱想，男人要有承担。你想让你嫂子去推行李车？你这脾气呀，是川菊把你惯坏了。"

车速 120 公里之内，四小时已过济南。建国显得有些兴奋，他打开车载录音机，车厢里响起悦耳的旋律。一曲《梁祝》，如潺潺流水。毕竟，他也已经有八年没有回过家乡。建国和建军不一样，建军满打满算，回宁海不过两次。

第一次他还在肖老太太的怀里，幼年的他手里拿着山芋，几只大公鸡围着他啄食。他哭喊着："姆妈，鸡要吃人的。"这就是他刚会说话时闹出的"鸡要吃人"的笑话。

再一次便是在宁海住了两个晚上，待了一个白天。他最大的印象不过是参观一下在父亲名下那个三十多平方米的破旧老宅。

故乡的山山水水尽在老大建国的心中。因为，他对家乡太熟悉了。他清楚地记得那时父亲已患有老年痴呆症，却又几次梦回故里。八年前，他和吴云花搀扶着年迈的父亲踏上这块土地，这块让父亲魂牵梦绕的地方，只是为了圆风烛残年的父亲一个回乡梦。

建国曾经将这里认作自己一生的归宿。在上山下乡、知识青年到农村去接受贫下中农再教育的社会潮流中，他尝试选择这里作为他的归途。

说起来，建国是不幸的，但又是幸运的。作为长子，父亲薛功瑾对他有着特有的无限寄托。薛家的长子长孙的身份，是套在建国身上的枷锁，也是光环。从小学起，他就是一个品学兼优的学生，1964 年考入当时北京的重点中学——三十五中。

他骄傲，他为弟弟们做出表率。在当时，有这样一句话，叫作"四中八中三十五"，"三十五"也就是指北京第三十五中学。三十五中曾经是学子们向往的地方。尽管今天的三十五中已失去曾有的光环，仍不能抹去曾有的辉煌。她的前身为北京著名的百年老校——北京志成中学，曾出过不少名人。而且，"文化大革命"前，这所学校的一个突出特点，就是干部子弟为数甚多。

在上山下乡、知识青年接受贫下中农再教育的那个时期，建国独自在宁海生活了近半年，深刻地了解家乡亲戚之间的人际关系、当地的习俗与地理环境，为今后回家乡插队做足了功课。倘若去陕西或山西插队，或者去黑龙江和云南军垦，还不如回到家乡宁海。

上海叔叔薛功良的大女儿，乳名叫小毛，是 1969 届初中毕业生，也已经将户口转至宁海秧田头城关公社。在当时看来，城关公社紧临县城居民区，早晚会被城镇化，而将这些农民户转为居民。这个猜测，确有预见性。只是，由于肖老太太的舍不得，建国回乡插队的户口迁移一拖再拖。

谁料想，建军 1969 年年初应征入伍。也就是因为这个原因，建国在京被意外地分配工作，到郊区房山化工厂做了一名仪表工。偏偏就从那一刻起，他的人生跌入低谷。

在薛功瑾的三个儿子里，建国是长子，在老家的传统观念里，长子的地位在家庭里仅次于父亲。

从小学一年级起，老大建国就是品学兼优的好苗子，他的成绩始终优秀，也不乏对科技知识的探寻热情。老二建军不爱啃书本，平时贪玩读杂书，考试时临阵磨枪，凭小聪明。平日里成绩一般般，每逢考试，成绩也还不错。也是命中有缘，建军就是信服哥哥，偏要将考中学的第一志愿报到三十五中，恰恰如愿。从小，老大建国就是老二建军的榜样。

"让我们荡起双桨，小船儿推开波浪，海面倒映着美丽的白塔。……迎面吹来了凉爽的风……"

这首歌是经典歌曲，家喻户晓，人人皆知。1964 年，建国经学校推荐，加入了北京少年宫科技天文小组。当时北京少年宫设址在北海公园的西北角。往东一点，就是明末崇祯皇帝吊脖子的景山公园。

一个初中学生，能够参加北京少年宫的活动，是一件非常荣耀的事情。每周日，他都会凭借少年宫颁发的证件，自由出入北海公园。他是一个优秀的学生，倘若没有"文化大革命"，也许他会一直优秀下去，考高中，上大学……

却偏偏赶上"停课闹革命"的年代，他的命运被历史"校正"过来。老二建军入伍，学校将北京有限的招工指标落到老大建国头上，也可以算作一件幸运的事情。

只可惜，建国却没有这个缘分。在化工厂上班后不久，由于化工气体污染，一些新进厂职工陆续出现肝部不适，临床诊断为转氨酶指标异常偏高。建国就是其中的一个。经过医生诊断，病休半个月。半个月后，指标正常，建国又继续上班。上班不过月余，转氨酶再次异常升高，没奈何，只好再休病假。

今天，人们对化工的污染有了理论和实践上的认识和防范。而当时新中国的化工事业处于起步阶段，谁晓得污染？包括中国首次原子弹爆炸成功，在试爆基地，无数为新中国国防事业而奋斗的精英们，曾在核试验的现场欢呼雀跃，而未能为自己的健康做必要的防护。

建国断断续续地病休，周而复始，终于沦落为长期吃劳保的病号，而逐渐被这家化工厂的领导们所淡忘。在建国的头上，再也没了长子长孙的光环，也没有了学生时代的优越，更失去了父亲薛功瑾对他的寄托和期望。

建国参加工作的十年，也是他最郁闷的十年。

转机，来自一个偶然的机会！此时的建军早已退役，被分配到一家医疗器械厂。通过几年在生产车间的磨炼，建军已成为车间生产的技术骨干，也许这种掌握生产技能的悟性，源于他的父亲——那个在公安部科技实验厂的技术尖子。

那时，建军作为一名生产班组的骨干，经常要带领一些工人到北京开关厂去加工钢板板材。当时国产钢板晶体结构不稳定，平整度不佳。在北京东郊，唯有开关厂一家有调整钢板晶体度的平板设备。在开关厂平板机旁，也不乏前来加工的外来单位。

建军到这里加工板材，已经是熟门熟路了。原先还有一个叫孙永春的业务员陪同前来联络开关厂生产科，熟悉后，联络开关厂生产科的事便交给建军去办。这个孙永春，并不是一个普通的生产科业务员，他曾在北方交通大学任系主任，不知道说过一些什么不合时宜的话，被打成右派，下放到医疗厂，在"文化大革命"结束后官复原职。

建军的谈吐与气质，给这个孙永春留下不坏的印象，他便一再鼓励建军高考。建军也不满足于现状，但考虑到自己上初中时的极度偏科，一心只想走文学的路，在文学的路上去闯。

"你是薛家老二？"突然有一个前来加工钢板的人扯住建军。建军转过身，有些茫然，他不置可否地"啊"了一声。

"我是四所的，是老薛师傅的同事，二车间的老韩。老二，你忘了韩叔叔啦？"

建军看这人 50 岁上下，没印象，却又不便说破。但这人能说出薛家老二，又是四所，自然是不会冒认。

"我头回带班组的人过来，钢板晶体调整我们这里也没人懂。你帮帮韩叔叔？"

是老爸单位的同事，且以叔叔的身份自居，建军不敢怠慢，总要给老爸面子。他当即将本厂的活儿停下来，让四所的人将工件码放在平板机旁，随即调试加工中的技术参数。建军麻利的动作和工作中的干练，给老韩留下太多的好感。

分手之际，老韩将建军扯到一边，道："老二，你回家跟你爸爸说一下，就说韩叔叔看上你了，要把你调过来。我们车间也缺人，尤其就缺你这样的人。你要同意，就成功了，调动的事情，归我去办。"

"谢谢韩叔叔。"建军面无表情，不置可否，心里却另有盘算。

即日，建军从东郊返回家，风风火火地将肖老太太堵住："妈，有事要跟你商量。"

建军和建国两个人，在家里受待见的程度有明显不同。老大建国在小时候被视作长子长孙，倍受宁海老家长辈的重视，当然也受到父亲的重视。现在，虽然老家长辈依然重视建国在家族中的地位，但在北京的这个家庭里，老大建国已经不再受父亲的待见了。

小时候父亲偏心老大，自然母亲偏心老二，老二乖巧听话，谁承想，老二的乖巧不过是假象，打架、惹事，才是真。唯一的好处，只是不曾让父母担心过。当然，建军有事，也只会和母亲商量。

"要吃晚饭了，我去买菜，回头再说。"肖老太太推开建军，径自去了。路上还想着，建军是沉得住气的人，今天怎么这么反常？吃罢饭，她将建军叫到一边，问道："什么事？"

"妈，我昨天在开关厂外加工钢板，碰见你们四所二车间的韩主任，他想把我调到你们四所……"未待建军说完，肖老太太便笑道："这是好事，你应下来就是。公安部的下属单位，总比市属企业待遇好。再说，一纸调令，你们厂放不放你走，由不得他们。"

"哪呀，我还没说完呢。老大在化工厂，总不能一辈子吃劳保，能不能把老大调过去，让他离开化工污染？明摆着，老大只有离开化工厂，转氨酶才正常。韩主任说他们车间也缺人手，可以争取一下嘛。"

建军说到这里，肖老太太才明白他的意思，也不禁动心。老韩是部里一个局长的亲戚，也是科里赵科长的表弟。更兼着这个赵科长还是肖老太太的入党介绍人，无论从工作关系还是私下交往，都还不错，都是知根知底的老同事。

肖老太太为人实在，况且又处于临近退休的年龄，建军又明确告诉老妈自己虽然也想换一个环境，却并不想急于调离原单位，便将建国推了出来。

人，总有人情，老同事还是有情感基础，并依据政策做出让老大建国接肖老太太班的决定。既不失原则，也符合政策，大家都高兴。肖老太太的退休，成全了老大建国离开污染的远郊化工企业而调回市区。

这一段故事，建军从未与建国提起过，但能够让自己的哥哥从燕山化工厂调到公安部第四研究所，建军心里是欣慰的。说来也是宿命，建国自调到研究所之后，转氨酶指标再未高过。无论是薛功瑾、肖老太太，还是建军，都由衷地高兴。

在研究所工作后不久，经父亲老同事刘叔叔的介绍，建国与财务科的干部吴云花喜结良缘。至此，建国的生活进入一个平和的轨道。在后来的几十年里，吴云花从一个普通科员逐步晋升副科、正科、副处、正处，直至被授为警监衔。而建国的身份，也从一个工人转为干部，至退休时定为副处级一级警督。为此，建军尤为欣慰。

不知是因为曾经有过的低谷，还是建国对现状的认可，建军每一次与吴云花发生口角时，建国都会制止，说："老二，那是你嫂子！"

难能可贵的是，兄弟俩从未争吵过，没红过脸。兄友弟恭了六十多年，都知道彼此是最亲最亲的亲兄弟。

是建国对婚姻生活的满足？好像是，又好像不是。说不清。而建军与吴云花这对叔嫂，几十年里的暗自较劲从未消停过。吴云花作为公安部门的干部，始终在居高临下地看着这个曾经让他的许多发小崇拜的落魄工人！而这个身处社会最底层的工人，却难得给予这个嫂子以应有的敬重！

建国的婚后生活是平静的。

建军的婚姻在建国调入公安部第四研究所之前，就已经注定了失败。只是，建军想尽快处理好哥哥的归宿，他想用自己的能力处理好自己的事情。换言之，他不想让父母干预自己的事情。他的放肆，既有孝子的成分，也有叛逆的心理。

建国和建军驾车，回宁海办理老父亲的房产事宜。过济南，在高速公路继续前行，已近西楚霸王项羽的故乡。

建国开着车，口诵道："至今思项羽，不肯过江东。老二，记得不？"

建军笑道："前面还有两句，生当作人杰，死亦为鬼雄。"建军作为一个文学作者，对古典诗词和古典文学作品的熟悉程度，常人不能及。而建国作为"文化大革命"前重点中学的优等生，也不乏对历史和文学常识的了解。但在这方面，还是建军强些。毕竟建军偏在文学和历史，建国是全面发展。倘若谈起天文地理，建军比文盲强不了多少。

此次行程的第一站是江苏宿迁，他们在市中心找了一家高档宾馆住下，然后信步到街市上漫步。在途中看到一家餐馆生意火爆，便进去就餐。这里虽说是宿迁市最高档的一家火锅店，但对于建国和建军来说，只能称作一般。

尤其建军曾担任过上市公司总部的领导干部，可谓是什么苦都吃过，什么福都享过，什么市场黑幕都经历过，什么架势都没怯过。建国虽身为副处级干部，却一生节俭，也没有任过实职，对社会方方面面的阅历，比不得建军，在外场上自然听弟弟建军的。

在包厢里向外张望，能看到这个四线城市的繁华夜貌。女服务员在旁垂手伺立，随时恭候客人的召唤。而兄弟相视，许久无言。是生疏了情感，还是无话可谈？不，不是，是珍惜兄弟数十年间难得的单独一聚。

建军在看着自己的哥哥，哥哥也已经两鬓斑白。这使他想起老父亲在临终前的半年时光。上海的功良叔叔在知道父亲不久前曾回过家乡宁海，且患有重病后，随即由他的大女儿小毛陪同，来到北京。父亲已经糊涂了，而并不糊涂的功良叔叔陪同老父亲，在家里的晾台上，坐在各自的小板凳上无言相视。

在建军的眼中，那是一幅画，是人间最美的画。他用手机偷拍下这个画面。在父亲去世后的两年，功良叔叔也辞世离去。这幅画，却深深地刻在建军的脑海里。

"老大，你吃吧。"建军恭恭敬敬地将一筷子的涮羊肉，夹到建国的盘子里。他爱自己的哥哥，甚于自己。也许是对世态炎凉看得太透，他看轻自己，看轻自己并不似哥哥般的善良，而自己的哥哥永远心地善良。

"老二，你想吃什么就点什么，随你。难得出来，随意就好。"建国也是真诚的。他知道建军吃东西嘴刁，讲究"色香味"。虽然说好此行是 AA 制，建国大概也有一个预算，但并不会因为这个预算而控制。兄弟二人都不会计较。而建军此刻想到的是老三，那个离世已经十八年的弟弟建民。

更可悲的是建民的儿子亮亮也因患有白血病，在五年前离世，年仅 24 岁。建军的眼睛有些湿润了，却又极力隐藏下来，他知道，本应是兄弟三人成行，如今却只有两个。

窗外，是宿迁最繁华的地段，建军却并不以为意，他的心绪在凤凰岭下的一个小小的墓碑上。

碑上的落款是"兄薛建国，薛建军，子薛亮"。

老三的丧事，都是由建国和建军操办的。老三生于 1955 年，卒于 2001 年，年仅 46 岁。作为一奶同胞的兄弟，他的墓碑后边刻有偌大的两个字——亲情。

老三毁于儿女之情。1972 年，他在北京二十二中毕业后，到顺义农村插队，认识了一个叫刘黎的女孩，两人从相识又走向相爱。女方的父母是当地农村乡一级干部，哪里会把这个插队的小子放在眼里。刘黎的父母将女儿许配给当地门当户对的县政府中层干部的儿子，将有情人活活拆散。这是老三建民的初恋，也让建民受到了巨大的打击和创伤。

刘黎这个女孩，建军曾经见过，是个面目清秀、有规矩、讨人喜欢的女孩。只是那时建军刚刚完成一部长篇小说的初稿，对弟弟的这个女朋友没有过多地在意。倘若老三真的有缘和这个叫刘黎的女孩成婚，建军会由衷祝福。

事隔多年，小刘黎考上了师范大学，毕业后又被分配到丰台重点中学一中任教，与建军现在的家相隔不远。当然，这些只是听说。老二建军作为一名作家，也相当于半个心理学家。他知道，那个小女孩刘黎也曾经为此心里受过伤。只是自己这身份，没有理由去联系。

老三建民和小刘黎那个女孩的初恋被打破，他的思维方式因此发生急剧转变。失恋，是一个坎，不能过这个坎，必是悲剧。当时家人并未意识到，建民已蒙上深刻的心理阴影。老三是性情中人，但缺乏二哥建军的明智，更缺乏大哥建国的理智。他自己毁了自己！

而肖老太太是溺爱孩子的。准确地说，是在建国参加工作和建军参军入伍之后，肖老太太过分溺爱老三建民。也许是老太太多年来，没曾有过家庭内的主导作用。面对一贯严厉的父亲，此时的母子之情，足可以成为肖老太太巩固家庭地位的砝码。

老三建民人高马大，相貌不差，从北京顺义郊区插队回来，被分配到无线电元件一厂。虽说在 1976 年地震期间打架惹出麻烦，判了十二年，好在很快便平反出狱，拿到补发的工资，恢复了团籍。肖老太太马上给老三介绍对象。对象比老三建民小两岁，老三一米八的个头，女孩儿小惠一米六六倒也相配。

老三建民与小惠相亲不过月余，便走到一起。只是建民心里却没有放下小刘黎。虽然婚后不久便有了儿子亮亮，但是他们的生活更加矛盾重重。

"还是让他们单独过吧。"薛功瑾在单位以孩子结婚、家庭住房困难为由，终于申请了一间住房，在东城区，离老三和小惠上班的地点也近。只是，从此，老三建民和三儿媳小惠将儿子亮亮甩给肖老太太，便离开木樨地父母的老巢。

在老三建民和小惠夫妻的"二人世界"里，矛盾却愈发尖锐。不久他们便离了婚。据建军所知，曾经的弟媳小惠有了外边的男人。她在老三建民入狱后，和那个男人同居十余年。

而老三已对人生失去希望，将房产的使用权卖给一个姓姬的离婚女人，且与这个女人有说不清的关系。倒卖公房使用权是违法的。即使老三将户口从这个地址中迁出，将这个姓姬的女人户口迁入，也不能改变房产的使用权。唯一的办法是老三通过婚姻关系将其户口迁入再改变承租权。姓姬的女人给了老三建民三万元。但当完成这笔交易后，她提出离婚，再以性侵罪将老三置于死地。而这个姓姬的女人，老大建国和老二建军当时都没有听说过。

对于肖老太太对老三的过分溺爱，建国和建军都有不满。建军曾顶撞过母亲，理由是母亲"不分是非"。

1992 年，老三建民因强奸罪，获刑十年。原告便是那个姓姬的女人。

薛功瑾和肖老太太始终瞒着建军，一直到老三去世，甚至到二十年后，都未曾将那份判决书拿出来给老二看过。在老三下葬的那天，天上下着蒙蒙细雨。

"老二，我感觉老三有冤情。"建国在墓地旁，悄悄跟建军说。

建军无言，一声长叹，许久才道："人走了，怎么查。真是冤案，也没证据。我不明白，这么大的事，为什么老爸老妈都瞒着我？给老三多烧些纸钱去吧。"

也许老三入狱这个事情，是父母有意瞒着建军，是否瞒着建国，不得而知。老三建民在出狱三个月后，离世。

在老三建民出狱的那一天，建国、建军和陈川菊早晨 5 点便驱车赴天津农场。名为农场，实际上是天津团河劳改农场，且戒备森严。建军已是上市公司的中层领导，配有专车。吴云花要照顾女儿的早餐，自然不便同行。建军开车，头上缠着纱布。伤口拜老三建民的儿子亮亮所赐。

"亮亮，你爸明天要回来了。快起来，给你爸爸摆张床。"建军扯了扯还赖在床上的侄儿亮亮。老大建国和老二建军是特意赶来木樨地，给老三安排住宿事宜的。

"我困，别打搅我。"

"起来！听话！"建军喝道。

肖老太太扯了扯建军："亮亮今儿中午才回来，困得不行，昨晚上在网吧，一宿没睡。"

薛功瑾在一旁道："你就惯着他？总是夜不归宿？这孩子学坏了，你也迁就？你忘啦，他拿着菜刀跟我要钱？"

闻言，建军追问："爸，怎么回事？"

"别胡说。"肖老太太嗔着薛功瑾，却又转身对建军说："收拾吧，明天你弟弟回来，也有个睡觉的地方。"

建军知道父母历来感情不和，又不想让父母因这些事情再起争端。

"爸，不说了。先办正事。"

在感情的天平上，建军多少有些偏向老妈，也许是因为父亲从小的严厉。记得自己上小学三四年级的时候，有一次放学下起大雨，自己便脱下新买的胶鞋，和同学们在114路电车的"汽车局"站边的排水沟里蹚水玩。待到上岸时，老爸给自己刚买的那双新胶鞋不翼而飞。建军光着脚回家，挨打是必然的。

60年代初，一双新式胶鞋要占去月工资的四分之一。那是在建军记忆中，第一次挨父亲的打骂。建军挨打，并不是只有这一次。第二次挨打，倒让建军感到愧疚。

那是建军退伍回家的第二天早晨。他很早便起床，在端详家庭成员的照片。他点起一支烟来，吸了两口，总有回归故里的慨叹和伤感。在他当兵的几年后回京，他看到的是父母的衰老，而哥哥和弟弟却又不在父母的身旁。他在沉思中，突然感到一阵风随着父亲的巴掌袭来，他不自觉地将手臂向上一挡，却闻听父亲"哎呦"一声。他转身看去，却见父亲疼得连连甩手，脸色也变得煞白。

他知道，是因为自己吸烟，惹恼了父亲。而自己的一挡，给父亲造成了身体上的伤害。虽然只当了几年的侦察兵，建军却得到最大的收获——格斗的功夫。1970年，他曾是6908部队侦察兵游泳集训的特约教练，扛着三支步枪横渡花溪河。他也曾和师侦察科的沈参谋比试过捕俘的手段，他不把这个来自武汉的沈参谋放在眼里。却偏是这个沈参谋，不久便荣升师侦察科科长，最终爬到某军军长的位置上。但建军格斗的功夫，却成为这个师乃至这个军侦察战士的传说。

建军没想到自己会在小河沟里翻船。那是建军最后一次挨父亲的打。也许父亲老了，已经打不动儿子了。在失去父亲的痛打之后，建军深刻地理解到"打是疼，骂是爱"的感受。

老大建国和老二建军本意上是为老三出狱来做一些生活上的安排，却没想到在建军给老三收拾床铺之际出现了意外情况。

只听得陈川菊大喝一声："住手！"当时建军正低头整理老三床下的纸箱，猛然感受到脑后遭到重重一击，只觉得天旋地转，一下栽倒在地上。恍惚中看见侄儿亮亮正咬牙切齿地面对着自己。据陈川菊说，当时亮亮不知从哪里拿出个酒瓶，在砸向建军时，要不是被老大建国阻挡了一下，或许建军的命都丢了。

建军当即让陈川菊报警，然后让陈川菊陪同自己到附近的复兴医院就诊。当他的伤口被急诊室医生简单处理后，才知道侄儿亮亮已被警察带到月坛派出所。建军随即开车，与陈川菊赶到那里。

建军一路无话。陈川菊只是心疼自己的丈夫，而建军却在考虑这场意外如何收场。果然，就在建军到派出所没两分钟的时间，肖老太太也步行赶到这里。

"我一辈子没进过派出所，我有你这个好儿子，让我来这里！"肖老太太气喘吁吁，对着建军大声呵斥。

"妈，您别着急，让警察去处理。"建军看到母亲动怒，虽有几分不悦，却笑脸相对，恐惹得 70 多岁的母亲更加生气。陈川菊自然不便多说，建国也退避到后边不说话，吴云花早已躲在室外。此时此刻，没有对错，只有一个处理的方法，便是不能违逆年迈的母亲，只有建军去认错！

"妈，我不该拿枕头砸亮亮，我也知道他在网吧一宿挺困的。不过……"建军从没怕过谁，他只怕母亲，虽然从小到大母亲没打过他一巴掌。那时他已经近 50 岁。他理解了父亲的打骂，也理解了母亲为什么从来不打骂儿子们。

对于一个没有是非的母亲，对于一个没有是非的奶奶，建国和建军都极度不满。肖老太太一生和薛功瑾感情不和，在那个 20 世纪 50 年代的社会氛围，是以薛功瑾的对为错，以薛功瑾的错为对。而如今，又要翻转过来，一切要以肖老太太的意志来分辨对错。

这个家庭，到底怎么了？

这是一种什么样的是非观念？而肖老太太的这种是非判断，仅仅局限于这个小小的家庭内部，并不妨碍肖老太太年轻时或并不年轻时的社会人际交往。这也许是肖老太太能够立足于社会的根本。

终于因为建军对肖老太太的违心认错，老三建民的儿子亮亮免去必然的治安拘留处罚，回归木樨地居住，好似什么都没有发生。

老大建国为老二建军抱不平。"这个王八蛋，敢下这样的狠手！"

脑袋上缠着纱布，纱布上又分明渗出殷红的鲜血。建军淡淡地笑道："以后再说吧。"

其实建军早已看透，只是不想明言。自己的弟弟出狱在即，他想让弟弟有一个平稳的晚年。毕竟，三兄弟都不年轻，都已经是 50 岁左右。

建国和建军兄弟俩早已商量过，各出 5 万元，给老三做投资的资本，让他开个小店，维持生活。指望曾经是弟媳的小惠，根本不可能。

"老二，你头上怎么啦？"在建国和建军从天津团河劳改农场接老三回来的路上，老三建民问。三兄弟从小就以老大、老二、老三相称。

"没事，不小心碰破的。"建军一边开车，一边答道。从监狱接老三出来，在短暂的悲喜交集之后，老三也在审视两个哥哥的近况。老三建民离开社会生活太久，他更不可能想象到，两个哥哥和陈川菊嫂子会开着小卧车来接他回家。其实很简单，建军是大型上市公司的中层领导，是由公司配专车的。他在狱中十年，对社会的巨大变化，已经不甚清楚。

"我这里有些疼，时重时轻。"建民捂着肝部。

"先回去，再检查一下。"建军开车，头也没回。

没承想，当建国带老三去肿瘤医院后，得出的结果是肝癌晚期。建军问道："你最近有过什么特殊的感觉？"

"没有，就是有一次昏迷过。后来就不行了。"

"是什么时间？"建军追问。

"就在三个月前。胃疼，狱医给我吃过药吧。"建军好像已经明白了。想说些什么，却又没有说。

换肝？似乎是唯一选择。当建国和建军谈及此事，建军断然否决。

这是一条死路，叫作钱花尽，人不归。更何况自己两个月前就曾经去八宝山参加过一个同事的追悼会。

公司里有一个副总换肝，花了近百万元也没保住命。这个副总和建军私交很好，这几百万是公费支出。兄弟俩没有这个财力。

建军问："嫂子什么意见？"

"她和你的想法一致，劝我放弃。"

建军长叹一口气，道："想法一致？不可能。只不过结论一致。我们是亲兄弟啊。"

在后面的日子里，建军只要有一点点的时间都会回木樨地，开着车，带着建民到处跑，让建民品尝各种美食。

只是，建民的生命已近终结，累不得，吃不下。

他走了。走在一个细雨蒙蒙之日。从太平间出发，他的前妻小惠也到场。

建军对曾经的弟媳抱有一线希望，虽然他早已知道小惠与她的情夫共居十年。既然与她的情夫同居十年，又何必来送前夫？

或许是曾经有过的"一日夫妻百日恩"？

建军问："小惠，你陪亮亮上灵车？"闻得建军相问，小惠惶恐而退。

"亮亮，你陪你爸棺木一路走？"亮亮惶恐后退。

建国和建军虽都到场，无奈各自开车，不能上车随行。陈川菊扶着亮亮上车，还有建军的儿子小鹤也随继母陈川菊上车。这个小鹤，乳名毛毛，也算是个性情中人，有些随老二建军的性情，为人处世却与建军截然不同。

灵车，一路向西，奔八宝山火葬场。雨，纷纷地下。

或许真有冤情？其实，在建军的眼里，是否有冤情并不重要，而是庆幸弟弟建民脱离苦海。他可以真正地安息下来。

建军在刚复员回到地方工作时，曾在"文化大革命"时期"学习毛著"的会议上提出这样一个观点：人类曾有过多次文明，曾经有过多次从原始共产主义走向物质极大丰富的共产主义的历程。这个谬论，曾给他在那个时期惹下麻烦。好在还没有人去挑衅根红苗正的他。这种观点，在他步入古稀的时候，真算不得什么，在当时却是惊世之论！

老二建军在常人看来是个谜，他的思维是跳跃的。老大老二是亲兄弟，老二能读懂老大，而老大却未必能读懂老二。尽管是亲兄弟，两个人的思维方式却不同。

"老大，人生多捉弄，本应兄弟三人共同处置老爸的房产，只剩下我们兄弟两个啦。"建军为弟弟难过。建国很坦然。在他的心目中，他只是在踏踏实实地办好这些事，把属于爸爸的遗产拿回来，交给老妈。后续的事情，他知道，由不得他。老太太想如何分配？云花又想如何分配？他没有话语权。相反，建军在关键时候，多少会放肆一些。而建军的放肆，老太太多少会让三分。

车已驶入项王街。项王府，坐落于宿迁，主体建筑为帝王风格，墙面嵌着十二幅浮雕，分别为项羽"吴中出兵""鸿门设宴""垓下突围"等。

英雄，古来有之。能称为英雄的只有两类人：一类，能忍而成大器，如刘邦和韩信；另一类，绝对不忍，宁为玉碎，不为瓦全，如明末的文天祥和南宋的岳飞。

刘邦是第一类，项王是第二类。但建军更佩服西楚霸王的风范。建军虽当过兵，却自称文人。16 岁刚从新兵连下到侦察分队，便在原广州军区《战友报》上发过通讯文章。这篇文章的主旨是军民鱼水情——广西平果县在 1969 年夏季遭遇台风，连队里的战友们为老乡的房屋抢险。

倘仍处于冷兵器对抗的年代，他可以称作文武全才。

老大在游览中赞叹项羽的英勇，而老二建军却惋惜项羽的无谋。

性格，或许决定命运。

第三章　凤凰山下的两座墓碑

离开项王府，兄弟二人继续沿京沪高速南下。建军思绪万千，往事历历在目。

"老大，我想打一场官司，让亮亮离开木樨地，去跟小惠生活。"在老三的墓地上，建军和老大建国商议。吴云花和陈川菊在一旁，给老三的墓前放置花圈和祭品。

"可能吗？亮亮在木樨地跟爷爷奶奶住了十多年，你让他走，他就走？别忘了后边还有一个小惠。小惠的意思很明显，就是想老头儿和老太太走了以后，占下这个房子。"老大建国不傻，对此看得明明白白。

"自老三出狱，每个月，我回去的次数比你多得多，也看出一些问题来。咱们兄弟商量。"建军仍在固执。

"阿毛，你啥意思？这还在老三的墓地呢。"身为嫂子的吴云花嗔道。陈川菊也有些惊诧，只是未曾表白。

"敢对着我的脑袋用酒瓶子抡下来，这个东西能孝顺吗？"建军在弟弟的墓前用冷峻的目光扫视着薛家所有的第二代成员。

"幸亏大哥挡了一下，要不，还不知出人命不？"陈川菊心有余悸。

"这是老三的墓地，他听得见。"建国已经感到泪珠在眼眶里。

沉寂许久，建军道："你们只知爸妈衣食无忧，哪知爸妈的感情生活已经一片狼藉。父母感情不好，如同陌路人。你们知道吗？亮亮辍学，谁管过？每天要去网吧，夜不归宿，为了跟家里要钱，拿菜刀威胁老爸，你们知道吗？"

建军有些激动，当他回想起亮亮所有的家长会，都是老太太作为家长出席，亮亮的父亲服刑，亮亮的母亲从未踏进过学校一步。

说起来，建军也够坏的，明知前弟媳小惠并不和弟弟建民一条心，在灵车赴火化场的时候偏偏去征求小惠的意见，让小惠上灵车去送老三。其实这不过是建军对原弟媳的投石问路，只可惜，小惠和自己的弟弟已然缘尽。如果，小惠能送弟弟一程，建军或许会手下留情。

"老太太不会管老爸的生死，任由亮亮胡闹，迟早会跟老三一样！你们不管老爸的生死，我管！把亮亮赶走！"建军暗下决心。

"也是，亮亮敢下狠心，指不定对老爸怎样。"陈川菊虽有同感却不便表态。毕竟，这么重大的事情，涉及血亲关系的最后处置。

"总不能让老爸天天在菜刀下生活。爸都快 80 岁的人啦，建国，你说呢？"吴云花问建国。

建国点点头说："我赞成老二的想法，只是从何做起呢？"

在老三下葬之日，薛功瑾和肖老太太均未到场。也留下空间给薛家第二代随意商议，但都是真心话，都是对肖老太太的不满。只是这些不满，没有人敢当面和肖老太太理论。

说实话，从小肖老太太偏心自己多一些，建军心里跟明镜似的。在数十年的生活里，肖老太太与薛功瑾的水火不容，已经深刻地影响到下一代，甚至是孙辈。薛功瑾的望子成龙，或者是望孙成龙的严厉，造成他在这个家庭中是孤立的。三个儿子，都挨过打。而每次，每个儿子挨打的时候，都是母亲护在前面。

父亲和母亲感情早已破裂，在那个年代，即使感情破裂，也很少有婚姻上的离异，尽管已经过到没有是非评判的标准。父母如陌路，虽然建军更认可母亲对自己的爱，但也必须出头，为已经有些老年痴呆症表现的父亲抱不平！毕竟，那是养育了自己的父亲，更何况已经是风烛残年的父亲，岂容逆孙疯狂！

"我同意阿毛的意见。阿毛，你有能力，交给你办吧。"嫂子吴云花表态。吴云花的表态，建国自然无话可说。而作为薛家老二的建军，也只能把事情办妥。在这个家，嫂子吴云花永远喜欢把建军推到风口浪尖上。

建军明知自己对此责无旁贷，却也知道自己又做了一回枪。这次被人当枪使的经历，惹得母亲肖老太太对建军的看法有了一个大逆转。在很长的一段时间里，她都在痛骂老二建军无情无义。

"你们这样对亮亮，是合法不合情！"肖老太太愤怒过不止一次，而发泄的对象就是从小她就偏爱的阿毛。阿毛无语。

在若干年后，建军也想要他的后辈们明白，后辈人对长辈应该摆正的位置。建军成为家族的众矢之的，只因为他有他的是非。他的是非观，被老母亲认定是"处事之狠"。

其实，更关键的背后人物是亮亮的亲妈小惠。小惠的目标是老太太最终能将木樨地的两居室交给儿子亮亮。在城区家家户户住房紧张的状态下，自己十年前就已经辞职，买房是不可能的，亮亮还不到 18 岁，且初中就退学，她也要替儿子谋划。

在情感的天平上，老二建军居然会打压孙子亮亮，为薛功瑾出头？建军和母亲肖老太太之间的不信任，源于此时，甚至到了母子情感断裂的边缘。

能维持母子情分的原因，就是建军所受的教育。说白了，并不是建军在课堂上所受的社会教育，而是自学的启发。

建军在上初中一年级时，时逢"文化大革命"，那会儿他是逢书必读，什么乱七八糟的杂书都看，其中不乏所谓的封建糟粕，自然也深受所谓传统观念的影响。仁义礼智信，精忠报国，法家道家儒家，君君臣臣父父子子，建军的脑子里简直就是一个大杂烩。

而此时，建军要为父亲争公道，只因为孙子亮亮居然敢向爷爷举起菜刀！

是遗传？老三建民就曾经面向父母抢过菜刀。具体什么事，老大建国和老二建军都不清楚。事隔多年，是为了变卖那个位于东城平房的居住权，还是老三神经病发作？

说起老三，老大建国和老二建军都很无奈，但两人都感觉到，老三有精神方面的疾病，因此两人都在迁就他却又无力控制。

有一次，因为一点口舌之争，建民居然打伤一个民警。被拘留，是再正常不过的。位于石景山区的苹果园派出所随即联系老三建民的家人，而老二建军恰恰是石景山区一家大型国有企业的党委办公室主任。

建军立即赶到派出所，民警们很客气。如何处置，所长倒有些为难，毕竟老二建军是当地大型国企政工系统的领导干部，有许多警民联系事务要通过建军来联络处置。

老大建国和媳妇吴云花在建军离开这个派出所不久，也赶到这里，见到了这个所的所长。

老大建国和吴云花当时是下班赶过去的，且都穿着一身警服，从职位和警衔上来看，都高于这个派出所所长。

也许都是警察，他俩和那个所长相处与交谈的方式和建军不尽相同。天下警察是一家，何况都是一个系统的。老二建军起初担心弟弟要被判个几年，幸好最终只拘留了十天。这是老大建国和嫂子吴云花争取来的最好结果。

接老三从石景山分局拘留所出来，是肖老太太和建军去的，建军还特意请了假。望着母亲花白的头发和倦意中强打精神的模样，建军这个能说会道的党委办公室主任，却不知道如何安慰自己的母亲。

为宁人息事，年迈双亲曾跪在儿子建民面前，请求老三建民不要再惹事！这是一种什么样的家庭氛围？又是一个怎样让年迈父母心碎的情状？

如今老三建民已到肝癌晚期。面对有严重心理疾病并患有晚期肝癌的亲弟弟，兄弟俩又能怎么办？坦率地讲，老三是否有冤情另当别论，但建军也意识到老三建民对社会的仇视。当然，这是他的经历决定的，存在决定意识，这是真理。

这也是建军在弟弟离世时，说出这是他的"解脱"的理由。

雨纷纷下，丧车缓缓前行。兄弟俩将小弟葬于凤凰山陵园。一切事务都是两个哥哥办的，丧葬费用也是两个哥哥承担的。

建军已无顾忌。老三入土为安。该为弟弟做的，他都尽力了。下一步，他要做的，便是维护年迈父亲的安全。而这一步，他必将得罪从小就偏爱自己的母亲。他不得不违心地伤害肖老太太，为父亲讨公道。

建军让父亲薛功瑾写了一个委托书，委托建军办理将亮亮迁出该住宅的法律文书。因为这个住宅的产权人是薛功瑾。

建军在对待弟弟建民和对待侄儿亮亮的态度上明显不同。他对弟弟是包容的，因为老三再怎么混蛋，再怎么发神经，却始终对两个哥哥没有过不恭敬，他视两个哥哥为亲人。

亮亮的一个酒瓶，险些要了自己的命，更何况他还拿菜刀威胁老父亲，建军难以容忍。过去，办事要考虑已经患癌症晚期的弟弟的感受，既然老三已入土为安，自然再容不下亮亮！当然，建军毕竟处理过一些单位棘手的事务，还是知道分寸的。他将亮亮叫到自己的家里，身为二伯的他与侄儿喝了多半瓶酒，将话题扯到老父亲和亮亮相处的关系上。

"奶奶对你好吗?"

"好。不过，她有时候听爷爷的。"

"爷爷怎么了?"建军明知故问。

"这个老家伙，一毛不拔。我上网吧没钱，都是奶奶给我。我要不拿菜刀吓唬他，他能掏钱?"亮亮颇有些得意。

话说到这里，自然没话。建军当即道:"亮亮，你回去吧，我还有些事情要办，以后不许动菜刀吓唬爷爷。"建军不动声色地将侄儿亮亮送出门，转身不禁泪如雨下。

在朝阳区的劳动大厦的大厅，他与曾经的弟媳小惠交谈。是建军约她到这里来的。这里，离建军的工作地点近些，但建军并不想让小惠知道自己的办公地点。

建军根本没有想到，尽管老三建民与小惠离异多年，小惠对自己这个二哥倒格外敬重。与小惠同来的，还有一个女人，个子高高的，建军曾在老三建民火化当日见过一面，只是记不得她的名字，好像是姓尤。

"二哥，建民的事，我什么也弄不了，亏得你张罗，谢谢二哥。"一见面，小惠疾步上前，眼圈红红的，抱着建军。

"好啦，老三的事办完了，也该想想你和亮亮今后怎么过。我们好多年没见面，别哭哭啼啼的，勇敢面对吧，要振作起来。"建军拍了拍她的肩膀。

"二哥，我的命好苦啊，亮亮今后咋办？"小惠禁不住将身体靠在建军身上哭泣。建军抽着烟，在劳动大厦酒店的大厅，却又不便再起身相劝，便示意那个姓尤的女人相劝。他起身买了两听啤酒和两瓶果汁饮料。自己独自饮着啤酒，将两瓶饮料推到小惠的面前。许久，小惠终于止住哭泣。

建军问了问小惠这近十年的生活状况，心底虽然也有些心酸，但仍不能放弃承担起父亲安危的责任。

"小惠，你和建民离婚十多年了，你们之间已经没有任何关联。和你最有关联的是亮亮，那是你儿子。亮亮多次夜不归宿，而且多次拿菜刀威胁爷爷。我考虑，你应当承担起对亮亮的抚养和教育的责任，你应该带着亮亮一起生活。"

此时此刻，小惠才明白建军约她见面谈谈的意图，不由神色大变。"二哥，让亮亮离开奶奶，他住哪？他怎么生活？"

建军道："怎么不能住到你那里？"

"你不知道吗？她和那个男的住了十多年，也没结婚，亮亮怎么过去。小惠没工作，得罪人家，小惠没了生活来源怎么办？"那个姓尤的女人一点也不客气。

建军扫了这个姓尤的女人一眼，他已经知道这个女人的品位，也知道前弟媳的生活状况。他不想和这个姓尤的女人再说些什么，转身对小惠，道：

"你考虑一下。真的有过不去的坎，二哥可以帮你。"说罢意欲起身。

没承想却被姓尤的女人抱住。她笑嘻嘻的，眼里却是说不清的风情，说："二哥，今晚上你们都去我家里，我也陪着，咱们一起好好聊聊，行不？"

小惠也扯住建军的衣服，哭着道："二哥，我们一起喝酒，我知道二哥也爱喝酒。我陪你，你饶了亮亮行吗？"

建军一把推开小惠，喝道："你，太过分！"

建军拂袖而去，却也不乏对小惠生活状态的担心。他知道，如果不是这桩错误的婚姻，老三不会走向精神失常，小惠也不会为生活而挣扎，到了不择手段的程度！他甚至有些同情前弟媳，只是前弟媳太没有骨气。

两天之后，建军向西城法院提起诉讼。在提交起诉书的当日，建军在处理公务之间，抽空回到木樨地看望父母，其间便让与自己随行的干部，在父母住宅的楼下略略等候。他顺便也想观察一下侄儿亮亮的反应。亮亮一反常态，很沉默，但看得出亮亮对自己多少有些仇视，想必小惠也已经向亮亮通报过两天前的情况。

建军略坐了坐，便要起身。毕竟自己是领导干部，还是在上班时间，单位里还有很多事情需要自己处理，虽然下属并不知道自己在处理私事。

薛功瑾已昏昏然倚在床头。他时而清醒，时而糊涂。

肖老太太将建军唤到厨房，背着薛功瑾问建军："你真的要把亮亮赶走？"

建军沉默许久，点了点头。

肖老太太声音不大，却声色俱厉地告诉建军："我只说两句话。第一句话，亮亮是你的亲侄子。第二句话，那是我的孙子。"

建军半天没说话，但母亲的话，也分明是让自己手下留情，且多少有些最后通牒的味道。但是，在父亲受到亮亮菜刀的威胁之后，建军并不认可母亲给自己的压力。相反，作为儿子，如果连父亲的安全受到威胁都无动于衷，还是儿子吗！

这是第一次，建军和母亲发生口角。"妈，爸爸已经老了，给爸一个平安行吗？"建军第一次和肖老太太顶嘴，也是第一次明确表示，不会遵从她的旨意。

知子莫若父，也有人说知子莫若母。对这个儿子的性情，肖老太太再明白不过了。他是孝，却有自己的主意。他越有能力，越是意味着亮亮会被"打入十八层地狱"。

"阿毛，你知道这个官司，对亮亮意味着什么？"肖老太太怒视建军。

"妈，你知道不打这个官司，对老爸意味着什么？"建军一反常态。

"我老了，管不了你们。我知道你长大啦，有能耐啦！你能赢。合法不合情，合情不合法。我也不管了，我也管不了。"

这是第一次，建军和母亲发生正面冲突。也就是那个时候起，建军和母亲之间筑起心灵上的一堵墙。

尽管已经筑起这道墙，母亲却又回返，道："阿毛，要保护自己，别让人家说你有什么把柄。小惠已经变了，不是十多年前的那个孩子，跟她相处，要多加小心！"

建军无言。他知道老妈嘱咐的这句话，必有原因。但究竟是什么原因，建军顾不得细想。

在西城法院，建军与当事的法官翻脸。这个翻脸过程，建军已悄悄按下录音键进行记录。在他上衣口袋里，有一个微型录音机。

"你想让你的侄子薛亮露宿街头？腾房，他住哪里？"

"他的住处是他母亲要考虑的，我无能为力。他可以去他亲生母亲的住处，去共同生活。"

"有什么证明，他在他的母亲那里有居住条件？"

"我是为我的父亲生命安危打这个诉讼！"

"没有证据证明当事人薛亮有其他的居住条件，你的起诉，有败诉的可能。我管不了菜刀不菜刀，劝你还是收回这场诉讼！"那个年轻的法官毫不退让！

"你混蛋！你以为能唬住我。老子是来起诉的，如果我老父亲让那个混蛋孙子拿菜刀砍了，我上诉中院告你一个不作为！那，出的是人命！"

建军毫不妥协。那个姓赵的年轻法官自以为能用法官身份压住起诉人，却没承想起诉人将自己骂得狗血淋头。

"你敢骂法官？你要承担法律责任的。"那个法官咄咄逼人。

"我告诉你，我骂你混蛋，并不过分，你好好想想，别用错了心思！一旦我的老父亲生命安全出了问题，你拒绝立案，也要承担法律责任。你看着办！"老二建军毫不客气。

当然，办案的法官也有些心虚。他从未见过使法官的尊严扫地的原告。他再三阅读起诉书，知道起诉人是一家大型国企中层干部，且是负责市场开发的领导干部。他知道，这个层级的干部，他惹不起。

法院的刘副院长早就嘱咐过，这个起诉人，是三庭老庭长的发小。再说得准确一点，这个刘副院长是老大建国的同班同学。当初在三十五中的足球场上，建军被他恶意用足球一脚踢中，建军当初要"收拾"的就是这个人。赖于建国的制止，建军的"狐朋狗友"们在当时就没收拾他。这个姓刘的小子自然也知道是老同学薛建国在起保护作用。

"小子，你掂量着办！"建军冷冷地扫了一眼这个年轻的法官，道："我给你留下余地，劝你多读些孔孟之道，也劝你今后要孝敬自己的父母！我绝不会容忍自己的父亲，每日在孙子的菜刀之下生存！"

这个法官目瞪口呆！

"叔，你消消气，我再查查相关材料。"小法官在建军的强势面前，当即服软。

"丢了饭碗，别怪我。叔叔我给你留下忠告。"老二建军起身，那个法官目送建军离去。其实这场官司早有定论！

这个定论，建军心里有数，而这个年轻的法官，也心里有数。

建国曾经找过他的发小，这个发小外号叫豆豆。豆豆是老大建国的同年级发小。豆豆的父亲也和薛功瑾的状况相似，也是 1958 年公安部调到科技实验厂的"大国工匠"的身份。豆豆和建军同年入伍，退役后被分配到西城法院。通过自身努力，终于爬到民事庭庭长的职位。

这个豆豆，与建军也熟悉。而这个提请诉讼的案子，恰在他的权力范围之内。

只不过，小法官受老领导暗示，当然要将相关要素暗示给当事人。偏偏遇上这么一个蒸不熟、煮不烂的东西。他知道，建军这类人，他惹不起。和这类人打交道，要格外小心。

建军教训了小法官还不到一个小时，便接到老大建国的电话。

"老二，你够狠的，敢教训法官。你把那个小法官吓得不轻。"老大建国调侃道，"豆豆刚给我来电话，让我'曲线救国'。"

"什么意思?"建军问。

"小法官有顾虑，又要对豆豆有交代，想让我们把小惠的住处弄清楚。案子要坐实，也是一个思路。"老大建国倒平静。

"是不是又提出要报酬?"建军笑道。在老大建国和豆豆的接触中谈及此事，豆豆便谈到总该意思一下。只不过"意思一下"的意思，这一点，建军是明白的。

"这次没有，毕竟是从小一起长大的。他不提，事成之后，我也要意思一下。豆豆说的有道理。"建国话语沉稳。

"好的，那我们就这样办，豆豆毕竟是内行。"建军也赞成。

小惠的家，原在辟才胡同，在八年前拆迁。只记得那个时候，是按人口对应拆迁人员进行安置。只记得那个时期小惠执意要将亮亮的户口迁到辟才胡同。迁去不多久，又迁了回来。肖老太太没有做过管理工作，自然不会考虑到这一层。但这个细节，建军听说过。回想起来，自然悟出七八分。

50 岁左右的人际关系，盘根错节。吴云花找到第四研究所所办主任，说明实际情况后，所办主任当即开出外调文书，还特意向吴云花打听建军的情况。吴云花这才知道所办主任的哥哥与建军在小学、中学都是同班同学，关系自然又近了一层。

建国和建军拿着公安机关的外调令，自然一路畅通，当年拆迁的原始档案很快被调了出来。建军抓过沾满灰尘的原始档案，面无表情，但内心窃喜。

在拆迁家庭分配房源上，注释非常明确："小惠一家应安置人口为七人，分别是其父母一居室楼房位于丰台菜户营，小惠及薛亮两居室楼房位于朝阳清河，其妹妹一家三口两间平房位于东城东四。"在"小惠及薛亮的两居室楼房位于朝阳清河"这几个字旁边，还特意有一行钢笔字——"领导已批示同意"。

建军沉着脸，当着开发公司的人，对建国说道："你把原始资料拍照下来。"

此时此刻，建军才明白这是小法官设的套。他是想要把事情做圆满。想必是当初小惠和其父母变更住房位置，制造出亮亮无房居住的假象，并以此威胁小法官。

回过身，建军又对档案室的负责人说："实事求是，请你们出一份公函，证明当初的拆迁分配情况。"

有真实的公函，有真实的警官证，且老二建军当领导多年，多少也有些官腔，这个档案室负责人也不知道他们是什么来头，又不敢多问，只得连连应诺。

出了这家公司，兄弟二人开车返回。老大建国笑道："你若当演员，绝对有悟性。我这个一级警督都成了你的下属。"

老二建军道："胜券在握。"

开庭不过是走个过场。当建军将外调情况材料交给那个小法官，那个小法官也连连点头，道："叔，您放心。妥了。"

开庭当天，曾经的弟媳小惠，作为侄儿亮亮的代理人出庭。在庭前她对建军笑道："二哥，亮亮没地方去，一辈子就只能住在那里。你别忙了，白忙。"

建军分明感到小惠的得意。他只是笑笑，不作应答。开庭了，没等建军将起诉书念完，小法官便喊："停！你把被告人薛亮在什么地方有居住地的证明呈上来！"

建军暗暗发笑，却面无表情地将开发商公司的原始住房分配方案递过去，并附上开发商公司的公函证明。其实小法官早已经收到了相关材料的复印件。

后面的事情，就简单了。

此二哥不是彼二哥，小惠的脸面全部撕下，连连叫骂："你狼心狗肺！你害我儿子，我跟你没完！你小心走路摔死、开车翻山沟里！"

建军既然达到目的，也不想和这个泼妇理论。这场官司师出有名，以薛亮多次对爷爷动菜刀进行威胁为开始，以薛亮失去木樨地的居住权而结束。

小惠的想法是让亮亮拥有永久居住权，在那里结婚生子，由自己的儿子亮亮继承房产。

肖老太太的态度，是宁可让与她结为夫妻六十年的老伴受委屈，也要对亮亮的恶劣行为进行包容。肖老太太的这个倾向，除薛亮之外的所有家人都有不满，却又没人敢和老太太讲道理。去沟通，根本不可能。敢顶撞老太太的，只有建军。

这桩 2003 年的腾房诉讼，已经剥夺了亮亮在木樨地科技实验厂宿舍的居住权。直到 2010 年薛功瑾去世，他总算有了 7 年的太平岁月。在薛功瑾火化和下葬的整个过程中，建国建军兄弟俩又负责起所有事宜，且通知第三代参加。所有费用由建国和建军来承担。

说到这里，又不得不说说薛老爷子生前的想法。薛功瑾在患有老年痴呆初期和狂躁型精神病状期间，两个儿子都曾经带他去医院诊疗，薛功瑾明确表示，死后木樨地房产的大间归老大，小间归老二。

只是父亲已患有老年痴呆，一会儿明白，一会儿糊涂，不能去做公证。兄弟俩相互信任，也没有做公证的必要。建军知道亮亮可以做弟弟的代位继承人，他还是希望老三走后，给亮亮一些份额，让侄儿亮亮能够有立足于社会的经济基础。

一天，又是个炎热的日子。建军和部门的一名干部在工作时间开车去检查下属单位的工作。恰巧途经父母的住处，便嘱咐这个干部略等一下，道："稍等一下，我十分钟便回。"

建军在父母居住地楼下，顺便买了一个大西瓜，拣最贵的买的。进得家门，便将西瓜洗净，端到房间，问："爸妈，家里有事吗？有什么要我办的？"

父母均已 80 岁，且并不融洽，这是建军的死穴，最担心的根本之处！

看到父母身体还好，自己公务在身，且楼下还有自己部门的干部在等待，略坐了坐便起身下楼。父母住在四层，未待建军走到二楼，却听到父亲喊着自己的乳名，又听到父亲跑下楼的脚步声。建军忙停步，回身迎过去扶住父亲。见父亲抱着十多斤的西瓜跑下来，跌跌撞撞，一脚踏空，险些跌倒，恰被建军扯住方才站稳。

薛功瑾对建军道："这么大的西瓜，我们吃不完，要浪费掉的。"

建军闻言，当即火冒三丈："浪费就浪费了，你 80 多岁的人，从四楼跑下来，就不怕摔着，多危险。"

薛功瑾却执意让他拿回去。好心不被理解，反倒险些让父亲从楼梯上摔下来，气得建军一挥手，将西瓜摔在地上，砸个粉碎！

建军的脾气，让母亲也心惊。

在父亲火化和下葬的当日，考虑到母亲已 80 多岁的高龄，建军便与陈川菊商定，由建军的继女薇薇将 2 岁的孩子飞飞带到木樨地去陪伴母亲，女婿燕培随行送葬。毕竟儿子毛毛的老丈人和丈母娘都在北京，由毛毛的丈母娘照看孙子，让儿子和儿媳同行送父亲一程。但是第三代的表现令建国和建军心寒。准确地讲，说的是建军的儿子毛毛和老三的儿子亮亮。

刚刚到达墓地，儿子毛毛便对建军说："让我们都来送老头儿，怎么薇薇就可以不来？戴惠下午有事，我们一会就要回去。"

建军问道："有什么大事？"

"她跟朋友约好了，有个亲子活动会，已经交了活动费用。"

"推掉！一会儿还要看你叔叔。"建军颇有怒气，况且自己弟弟的墓地也在这里。

父亲的骨灰入葬后，建军看到儿子毛毛、儿媳戴惠和侄子亮亮在很远的地方私语。从表情看，想走，又不敢走。居然在爷爷下葬当日，做什么亲子娱乐，建军甚为不悦。

同是一个凤凰陵园，建国和建军葬下两个亲人，一个是小弟，一个是父亲，且两个墓碑相隔不过数十米的距离。这座陵园，肖老太太只来过一次，就是为老三选择墓地时来过。

在建军的印象里，老三去世时，老太太泪如雨下。在父亲去世时，建军泪如雨下，而母亲却说有些害怕，一滴眼泪也未曾流过。建军难以理解母亲的内心。

建军也有怪癖，只要到寺庙或墓地，就有一种心境的宁静。他从小思维就跳跃，唯有在常人不能理解的地方，他才获得安宁。在老父亲去世后的若干年里，他都依稀看到父亲进到自己的家宅，他迎上前去，却什么也没有。

是幻觉？建军认为不是，他并不迷信，也不糊涂。

父亲在晚年被建国和吴云花送至老年医院。从二月底住院到五月初离世，老太太曾随建军去过唯一的一次，而那时父亲在危重病房，母亲只是随自己在医生办公室了解父亲危重状况和抢救的方案，连病房都没有踏进。

凤凰岭上的两座墓碑，是建国和建军永远的伤痛！

驱车南下，路标显示已近宁波。随即南行，离宁海仅 80 公里。车速减缓，时速为 90 公里，此时约下午三点半。

建国边开车边问："老二，还有点印象吗？"

建军摇摇头，道："十年啦。"

建军不想多说，毕竟十年前的回乡并不愉快。那时，建军和陈川菊只是"吴云花荣归薛家故里"的陪衬。

十年后，陪衬和被陪衬的光环都已褪去。

建国和吴云花的亲家，无论是亲家公，还是亲家母，在他们的眼里，早已都是狗屎一堆。亲家公，那个曾被吴云花捧上天的军级干部，多年来与情妇勾勾搭搭，早已弃丑妻而去，投向一个号称富婆、比他小十多岁的女人，去寻找幸福。而亲家母受到情感打击，也多少有些神经质。

其实，薛宁的公公和婆婆早已感情破裂。相约在其儿子和薛宁结婚之际办理离婚手续。

什么世道说什么话，而建军却什么也不想说。

在他的脑海里，对于故乡的记忆，只有父母亲留下的故事。在宁海自己曾经在 2 岁时，对爷爷奶奶说过"鸡要吃人"的笑话。

十年前还搞不清楚宁海的东南西北，便仓促离开故乡。十年之后，建军期待能够实实在在地踏在故乡的土地上，多知道一些家乡的风土人情。

此时此刻，兄弟俩的心情都是复杂的。建国不会在十年后，再像吴云花那样吹嘘她的亲家。相反，建国对女儿薛宁的婚姻有一肚子的不满。他的不满不仅仅是对亲家夫妻人品和行为方式的不满，更是对女婿的不放心。说穿了，是对女儿婚姻的不放心。

这些，俱往矣。只是麻烦还在后头。

兄弟俩进入宁海，已是下午四点半。按照宁海小姑姑的安排，晚上在宁海屈指可数的酒店设宴，为兄弟俩接风。作陪的有二姑姑一家，小姑姑一家，合计二十余人，也算得隆重。住宿，按建国本意是安排在小姑家，建军坚决反对。说穿了，建国和吴云花与小姑绿妹是私交甚厚的，而建军和陈川菊的情感又倾向于大姑。

老大历来随和，便订下一家旅店住宿，价格也便宜，且兄弟两人居住也随意。第二日，建军随哥哥逐户拜访长辈，从略。

第四章　离异，躲不开的一劫

"老大，今天两个姑姑的家人都到齐了，几个叔叔和大姑的家人都没露面，是怎么回事？"建军多少有些疑问，召集人是小姑，必定与小姑和薛家上辈的人际关系有关。

"家家有本难念的经。我们这辈如此，上辈也如此。"建国倒也坦然。

席间所有的人都好似生面孔，除去四十年前陪小姑参观过北京故宫，其他几位都没有什么印象。

和大姑见过面，且印象深刻，听说此时大姑在病房，病势危重。大姑父也年事已高，未出席。

"明天去看看大姑？"

"好的。"席间不便多说，建国点了点头。

小姑发表欢迎兄弟俩到家乡的致辞，建军亦当即回复致辞，无非是感谢故土，感谢亲人，以及表白父亲薛功瑾的子孙辈对家乡的思念之情。建军的口才令席间各位感到惊诧。毕竟，没有人与建军交往过。小姑虽然是地方上的名人，是县里的政协委员，她知道她的大侄儿建国和大侄儿媳吴云花是处级干部，知道建国的亲家是了不起的军级干部，建国是她娘家人的骄傲，但她并不知道，侄儿建军在网络上也是一个名人，是作家。建军的妻子陈川菊也是一名副师级军队干部。

一切，只是大家族聚会面上的风光，回到旅馆，一切都是虚的，在这间旅舍里，只有兄弟二人。"还有什么安排？"建军问。

"没有，就是各家转转，回访。"建国答道。

"安排一点时间，看看爷爷奶奶的墓吧。"建军神色有些疲惫。

"人生不如意，十有八九。你有怨气，我知道，最近和川菊又有口角吗？我劝你改改脾气，川菊对你不错，是拿你当国宝熊猫供着呢。"建国边收拾行李，边道。

"我可不是什么熊猫。我是一个局外人，和陈川菊是半路夫妻，女儿只是继女，外孙女儿，也不过是继外孙女。至于毛毛，是不是我的亲生儿子，都不知道。只怪我心太软，其实过去曾经有过很多机会去验证。现在，都到了知天命的年纪，连毛毛是我的亲生儿子还是个野种，都没有搞清楚，这是我一生的悲剧。"建军回复哥哥的话，未免有些伤感。

"你证实过吗？"建国问。

"过去想证实，不敢证实。而后来想证实，却没有机会证实。"建军有些沮丧。

应当说，建军有着非常人的坎坷经历。父母感情不和给家庭带来了深刻的影响，只不过，三个儿子对父母之间"对立了一辈子的关系"，做法不尽相同。

老大1979年进了公安部第四研究所，且于1980年与吴云花成婚，更注重自身的小家庭。他管不了父母之间的感情不和，索性都去孝顺，虽有看法，绝不做评价。

老三1976年地震之际，和院里的几个少年因为打架被重判十二年，出狱后为情所困。薛功瑾恨老三的不成器，自然也不把老三放在心上，只当没有这个儿子。老三建民被判刑十二年，对这个家庭的影响巨大。

岂止是一个家庭。在这个公安部科技实验厂的宿舍，一时间便产生七个10多岁的"罪犯"，也产生七家无产阶级专政下的"罪犯家属"。

在那个年代，薛家有一个被判刑十二年的儿子，是整个家庭的耻辱，也深刻影响着这个家庭每一个成员在"以阶级斗争为纲"那个时代的社会地位！

瞬时，历史清白的七个"革命家庭"中的每一个人，都体会到政治地位的一落千丈。

而就在那个时候，老三建民进入铁窗，他的梦中情人小刘黎彻底离他而去。

老二建军所受的影响也是巨大的。1977年，建军25岁，曾经有人给建军介绍对象，女孩是北京新闻电影厂车间的团支部书记，小周。约会时间是下午一点，地点在天安门国旗的旗杆下。俩人一见如故，从社会进步到科技发展，从地理到政治见解，有说不完的话。直到吃过晚饭，建军才将女孩送回家。

建军在送这个女孩回家的途中，告诉她，自己的弟弟尚在狱中，并告之弟弟的情况。而这个女孩却依然说："我喜欢你！"并相约下周日再见面。

谁料想，周六下午，建军在上班时便接到电话，电话是这个女孩的姐姐打来的，通知建军取消明天与女孩的约会。理由很简单，你的弟弟是一个罪犯，我们全家都不放心。

建军理解打来电话的那个人的思维，这毕竟是一个负责任的姐姐，唯恐今后自己的妹妹受到伤害，又担心建军如期赴约而白白地让他等候。

这姐妹俩给建军留下深刻印象。建军虽对这俩姐妹的行事风格都有好感，却并未过多放在心上。相反，他更多的是回忆在心中抹不去的那个，是不是在少年时代能被称之为"初恋"的同桌。

可谓人生多捉弄，和这个姓周的女孩分手后，仅仅两个月，建民无罪释放，且恢复团籍，补发工资。倘若建军再瞒两个月？

建军却坦然，人各有命。

更何况老大建国病休吃劳保，近30岁的他，更是婚姻上的困难户。老三平反，是薛家的喜事，也是薛家重新立足于社会的起点。

为了老三建民的平反，作为他的哥哥，建军费尽心机。上至公安部部长，下至北京市公安局的局长，申诉材料近百封，年轻人打架，且双方均未有人受伤，判十二年是否合适？这个平反，让薛家欣喜若狂。

只是出狱归出狱，平反归平反，老三建民的女朋友小刘黎，已不可能挽回，建民受到了强烈的精神刺激，破罐子破摔。和小惠成婚，是老三建民的玩世不恭。建民的玩世不恭在先，引出小惠的玩世不恭更甚。周而复始，成为婚姻破裂的必然。这是后话。

建军心里是最苦的。他为了自己的这个家，也为了寻求精神上的完美而苦苦挣扎。

源于小学同班同学的相识，到底算不算初恋？他和她，曾经都被解放军艺术学院舞蹈系初选选中，全校同年级十个班共五百多名学生，选中十人。在同一个班，只有他和她被选中。她叫程殊。

建军只记得在解放军艺术学院考试的现场，曾见到程殊和她的母亲。建军在复试中被淘汰，不久，便进入三十五中，直到几个月后，听说程殊也没有被录取，考入师大女附中。

少男少女，没有更多的相处，也没有花言巧语，仅仅是一对少男少女的心灵感应。在以后的几年相见中，男孩和女孩自然有些说不清楚的感觉。

事情发生于偶然，也让建军在瞬间难以决断。

建军被征兵办公室录取，虽然不发领章，当日却领取军装。

他在三十五中 1968 届初中同班同学的狐朋狗友，当然也少不了数年前曾奇袭过的"六个脑袋的狗友"。笑称"狗友"，实为初中时代生死相交的挚友——他们相聚，十多名同学留下具有历史意义的合影。时隔五十多年，建军常常拿起这张照片，在心底呼唤着："你们在哪里，又生活得如何？"

这十多名同学当然也是哥哥建国的校友，比哥哥低一届。他们被分配到房山化工厂，也有自己当年同班的两个同学，也就是"敲破六个脑袋"与建军"肝胆相照"的狐朋狗友。狐朋狗友，似乎是最贴切的称呼。

毕竟，五十多年前的社会氛围，与今天截然不同。电视机里，曾经播过一部电视连续剧，叫作《血色黄昏》。这部电视剧讲述了那个年代的故事。那个年代，是就是是，非就是非。

而建国和建军都是那个时代过来的，说穿了，建军或许是那帮混蛋小子中的一个，老大建国却是乖孩子，从不参与混蛋小子们的是是非非。

明天就要出征，西城人民武装部集合。建军身着军装，站在自家晾台上。恰巧见程殊从院外归来，没承想程殊却因仰望四层楼上的他，一不小心绊倒在地上。这个瞬间，建军看得清清楚楚。

他分明记得就在昨天，他和程殊在院里相遇，程殊将他唤住，问："薛建国，我知道你当兵了。什么时候走？"

"后天出发。后天早晨 8 点，在西城武装部集合。"建军红着脸，他看见程殊的脸也涨得通红。

"我们能留下联系方式吗？"程殊低声问道。

建军沉默半晌。旁边人来人往，他无语凝噎。程殊一眼见到有一个认识自己的阿姨路过，红着脸夺路而去。

其实，年仅 16 岁的程殊和建军并不懂爱情。说穿了，不过少男少女的相互吸引，彼此有好感，却不知道爱情应当是男女关系中的以命相许，这个命，包括命运和生命。即使建军退役，也不到 20 岁。这个年龄的男孩和女孩的相处，被当时的社会视作资本主义的少爷和小姐的修正主义观念下的行为。

建军退役后，曾与程殊私下见过几次面，只不过双方言谈举止都有分寸，好似隔了一堵墙。又曾听说，程殊的父亲发现过建军给她的一封信，她挨过一次打。久而久之，自然便散了。但建军仍将他与她，连手都没有握过的一段情感，视为初恋，直至晚年。

在他成为作家协会会员之际，他仍说："每一个老人，都曾经年轻过，都有难以忘却的美好回忆。"

老二建军在感情生活上的坎坷，远远超过老三建民，建民在生活的现实与感情的失落中被打垮了，而建军是顽强的。

父亲望子成龙而陷于失望之中，母亲跻身于忙碌的职场之中，似乎都忽视了这三个孩子在理性教育上的需求。建军在已过花甲之年的时候，深深感到父母亲在思维上的局限性。

在 20 世纪 70 年代初，建军退役被分配到东方红医疗器械厂。那时候，家庭居住地离工作单位稍远一些的职工由单位安排宿舍。建军是每周三公休，倘若到家，也只是只身一人而已，便居住于职工宿舍。

建军被分配到组装车间的配电班，实际上是组装和调试班组。带他的师傅是一个 33 岁的女职工，周质瑜。周质瑜是 1949 年以前就参加工作的童工，对工作要求极为严格，行为举止端庄，对建军颇为严厉，却偏偏对建军的生活格外关心。

每日面对一个严厉的师傅和关爱自己的女性，建军也感受到师傅周质瑜集"母爱与姐弟之情"于一体的情感。

姐弟情！一个 33 岁的姐姐和 19 岁的弟弟相认姐弟。

建国的姐弟情的基础是母爱的缺失，或者是一个刚刚成熟起来的小男孩对成熟女性的依赖。肖老太太在 40 多岁的时候，为实现职业女性的"华丽转身"，忽视了孩子对母爱的渴求。周质瑜和建军的姐弟情，是由于夫妻感情不和。多年来的争执，让独居异乡的她更期待一个自己的亲人，能和她说说心里的话。

心灵上的欠缺，是建军与他的师傅"姐弟情"的基础。在那个横扫一切"封资修"的岁月，姐弟情便是封建思想的残余，更何况男女授受不亲，是资本主义生活的方式。

姐弟相认，成为男女之间不可逾越的鸿沟，也成为莫须有的理由。建国因"工作需要"而调离这个班组，其原因众人都心照不宣。只是苦了建军的义姐，那是心里的疼。建军心里有数，但各级领导都说是工作需要而调动，去哪里分辩？因工作需要而调动的分辩，是分辩的理由吗？

他无奈。在无奈的日子里，在一片声讨之中，他躲进集体宿舍自成一统，愤怨之中写下一部长篇小说《棠棣魂》。更准确地说，他写下了一部纪实文学作品。这部作品，可以说是一篇檄文，真实记录下那个时期的社会状况。

在写作《棠棣魂》这部小说期间，他与程殊断掉了联系。也许，建军和程殊都是幸运的，如果相处到几年后老三建民成为罪犯入狱，程殊也会毫不犹豫地选择和建军分手！建军能了解程殊骨子里的功利性。

这本书，是建军在22岁时创作完成的，在他59岁的时候，图书正式出版发行。

可以说，所有的人物都是真实的一个人，每个细节，都是真实的一个细节。这本畅销的文学作品，缘于他的一时激愤。当然，他也为这个激愤而付出人生惨重的代价。

人性，真实，是文学的基础。而建军和瑜姐的相处，受到封建思想的影响。他在与姐姐相处中感受到羞涩。他爱姐姐，姐姐也爱他，当姐姐抱着他的时候，身体相触的瞬间，他也会涌起一丝冲动，是对母亲的眷恋还是对异性的渴求？

放到今天，一个30多岁的成熟女人与一个20岁"小鲜肉"的相处会是怎样的？任何人，都在用"解放了的思维"在猜测。可惜的是，是师徒同时又是姐弟的他们，从未越雷池一步。这是那个历史时期的社会道德。枉担虚名，又何必当初？

时至今日，建军倒后悔，何必单纯？在建军已迈入花甲之年，在他的瑜姐已经离开这个世界的时候，他反倒痛恨自己的"单纯"，因为他的认知随着日月的旋转，终于知悉一个成熟女人对自己曾付出的心。而那颗心，是复杂的、苦涩的，自己未曾明了。那时，太年轻了。

近四十年之后这本书出版时，社会的氛围已经大变。

建军的这本书，在当时居然也成为手抄本，这是他做梦也未曾想到的。尽管是在有限的范围内流传，仍然给建军的处境带来了威胁。在那个疯狂的年代，上午是"好同志"，下午就可能是"反动派"。他是钣金工，用铁皮做了一个盒子，将书稿放进去，再用蜡密封，埋在石景山区的一个寺庙的门阶下。他希望数百年之后，后人在古迹的维修中发现这部书。真可谓用心良苦。

其实，作为一个普通的老百姓，只需求平安，衣食温饱。老百姓的梦，不过是稳定和安宁，他们最担心社会动荡引发战争。薛功瑾常常告诫建军："别出什么政治风头。好好学习手艺，学技术！"

若干年，在建军两鬓斑白之后，才知道父亲说的是对的。

在 1976 年年底，建军欣然从石景山那个寺庙台阶下，挖回埋下近一年的铁盒子。打开铁盒的蜡封，手稿完好。建军心中不由得泛起一片喜悦。

应当说，这部书，建军把它看得比自己的命重。因为，他知道，虽是自己一时的激愤，他却运用写作技巧，真实地记录下社会的点点滴滴。在完成手稿后，他已经预感到这部书在历史上会留下痕迹。

书归正传。

在 1978 年的秋天，老三建民用平反补发的工资，宴请他的那些刚刚出狱的小伙伴。在公安部科技实验厂宿舍的院子里，他们曾引起所有人的关注。这些十七八岁的男孩，重回叔叔阿姨们的视野。

肖老太太责怪老三："你平反了，是好事。请这个请那个，最该请的，你忘记了？没有你二哥建军，就没有你的今天！"

在书桌下，仍保留着建军为建民准备的申诉材料，是那些未寄出的申诉信件。只是，这些信件已被包裹得严严实实，变成尘封的往事。而每一行每一字，都是建军的字迹。

"我知道。可是跟二哥相处，我有些怕。我不知道他什么时候高兴了，什么时候又生气了。"他捉摸不透。老三建民也浑，不怕大哥，却怕老二建军。老二从不怵任何人，却对老大毕恭毕敬。老三建民却不怕老大建国。这是兄弟三人的怪圈。

记得老二建军刚复员时，老大在房山化工厂上班，老三在顺义插队。趁父母都上班之际，建军约程殊到家里见面聊天，却被偶然回家的建民撞见。待程殊走后，老三笑嘻嘻地道："刚才来的是二嫂吧？"

建军一拳打在建民胸前，作为顺义县足球队的前锋队员，比建军还高出半头的建民，却被这一拳直打得连连退后。建军心里明白，虽然只用了七分力，已经让建民心生畏惧——"该说的说，不该说的闭嘴！"

以前，老三没敢在老二面前放肆过，自此之后，老三更不敢放肆。

随着罪犯家属这个帽子的脱落，兄弟三人相继成婚。

老大成婚，一帆风顺。

老三成婚，已成灰飞。

老二建军，经历了别一番的坎坷历程。

建军的初婚，令人唏嘘。他的第一任妻子，是比他小三岁的贺梅。贺梅，典型的开放时代的注重自我意识的新潮女孩。定义词虽多，却也确切。

建民出狱，才有了建国和建军的下一步，否则，这个曾经的"革命之家"的每一个成员，仍然是罪犯家属。改革开放初期，被社会所压抑的各种思潮汹涌而出，平反成为社会的主导氛围。更兼十亿人民九亿商，发财成为最前卫的呼声。

甘家口十字路口的东北角，是一片绿地，也是他和贺梅几次相约之地。在建军的眼里，贺梅比不得程殊的飒爽，也比不得那个团支部书记女孩儿的实在。但是值得一提的是，在绘画尤其是仕女画上，贺梅的天分极高。也许作为文学青年的建军，之所以能和她走到一起，这是重要原因。

只是时过境迁。远处传来一阵阵歌声，混合于改革开放之夜的景象之中。

"山青青，水碧碧，高山流水韵依依。一声声如泣如诉如悲啼，叹的是……"

那是感染过众多痴男怨女的著名女歌唱家李谷一的泣声流行唱法。

情网，陷住建军，还是陷住贺梅？

记得当时的介绍人讲，贺梅曾经有一个男朋友，据说比贺梅大5岁，也是家住西城，但是在门头沟煤矿上班。人，长得也算清秀，只是贺梅的妈妈嫌他是煤矿工人，死活不同意，两人就被拆散了。

在建军和贺梅刚开始相处时，建军在贺梅家里见过一个和自己年龄相差不多的男人，见到建军便急急转身而去。建军问道："我看你们聊得挺带劲的，怎么我一来就走了？"贺梅道："这是我的远房哥哥，原先就住我家隔壁的院里。"

贺梅流露出淡定的神态，将话题扯开。但她的这个远房哥哥再也没有了音讯，也未曾听别人提起过。建军怀疑，此人很可能就是介绍人说的那个在煤矿上班的前男友。

在开放的氛围中，1979 年的 4 月底，建军与贺梅偷尝禁果。随即，便是贺梅的怀孕。一切都来得那么突然，一切让建军毫无思想准备。建军和贺梅仓促成婚，但是有三个重要因素，注定他们很快就离散。

第一就是当时住房状况，第二便是丈母娘的霸道，第三也可以称之为建军与贺梅之间的"三观不合"。这些因素，令建军忍无可忍。

既然是儿子结婚娶媳妇，薛功瑾与肖老太太商议将外间小房腾出来。老大建国已调进研究所，附近有类似于集体宿舍去住。老三建民在顺义插队，难得一两个月回来一趟。这个方案打破了原有的居住格局。

建国能接受，建民不满意。况且贺梅也不能适应这个格局，闹着说在一起吃饭吃不习惯，要和公公婆婆经济分开，独起炉灶。也许这就是个性？或许是新潮？建军也不赞成贺梅这样做，但确实没想到，劝都劝不住。

他有些懊丧，或许对贺梅了解得太少，这是偷食禁果的报应。建军和老三建民看到父母在房间里面无言呆坐着，而贺梅却把热腾腾的饭菜端进小屋。

建民浑劲上来，砸碎门上的玻璃，将一把水果刀扔进屋里，惹得贺梅又惊又怕，当即便回了娘家。已是深夜，建军不放心，更何况贺梅怀有身孕。将贺梅送至娘家，贺梅仍哭哭啼啼。而建军被丈母娘训斥一番，赶了出来。回到木樨地的家里，却听见父亲正在痛骂老三。

老三没有错，他不迁就贺梅，是因为怕父母受委屈——建军心里也明白。

在之后的两个月里，建军每天下班后去看望怀有身孕的贺梅，每天在承受丈母娘的一番白眼之后再灰溜溜地回到木樨地。明知道在社会上随着大批知青的回城风潮，年轻人结婚无房成为当时社会的普遍现象，建军心里也不是滋味，却又无奈，便萌生了调动工作来解决住房困难的想法，但这又不是急切能办到的。

也许是因为年轻，奉子成婚，想要免去左邻右舍的那些难听话，却没想得更长远些。夫妻分居，肚子一天比一天大，贺梅也焦虑。说起来，贺梅在家最小，也霸道，虽说母亲霸道，但和这个女儿相比，还是差一些。

贺梅家祖上是清朝时期一户贵族人家的包衣，是地地道道的老北京。到她爷爷这辈，曾给一位逝去的京剧名家守墓。父亲因历史问题坐牢，出狱后在东北的那家劳改农场转为职工就业。

贺家在甘家口附近，有一块面积不小的私人宅基地，小院足可以盖几十间房。贺梅认准了这个想法，和母亲大吵大闹了两个月，才迫使母亲同意盖房。

在贺家母亲的眼里，嫁出的女儿泼出的水，本不该和家里再有什么瓜葛，没承想结了婚没两天就回来住，还吵着在家里的宅基地上盖房，老大不愿意。好在贺梅的大嫂，是长期在办事处工作的干部，还通情达理，一再替贺梅做说服母亲的工作，贺家母亲也就勉强答应下来。

在贺家私人宅基地上，两天之内，便盖起一间不到 12 平方米的住宅。高不过 1.8 米，却是建军和贺梅的家。

建军将这个地方视为家，但这个地方是建军的家吗？

贺梅怀孕 8 个月，时间临近 1980 年元旦，他和贺梅住进那个窝棚里不过三个月，留下一段小夫妻意味深长的对话。

"小梅，元旦，我想，我们都回家里待一会儿，一起和我父母吃顿饭。"

"不行，我妈不会同意。我妈说，你是随女方过来的，住在女方家。她还想让这个孩子也姓贺。"贺梅摸着隆起的肚子，倒也坦率。

建军脸色骤变，他没有想到自己曾努力参与建筑的这个窝棚，竟然成为自己卖身的由头！

他回家了，只身回家。公交车四站地，在木樨地和父母相处不到半小时，他便急急返回那个窝棚！

大门紧闭！任建军拍得山响，任建军喊破喉咙。无奈，建军翻墙而入，刚刚跳过围墙，却听得一声断喝："你属狗的，会急了跳墙？"

只见丈母娘怒瞪双眼，早已在院墙内守候。瞬间，建军明白了一切！这里，不是他的家！但他依然低声下气："妈，我刚才敲院子的门，院里都没听见……"

"放屁！你是倒插门的女婿，就得守我们贺家的规矩！"丈母娘怒气冲天！贺梅却看不下去，将建军拽回窝棚去。建军再想说些什么去分辩，见贺梅泪流满面。元旦之夜，建军一腔怒火，贺梅一腔悲怨，却彼此无言。

"我妈后悔咱们结婚。以为你爸妈在公安部工作能沾点光，没想到连我们结婚的住房都没有。"贺梅说得很实际，令建军哑口无言。

不久，贺梅住院产下一子。这个孩子的名字，建军征求哥哥建国的意见。

"老大，你看起个什么名字好？"建军问。建军很钦佩这个"文化大革命"前的好学生哥哥。

"贺梅，为梅妻，子为鹤，为鹤子。梅妻鹤子，怎么样？"建国答。于是，这个男婴的大名为薛小鹤，对应其母的名字"梅"。建军自称文人，也佩服哥哥的才思敏捷。

若干年后，建军才明白过来，"梅妻鹤子"，不过是梦中楼阁，倒不如农村妞什么"玉"呀，"秀"啊，来得实在。因为梅和鹤，不过都是梦中的东西。莫非这就是上天的暗示？

"阿毛，你叫阿毛，上海叔叔家大女儿叫小毛，这个孩子那么小，叫小毛毛？"母亲肖老太太在旁问道。

"好，听妈的。小名就叫毛毛。"建军倒也爽快。这个孩子的出生，令薛家欣喜，却更令这对小夫妻的生活变成另一番景象。

"我妈说，嫁汉嫁汉，穿衣吃饭，这个孩子是姓薛，那就让你们姓薛的养！"

曾经在街头听过的"山青青，水碧碧"的知音一去无返，只剩下经济利益的协调。而当经济利益也不能协调时，自然会威胁到婚姻。

终于有一天，在给孩子买奶粉的商店里，贺梅在和建军拌嘴时说道："这孩子姓薛，你们薛家去养。我的工资是我的，我自己还不够花呢。"

"又是你妈说的？"建军冷笑道。他知道，贺梅在观念上深受她母亲的影响，况且报出生时，自己将婴儿的户口落在木樨地的家。而现在脚下的这块土地，那是贺家的私产，更何况在丈母娘的眼里，这个婴儿本不该姓薛！

贺梅从小就生活在老北京底层社会的环境中，怀孕之后便结婚，短短的几个月之后，随着儿子毛毛的出生，生活和感情的反差之大，是贺梅始料不及的。结婚以来，三口之家的费用由建军承担，而贺梅的工资是她的私房钱。

"这回，是我说的。"贺梅不甘示弱，何况尽管住在窝棚里，上面的一片瓦，脚下的一寸土，都是贺家的。建军不屑和她在外吵闹，回到窝棚，当然有气。"孩子是咱们两个人的孩子，你就不负责任？不承担抚养责任是违法的。"

"我就违法了，怎么样？你有本事，薛家孩子薛家养，钱不够，找你们薛家拿！"建军根本没想到，暂借贺家的窝棚居住，其实质就是以男人放弃尊严为代价的生活！此时此刻他才理解"倒插门"的含义。

建军真正明白了处境，反而平和。"那就我养！你写一份你的工资是你的，我负责养孩子的字据。我可以签字，算是你我的协议。从此以后，把你我的责任明确下来。"

贺梅哪里想到这是建军的圈套，只以为建军认怂了，当即写下一行字："本人收入有限，薛小鹤归薛建军抚养。"并签上自己的名字和日期。看到此情此景，建军心中窃喜，却同时对自己婚姻的草率决定后悔不迭。

字，落在纸上，建军的泪也险些掉下来。他装作若无其事，将这个纸条揉成一团，扔到墙角。趁贺梅不注意的时候，却悄悄将这个纸团藏起来。他知道，他在命运的十字路口，用得上话剧界的一句经典台词——"是燃烧，还是毁灭？"

在小毛毛 11 个月的时候，1980 年 11 月底，建军 27 岁的生日。他卷起床单，将小毛毛包裹在床单里，永远离开了那个属于贺家的窝棚。在他生日的前一天，贺梅的二哥闯进那个窝棚，再三威胁和告诫这个上门女婿。建军不屑一顾的目光，令贺梅的二哥尊严扫地。贺梅的二哥盛怒之下，给了建军狠狠的一拳。

这一拳，在建军意料之中，他没有躲。这一拳，是他离开贺家再充分不过的理由！他的右眼，因为遭受到这重重的一拳而充血，视线也有些模糊。他在离开贺家窝棚的前夜，说："这不是我的家。"

贺梅大哭不止。在建军生日的凌晨，他用床单包裹起仅有 11 个月的小毛毛，义无反顾地离开这个并不属于自己的家。

当他回到木樨地时，肖老太太接过小毛毛，小毛毛已给冻透了，全身冰凉。肖老太太怒喝道："你想把这孩子冻死！"

肖老太太把孩子暖在胸前，许久，小毛毛身子才暖过来。那天，肖老太太参加工作以来第一次迟到了。在受到母亲的责备之际，建军第一次得到父亲薛功瑾的赞赏："做人，要有骨气，他是薛家的种！"

在建军的心目中，父亲是柔弱的，好像从未有过担当。父亲的反常表态，倒让建军终生难忘。

或许因为父亲是长子？或许因为老大是长孙？或许因为毛毛是重长孙？从父亲日常的严厉和父亲在自己落魄时的表态中，他看到了一个自己从未看到过的真实的父亲。他心目中的父亲，曾经是那样的不堪，而此时却又如此有担当！

"生当作人杰，死亦为鬼雄。至今思项羽，不肯过江东！哥，你理解我吗？理解老爸吗？"车辆早已驶入宁海，建军的思绪，仍停留在那座项王府，停留在那座千年古城。

建军回家了，而且还抱着一个未满周岁的婴儿。家里的住房还是 1958 年薛功瑾调到公安部科技实验厂时分配的，解决住房紧张的困难，是当务之急。

各国企单位福利分房，是所有当领导的最头疼的一件工作。而作为一家之主的薛功瑾，最头疼的就是住房困难。1958 年分得两居室的时候，三个儿子的年龄分别是 8 岁、6 岁和 4 岁。二十年过去，三个儿子分别是 28 岁、26 岁和 24 岁，都到了结婚的年龄。而住房，仍旧是那个两居室。

住在平房的家庭，可以借着 1976 年搭防震棚的机会，搭建临建房，寸土必争的违章建筑如雨后春笋。位于楼房四层的薛家，却不可能搭建起空中楼阁。

1980 年，在研究所再次福利分房时，眼瞅着那个掌握分配权力的房管科科长和某些人相互关照和交换利益，却对薛功瑾提交的申请恶语相向时，一向在单位里老实巴交，只知道埋头做技术工作的薛功瑾怒气上涌，给了房管科科长一记耳光！

正是这记耳光，让薛功瑾受到党内通报的批评。庆幸的是也正是这记耳光，开始令某些领导客观地分析各个申请人的真实住房情况。薛功瑾以被党内通报为代价，用一记耳光为儿子争来一间住房。这间住房位于东城交道口附近，不久薛功瑾便将这间房交给老三建民做婚房，也就是 1990 年底被老三建民卖掉的那间。

此事，气得老两口七窍生烟，却又惹不起老三。此时的老三分不清好赖，已经到了不可救药的地步。他的种种劣迹，令父母和两个哥哥既心痛，更心寒。

1980 年，许多在"文化大革命"中受到打击、迫害的干部，平反后的第一件事便是要房子，第二件事就是要给受到家庭影响的子女争取好一点的工作，这似乎是一个趋势。

那个"文化大革命"刚刚结束的年代，与当今全然不同！

第五章　惶惑的情感失落

1981 年初，第四研究所分配给薛功瑾一间住房，该房在东城，交给老三建民去住。薛家的住房状况彻底改观。住房条件最艰难的日子已成往事。

1981 年夏，老大建国和吴云花成婚。第四研究所给新婚的老大建国和妻子吴云花分配了住房。不久，他们的女儿薛宁降生于世。之所以取名为宁，则是为了取宁海的宁为名，建国用心良苦。

吴云花原本是所里的会计，干部身份，没几年便提升为副科长、科长，后来又爬到副处、正处。而建国也从普通工人做起，进入干部序列，从副科、正科，直至副处。建国的家庭，始终平静。按照肖老太太的话来说，大儿媳能干，建国脾气好。这个家，就好。

1981 年初，此时的建军已调离东方红医疗器械厂，成为公共汽车八场保修车间的一名技术工人，在年底也分配到住房。虽然分得住房，建军与贺梅仍处于分居状态。他每日里抱着毛毛上班，将毛毛送到场托儿所，下班再将毛毛抱回木樨地。虽然辛苦些，倒也有规律。

此时建军和贺梅分居已经一年半的时光。建国和吴云花身为兄嫂，看到建军生活上的窘迫，也着实担心，便自作主张，找弟妹贺梅商谈。而贺梅未做任何表态，只说要和她母亲商量一下。吴云花特意告诉建军，让建军努力和好，别把事情弄僵。建军明知事情的根子在丈母娘的干预，却并不想做妥协，他已经做了最坏的打算。

在吴云花和贺梅长谈的一个星期后，建军接到西城法院的传票，贺梅已起诉法院，要求离婚。建军此时已不奢望能破镜重圆，他习惯了与毛毛的相依为命。愿意回来，有属于我们的住房，不回来，绝不强求。贺梅在婚后拒绝在经济上承担毛毛的抚养责任。他的心，有些冷，虽然还没有到冷若冰霜的地步。他对她的评价并不高，离婚的威胁，对他而言，不起作用。

由于建军已分配到住房，户口已迁至石景山区，贺梅的离婚诉状转到石景山区法院。

贺梅的离婚诉讼，是由其母操纵的，无非是想让建军服软，没承想建军提出反诉，同意离婚，并表明贺梅不承担孩子的养育责任，拿出贺梅曾经书写的字据为证据，令贺梅始料不及。

原本是丈母娘出主意的威胁，到此时此刻却假戏真做。到了真要离婚的程度，贺梅所在的公共汽车二场工会和建军所在的公共汽车八场工会都在调和此事，建军的骨头是硬的，明确表示，离！

建军和贺梅坐在石景山区法庭上，那个女法官居然拿出建军的长篇小说《棠棣魂》的手稿，训诫建军要讲社会主义道德观，要懂得男女有别。建军差一点笑出声来。本来的程序是经调解离婚，并训诫建军一番，没承想建军口若悬河，大讲一番女性参加社会劳动必然产生出的道德演变的理论。

女法官为建军的口才所折服，道："我说不过你，你是什么学历？"

可笑的调解，可笑的训诫，可笑的闹剧！时隔三十余年，当《棠棣魂》这部长篇小说正式出版，不知道当年的女法官有何感想。

不过，那个女法官毕竟也在做一件符合法律的相关判决。她曾经问建军："这个孩子归谁抚养？"

建军毫不犹豫地说："归我！"

"那么，孩子的抚养费？"

"我一分钱也不要！"建军回答得斩钉截铁！

联想到在贺梅家里居住时，贺梅将抚养责任一股脑推给建军，建军也绝不能将毛毛的抚养权交给贺梅！

最终，那个女法官判令，贺梅每个月支付 10 元的抚养费，小毛毛归建军抚养。

建军和贺梅双双走出法院的大门，贺梅默默无语。建军却有一种解放了的感觉。

在公交车站旁，贺梅终于开口："建军，打官司是我妈的主意，其实是为了让你服软。我也没想到会这样。"

建军笑道："傻子都明白。你妈打错了算盘。我不会拿自己的尊严做交易。"

建军知道，离婚，对于双方都是伤害，自己到了这个地步，必须维护尊严，而这个贺梅却为了母亲的面子，多少有些令人觉得可怜。实际上，这场诉讼的结果，令贺梅和她母亲的感情急剧恶化。

80 年代初期，建军的离异是惊世骇俗的行为，况且是一种没有第三者插足的离异。建军和在托儿所里的毛毛，成为人们关注的焦点。在今后的岁月里，人们看到的是一个有责任感的年轻父亲和一个聪明乖巧的小娃娃。

公共汽车八场，是当时的一个新建国有企业，隶属北京公共交通集团。建军是为了解决住房而调到那里，没承想分配到住房，却迎来离婚的闹剧。好在随着企业的运营，托儿所的建立，他生活中的困难烟消云散。

此时，他的心愿就是重操旧业。文学，是他儿时的梦，也是少年时代和青年时代的梦。在他上小学四年级的时候，他的作文是全校高年级同学的范文。在他 16 岁刚刚走出新兵连的时候，他的通讯文章曾登上军区《战友报》的头条。在东方红医疗器械厂，他写的劳模人物的报告文学，被北京电台采用并播出。更何况，在和贺梅结婚前，他还参加过西城区文化馆文学讲习班的培训。

离婚，给他创造出更大的发展空间，他参加了北京人文函授大学文学系的学习，并参加了鲁迅文学院提高班的培训。在他的周围，集结着一群文学青年，其中不乏社会的佼佼者。他虽然是一名普普通通的工人，却赢得那些通过高考而已经毕业的学子们的敬重。

人才的分布，像花生的分布。也有人说，人才的分布像地瓜的分布。无非是说，物以类聚，人以群分。能够找到一个人才，这个人才的周围必有人才。

建军和这些人才的交往，无疑也为自己汲取了更多的养分。在他的周围，是一群有志于文学的青年。如长篇小说《金狮乡》的作者李亦真，他曾经是一名煤矿工人，后成为北京作家协会的会员。又如席文杰，当时不过是一名担任过营职教导员的退役军人，发表过数百万字的作品，从生活杂志的总编辑升至部级干部。又如，曾经在公汽八场干部科工作过的黄啸雨，发表过著名的经济理论专著，后来成为国内经济理论界的知名学者。

建军虽然是一个离婚的工人，但随着他的作品不断面世，他被这个小小的公共汽车八场的人们所关注，也并不乏女性的追求。

1983 年初夏，那个现在是著名学者、当初是干部科科员的黄啸雨来到车间找到他，当时的他正在检修车辆。"薛师傅，我叫黄啸雨。我想带毛毛出去玩，可以吗？"

黄啸雨直截了当。对于这个女人，建军是陌生的，但曾经听毛毛说起过"啸雨阿姨"，建军一时不知如何回应："你跟毛毛很熟？"

"很熟悉，我喜欢他，他也喜欢我。但是我想带他出去玩儿，当然要经过你的同意。"那个自称黄啸雨的女孩，在建军看来有些异类。异类，并不是指她的服饰，她的服饰很朴素，另类的是她的行为方式。

他勉强同意，同意这个女孩带毛毛出去玩。当然，他不可能把 3 岁的儿子交到别人的手里，他必须陪同。陪同 3 岁的儿子毛毛，陪同那个异类的女孩。这是监护人的责任。

那是一次卧佛寺的郊游。他和她居然成为在感情世界上说不清、道不明的异性朋友。而这个"说不清、道不明"的相互关系，实际上是这个女孩蓄谋已久的必然。这个女孩儿为了能够和建军相处，做足了功课。当时的建军，已经在各类刊物上发表过不少文学作品，赢得了她的好感。

黄啸雨，是那种相貌平平，却具有深刻思想的精英，口才很好，甚至要比建军略高一筹。无意中的闲谈，建军得知她父亲曾是华北局的一名处级干部。黄啸雨曾经也在复兴路小学读书，应当是比建军低三届的小学妹。她很优秀，是"文化大革命"后首批恢复高考并考入重点大学的幸运儿，也是"文革"后首批拿到学士学位的佼佼者。

但同时，啸雨也有她心灵深处不能触及的伤痛。在大学，她和一位同班同学相恋，并以身相许，只可惜与她相恋的那个男生已婚，于是两个人便相约待男生离婚后再续前缘。啸雨是等那份虚无的缘，还是走自己的路？这是她——一个29岁女人的痛。建军和她的情缘，也有些尴尬。

很多次，在公休日里，啸雨会来到建军职工宿舍的那个家。她如同一个母亲，又如同一个家庭主妇，做饭、洗衣服。在他和她看来，这犹如三口之家，年轻的夫妻和一个独生孩子之间的相处。啸雨曾经去过木樨地，也见过建军的父母，啸雨对建军、对毛毛是真诚的。

"建军，你的文笔很好，你的作品，不应该只满足于在一些学刊上发表，应当在省级、国家级刊物发表几篇有分量的东西，争取尽快进入作家协会。"

建军与她心灵上是相通的，是男人和女人相知的至高境界。但彼此间却总有怎么也抹不去的隔阂。不可想象，在20世纪80年代初，一个有学士学位的时代骄子，会与一个工人结合，况且是离异还带着一个幼儿的工人。

他知道，啸雨是在向自己施压，或者是在让自己将这个压力转换为动力，从而尽快缩小彼此间社会地位的差距。

啸雨在惶惑，她的心在苦苦挣扎。建军也在惶惑，他在审视这份情感的归宿。

终于有一天，啸雨向建军谈到想要调动工作的事情，她大学的老师介绍她到一家政治经济学刊物当编辑。她要征求建军的意见。

在东单公园的长椅上，他们相依相偎。"建军，我知道，我又走到了人生的十字路口，何去何从，我拿不定主意。我听你的。"

长期以来，建军虽然深深地爱着啸雨，却又有意识地克制爱的表露。作为一个文学作者，他能剖析啸雨的心境。而啸雨，却未必能看穿建军严密包裹起的内心世界。一个女人，她的心是脆弱的。

说穿了，她没有放弃那个"蝴蝶梦"，却又唯恐失去这个看似是自己的家。但同时，建军更了解啸雨，她人生的重心，是事业上的成功，何况她有这个能力。建军很少有佩服的人，这个小学妹的才华远在自己之上！社会地位的差距或许会愈来愈大，十年之后又将如何？建军有如攀爬在虚无缥缈的天梯上在做文学梦，而啸雨却脚踏实地，在向社会结构的上一个层次攀登。建军心有余悸。

"我的意见，你应当抓住这个机遇去发展自己，我希望看到一个成功的你。"

"那我们怎么办？我又舍不得。你让我留下来，我会留下来。我为你，情愿平平淡淡的，我们在一起。"啸雨的话，是真心的。

建军心里虽然留恋，嘴里却是另一番话："留下来，不会有发展。你还是走吧！也许，我们之间的差距会越来越大，倒不如你去闯一番事业，我会祝福你！"

她听到建军的这番话，再看看建军平静的神态，哑口无言，她仿佛明白了建军这番话的话外音。在久久的沉寂之后，啸雨突然哭出声来，哭了很久很久。建军把她抱在怀里，一言不发，这是建军和啸雨最后一次的单独相处。或许是建军对啸雨最沉重的伤害，令啸雨对建军转爱为恨；还是建军有意伤害自己，而结束这段不会有结果的恋情？

啸雨调到政治经济学刊后，他们虽然见过两次面，彼此却分明感受到，再也回不到从前。在以后的三十多年里，也就失去了联系。

建军曾在网络上搜寻过黄啸雨的名字，三十多年后的那个小学妹，已经成为国家经济理论研究会的秘书长。在网络的另一篇杂文中，他还了解到啸雨的"蝴蝶梦"终于成真，还生下一个乖巧的女儿。只是"蝴蝶梦"已经不被注重，夫妻间的平淡乃是人间正道。建军在花甲之年，在网络上搜寻啸雨，只为了那段不能忘却的情感，他的心底，仍然有一个清晰的啸雨。

但是在网络上的那篇短文中，依稀流露出啸雨在感情上的孤独。也许生活原本是平淡的，只是那个"小学妹"还没有悟出平淡。但愿她，过得比自己好。

与黄啸雨的那份情缘，已被埋入岁月的风尘。建军的生活，似乎又要从零开始。在公共汽车八场的同事们看来，建军依旧是那个独自带着幼儿生活的离婚男人，只是少了一个引起诸多话题的年轻女人。

"毛毛，让奶奶抱抱。叫奶奶！"这是刚刚退休的一位老职工，田师傅。建军认得她，对她并不熟识，但她对自己和毛毛格外关心。几乎每天建军从幼儿园接回毛毛时，都会在宿舍区见到她。

"跟奶奶玩一会儿，奶奶跟你放风筝，好不好？"田师傅的笑是真诚的。只不过，田师傅总是经常向建军问这问那，让建军有些反感，却又不便表露。

远处走来一名年轻的女孩，田师傅急急迎上前："小霞，来，这是我说过的薛建军，这是我跟你说过的小毛毛。"她转身又对建军道："这是我小闺女，叫舒霞，比你小五岁，大专毕业，学法律专业。你们认识一下。"

建军略略向这个女孩点点头，打个招呼。那个女孩点点头，转身便走开。田师傅连连呼唤："小霞回来！"

那个叫小霞的女孩头也不回，径自去了。田师傅的热忱，反倒让建军有些疑义，寒暄几句，便带毛毛回家去了。

建军和黄啸雨的分手，却令另一个叫王珊珊的女孩窃喜。这个近30岁的女孩，曾经在感情上受过伤害。她的父亲，是北京外国语学院的教授。她和建军是同一个车间的职工，彼此间曾经有过私下的交往。建军认为她的性格温柔，却过于软弱。虽有相处，却只是将她定位于略亲近一些的普通异性朋友。

对王珊珊的性情，建军多少也有一些了解。他倒可以明白地告诫自己，如果试图重新建立一个家庭，王珊珊和自己的结合，也许会更稳妥一些。

80 年代初，当时的各级工会组织，热衷于"搭鹊桥"的公益活动。建军和王珊珊，是公共汽车八场工会组织最看好的一对。只是啸雨和自己的分手，使建军心中的阴影尚未散去，对于再次组建家庭，建军心有余悸。

他怕，怕重蹈覆辙，他宁可孤独，也不愿重蹈旧路。王珊珊也曾经到过木樨地，也曾经在黄啸雨调走后，与建军的父母见过面。只是建军存有优柔的慎重。

建军的本意，是三选一。

一是啸雨，却认为不牢靠；二是复婚，却又不情愿；三是王珊珊，是他心中的倾向。在一次王珊珊对自己吐露真情时，建军却想再拖一拖，只说再考虑一下，自然不会明确表态。其实，在心里，他，倾向她。他只是想等一等，想再多一点地了解她，而没有做明确的表态。

这个不做明确的表态，令曾经在感情上失落的王珊珊落入冰谷。也不过几个月的时间，王珊珊一反常态，约建军相见，见面的地点在她父亲任职的大学校园，外国语学院的宿舍。

"建军，我结婚了。"

王珊珊开门见山。建军茫然。自己一直在"三选一"，却没承想在彷徨之际，王珊珊已然离去。

建军一把握住王珊珊的手："你，你……"

王珊珊断然推开建军的手，沉吟了许久，道："我等你已经很久了，没有等到你。我祝福你和啸雨吧，她有能力，适合你。"

建军心中一惊，他知道，此时的三选一，已经被打得粉碎！自己首选的那一个，已然被他违心地推开，一切都不能重来。在和王珊珊的交谈中，他得知王珊珊嫁给了香港的一个富商，这个富商与王珊珊的父亲年龄相仿。

"你爸爸会同意吗? 你自作主张?"他没有想到，一个性情温柔，且又在感情上受过创伤的她，会选择这样的一条人生之路。

倘若建军能明白地告诉她，自己喜欢她，王珊珊绝不会走上这条路。但同时，自以为比较了解她的建军，却有些茫然。依照王珊珊柔弱的性格，不可能走出这样的一步，或许，她有让她处于绝境的原因！

他想知道其中的原委，王珊珊只是在淡淡的愁容中，露出淡淡的笑。再一次见面，是在几年之后。几年后，王珊珊主动联系过建军。只是她已为人妻，而建军和陈川菊已然成婚。他不知道如何面对。

建军沉默，自责，且悔恨！想要的，没有人送来，不想要的，却频频送上。其实一个男人对一个女人的吸引，并不是那副多么漂亮的外表。而女人对男人的吸引，是那个女人对他实实在在的挂念。

黄啸雨，并不漂亮，她是以才华征服建军，令建军难以忘却。

王珊珊，并不妩媚，她是以真诚感化建军，令建军追悔莫及。

啸雨和珊珊，都属于知识分子家庭出身，为人处世都有一些高傲与潜在的教养，与她们相比较，贺梅远远不如。与贺梅复合的梦，已渐渐隐去。

他明白，不可能再和贺梅重温那个在街头听到的"山青青，水碧碧"那首歌。

瞬间，建军的情感回到一片空白。建军的优秀，也许是他的文学才华，也许是他的工人技能。的确，他也是个很不错的技术工人，此一时，彼一时。他不乏女人对他的追求，只不过，他需要审视，他究竟需要一个什么样的女人。

他平静了。他浮躁的心，重回文学，那是他的精神支柱。

自从建军分配到福利住宅，他的生活是规律的。毛毛是整托，每周一早上送到托儿所，每周六接回建军那个空荡荡的家。基本上是每两周回木樨地一趟。

肖老太太原本和薛功瑾一辈子不合，老夫妻之间无话可说。因挂念孙子毛毛，她偶尔也会在公汽八场的宿舍住上两天，当然是选择周六过来，周一早晨再回去。那时并没有双休日，每周只有周日是公休，周一至周六上班。

建军在报刊上发表的几篇小说，使他成为这个八场的名人，小毛毛自然也成为人们的"注目娃娃"。肖老太太带着毛毛在职工宿舍区玩耍，也少不了有职工与肖老太太攀谈。

攀谈的，自然也少不了刚刚退休、无所事事的那个田师傅："大姐，您可养了个好儿子。别看建军生活上不顺，可是人好。在车间工作是把好手，还有出息。对您这个小孙子，那是又当爹又当妈，这样的男孩子，现在太少见啦！"

肖老太太不宜多言，只是笑笑，道："建军到这里时间短，还要靠领导和师傅们多指点多帮助。"

田师傅扯过毛毛，抱在怀里，笑道："老姐姐，我要是有这么个乖巧的孙子，就知足啦。我那个老丫头，特别佩服建军，就是不肯当这孩子的干妈。"肖老太太毕竟不知道田师傅说话的意思，自然不便回应什么。闲扯几句，便散了。

肖老太太领着孙子毛毛在田野里采花时，也曾见过一个老爷爷。毛毛称呼他叫李爷爷，快 60 岁的年纪，刚刚从公汽八场劳资科科长的位置上退下来。"老嫂子，你这个儿子不简单，是我把他从别的单位挖过来的。建军，迟早是干部的料。我们都是老东西啦，建军会有出息。"

在外闲聊，肖老太太对建军在新的单位里的表现，也多少有些了解，也相信这个儿子，比老大和老三会强一些。老二比老大有能力但难以驾驭，比老三有理智能成大器。但同时，她又担心建军表面上的静气与骨子里狂妄的心态，会毁了他的前程。尽管这种心态，别人未曾察觉到。更何况，肖老太太也不知道她的二儿子会走到哪里，去向何方。不管怎样，每次见到儿子建军和孙子毛毛，肖老太太的心里还是踏实的。

踏实归踏实，肖老太太对建军也有不满。"你前些日子，带过两个女孩到木樨地家里来。那两个女孩都挺好的。你不能让毛毛总是没有一个妈吧？再说，对人家要有真情实意，都老大不小的，你拖，人家大姑娘也拖不起！"

面对母亲的声讨，建军也只得笑着解释："妈，我们就是一般的同事，您别想歪了。"

"老妈的眼睛不瞎！"肖老太太说的是实话，只不过肖老太太给儿子留下一点余地，不想再点破，而建军也不能再否认当时对黄啸雨和王珊珊的情感纠结。

门外，传来敲击声。

4 岁的毛毛跳起身，开开门，欢呼跳跃着将一个 30 多岁的女人领进房间。

"奶奶，丽丽阿姨，这是丽丽阿姨！"建军见状，立即起身让座，并沏下一杯茶。这是建军的邻居，也是毛毛托儿所中班的老师。"丽丽阿姨"的儿子和毛毛年龄相仿，由爷爷奶奶照看。

在托儿所里，从所长到每一个保育员，都对自己的儿子毛毛关怀备至，令建军感恩。记住这个词汇的差别，是感恩，是建军在人生最困难时期，感恩冯丽这个女人对儿子毛毛的关照。而对于这个被称作"丽丽阿姨"的女人，建军是极为敬重的。

记得那天，也是公共汽车八场幼儿所刚刚开业的第一天，建军抱着儿子的被褥，将儿子毛毛送进幼儿园。毕竟牵挂幼儿，建军午休时到幼儿园看望。但那一幕，令建军终生难忘。所长小赵抱着熟睡的毛毛，而冯丽却将毛毛的被褥拆散开，重新一针一线地缝合。

所长小赵将建军迎进来，道："小薛，毛毛的被子是你缝的？针脚太粗了，小冯老师帮你重做一下。"毛毛的被褥是老妈缝的，但老妈已不易。建军不想再做解释，便随口"嗯"了一声。这一幕，定格在建军的脑海。

"阿姨好！"冯丽彬彬有礼地向肖老太太问好。肖老太太忙站起身来意欲回礼，却被冯丽轻轻扳住肩头。"阿姨，您是长辈，我和建军是同事。建军一个人在这儿，我不方便来，我是特意看您来的。"

肖老太太此时略明白一些，问了问，冯丽已婚，又有了和毛毛同岁的孩子，便不再多言。但冯丽的来访，给肖老太太留下很好的印象，且认准冯丽这个女孩懂事、漂亮、孝顺，办事说话也有分寸。肖老太太倒有些喜欢这个女孩。

只不过建军和冯丽是邻居，从未来访，偏要在肖老太太在家时来访，建军觉得有些奇怪。也许是男女有别，冯丽和建军之间相互有好感，平时却在避嫌。

在这次来访中，冯丽提到她们幼儿园的所长小赵。小赵是黑龙江农垦插队回来的知青，比建军大一岁，1967届初中毕业生。在知青返城潮中，户口又落回到北京。通过她二叔的关系，到的这个新建的公共汽车场。而这个公共汽车八场的党委书记赵伟，就是她的亲叔叔。

建军和幼儿园的人员是熟悉的，只记得这个赵所长工作极为认真，身高约一米六八，皮肤略黑，对下属的要求也很严格，但那些入托的孩子都喜欢她。

建军正处于"三选一"之后的鸡飞蛋打处境之中，未曾将冯丽的来访细想。冯丽走后，肖老太太也不想和建军多说废话，她对这个儿子，有些难以把握，他不像老大那么听话。况且冯丽并没有点明这个小赵所长未婚，肖老太太也未曾意识到冯丽说这些的潜台词。

建军听明白了，却没有接这个话茬。在所有领导和同事看来，建军是一介书生，爱读书，口才好，技术也不错。

1985年，那是一次偶然发生的一起数十人群殴事件，震惊全场上下，也颠覆了人们脑海中建军彬彬有礼的文弱书生形象。建军这个业余小说作者再一次曝光于众人面前，全场上下，对建军有了一个更深刻的认识。

一次停电，职工食堂停止供应午餐，车间的工友各去觅食。不远处的一家餐厅，上座率近百分之百。八场刚刚组建，制度执行不严，工友们在午餐中都点了些酒与菜。既有轮胎组的十余人，也有建军所在班组的两个要好的工友。谁料想胎工组的组长和邻桌的一个首钢绿化队的队长酒后发生口角，这个绿化队队长竟带着手下二十余人将胎工组的十来个人打得满地找牙。

事态发展迅猛，建军班组的这几个人急忙起身相劝。谁料想那个首钢绿化队队长不识好歹，逢人便打。与建军就餐的共三个人，有一个外号叫"吹牛大王"的，是一个退役军人，身大力不亏，刚刚起身上前，却被人一拳打在脸上，鲜血直流。还有一个是军队干部子弟，平日练拳击也曾获得过名次，此时倒大显身手，当即将吹牛大王救下来。

建军慢腾腾地喝了一口酒，最后一个站起来，冲到乱哄哄的群殴现场上，三拳两脚，便将那个绿化队队长打倒在地，又给那几个打斗最凶的家伙送去满眼金花。

这场群殴胜败已定，建军示意满身是血的吹牛大王带工友立即撤离，同时又上前扶起首钢绿化队的那个队长，笑道："兄弟，快走吧，你们的人都跑光了。别打出个好歹来，对你也不好。"

那个绿化队队长感激地点点头，吃力地站起身，带着他的一队兄弟仓皇逃去。公共汽车八场车间的工友们悉数撤回，远处又有一伙人手执铁锹冲过来，建军急忙上前拦住，喝道："大家冷静，不能再打了！有什么天大的矛盾，交给警察处理！看，警察已经到了！"

听见建军的大声断喝，又见警车已到，那伙人便收敛起来。

建军和首钢绿化队的十几个人，被作为当事人，带到老山地区派出所。在那个派出所里，以绿化队队长为首的十几个人让一个年轻的小警察训斥得狗血淋头。

然而轮到建军叙述时，建军却称，自己刚起身，脑袋就挨了一巴掌，当时有点蒙，后来就去扶首钢绿化队的人，让他们别打架。小警察当即让绿化队的人指认，建军是否也参与斗殴。

没有人指认。那个绿化队队长一再声称："是这位大哥扶我起来的，要不，非得被他们打个半死。"

建军被排除在群殴之外，小警察表现出对建军的信任。一再向他追问，公共汽车八场职工谁动手参与群殴。建军道："那一巴掌都把我快打昏了，我都糊涂了。"

建军不愿出卖任何一个工友。

只有群殴的群众报案，却没有群殴的双方，更没有斗殴的原告和被告，自然不能立案。派出所就传唤建军之事，向公共汽车八场保卫部通报："你单位薛建军经我所核实，能够积极维护社会治安，努力避免了一场恶性群殴事件。该同志在我所协助调查的时间，应按公假处理。"

车间主任老金，是个副团职退役的军队技术干部，降级安排实职。他骨子里崇尚战友情、兄弟情。而车间党支部书记老文，更是注重义气，是为朋友两肋插刀的市井顽主。这两个老家伙历来不合，但都器重建军。

这种争执与较量，常常让建军回想起《血色黄昏》那部电视剧。以军队大院子弟为一方，以市井子弟为另一方的相争相斗，彼此都想将建军拉入自己的一派。建军却偏偏只认文学，不认帮派，这反倒让这两个老领导都对他更有好感。

在例行的车间全体职工大会上，老金主任向大家介绍了并不完全真实的事情经过，老文书记向大家讲述真实事件经过的并不完全的补充。六百余名车间职工，响起热烈的掌声。这掌声，是对建军处理这次意外群殴事件的赞赏，也是工友对工友之间的一份情义。建军只不过做了自己认为该做的事，却得到全车间干部和工人们的称赞，更奇特的一幕，是给场党委委员会出了难题。

当年，按照工会法，基层工会组织进行改选。在差额选举中，建军以绝对优势当选车间工会主席，他的得票率近百分之百。而此时的建军，并不是党员。按照相应的规则，车间工会主席，应当是车间党支部的委员，从而体现出工会组织应当在党组织的领导下开展工作。

老金主任和老文书记都有些意外，却又感到这是意外中的不意外。他们虽然明争暗斗，谁都看不起谁，却都看重这个年轻人。

公共汽车八场车间党支部，接到上级党委的一份批复："根据选举结果，经党委认真研究，兹任命车间党支部副书记卢明同志兼任工会主席，薛建军同志为工会副主席。"这种批复，在组织任命的批复中，从未有过。建军无意于这顶最小的官帽，而党支部副书记卢明却颇有歉意，多次在私下明确表示："建军，对不起你，耽误你进步了。"

工会主席为同级行政的副职干部，建军失去了这个往上爬一步的机遇，但他不以为然。但是，接下来的事，令建军惊诧。

老文书记找到建军，将他叫到自己的办公室。"建军，你也老大不小的，快 33 岁啦。我给你做个媒！"老文书记开门见山。

嗯？建军颇觉意外。

"小兄弟，老哥哥给你介绍的，就是幼儿园的小赵所长！行不？咱们的小宝贝就在幼儿园中班呢。这可是赵书记让我做媒！"老文书记不容建军分辩。"人家小赵也同意的！那个叫冯丽的女孩没跟你说明白吗？"

建军沉吟许久，道："文书记，您叫我小兄弟，其实，您是我的长辈。小冯老师跟我谈起过，但我还想自己单身过一些日子。"

"你呀，真不明白？小赵喜欢你！那是我兄弟的侄女儿。你也知道，场里的领导也很关心你，让车间对你多培养，压担子。你是聪明人，也许用不了多久，你就上调了。"老文书记说得情真意切。

"文书记，谢谢您。我有我自己的想法。"的确，建军这句话，是真心的，他想调离这个单位，他已经和一所大学学刊的编辑部主任谈妥，到这所大学学刊任职。尽管建军的档案中记载，他不过是一个初中毕业的学历，但他已经是一个小有名气的小说作者。他的眼前，似乎浮现出两年前啸雨对他曾有过的期盼。

这个说是做媒，倒不如说是逼媒！建军对那个比自己大一岁的小赵所长本有好感，却不容忍这种逼婚。此时此刻，他似乎感到一个月前冯丽的来访别有用心。是有人授意冯丽？

冯丽的外形与贺梅相像，都是不胖不瘦，都是一米六四的身高，但两个人的气质截然不同。他喜欢冯丽那种温柔中的任性且有分寸，绝不接受贺梅任性中的霸道。此时此刻，他的眼前似乎蒙上了一层烟云，他不禁将冯丽和小赵所长、贺梅做比较。

而小赵又是什么性格？对下属严厉。他不赞赏。或许你对下属严厉的资本，是因为你是党委书记的侄女？

建军绝不会屈从于压力，老文书记的做媒反倒令他反感，潜意识里，他更倾向"文化大革命"时期那些大院里的干部子弟，他对市井顽主有天生的排斥，因为自己的父亲曾是公安部的技术干部。他为自己有这样的一个父亲骄傲。

他的心里依然有那个文学梦。如果他与小赵所长成婚，是提干。而他的梦，不是提干梦。之后，他送毛毛去幼儿园入托，当然避免不了和小赵所长的见面，总感觉到小赵所长的一丝丝愁容以及对他目光的回避。或许是自己对她的伤害？其实，她能得到孩子们对她的爱戴，足以证明，她是个好女人，也会是个好妈妈。

他并不把权势放在眼里，但对这个小赵，心里有些许的愧，愧在他每次送毛毛到幼儿园时，她回避自己的目光。莫非，我错了？建军在很长的一段时间里扪心自问。

而此时此刻，那个曾经和肖老太太有过数面之缘的田师傅已经和她的女儿舒霞到了针锋相对的地步。

"小霞，妈跟你说，你找的这个，身高才一米五六，个子矮。你爸也是不到一米六，妈说这些有道理，你一个女孩儿，现在不会懂。你以为你大学毕业，翅膀就硬啦？"田师傅苦口婆心劝女儿。其实，就是劝女儿，别像自己一生的失落。

说起来，田师傅虽然啰啰唆唆让人烦，但也是个善心的老人。只是作为女性，深知女性在夫妻生活中应有的一些考量。她担心女儿，舒霞却全然不懂。

建军婉拒了老文书记的牵线搭桥，心里反倒平静下来。很快，他在《北京晚报》发表了一篇小说《一年只有十二天》。这篇小说引发了社会热议，在晚报的文艺评论专栏，还刊出海军某部一位不知道真实姓名的人发表的文艺评论，题目是《一年十二天娓娓动人》。

在那段时间里，建军将毛毛整托，只在周日与毛毛相伴。这是一段清贫、紧张而有规律的生活，他不想再过多地打扰自己年迈的父母，情愿享受孤独，享受与幼儿毛毛相依为命的岁月。在工作上，他承担着车间工会副主席的日常工作，同时又兼任车间钣金组组长，手下有三十多个弟兄。

在担任这个组组长的第二年，这个组被评为公交集团的先进班组。既然是集团公司的先进班组，自然也附有集团级先进个人的名额，他将这个名额让给了副组长。在此期间，他每隔一周，都会带毛毛回去看看父母，只是话不太多。

只记得1985年，老三建民结婚，楼道家门口，贴上了一个大大的双喜红字。父母在家里摆下两桌。那个年代，这是通常的做法。一家人和前弟妹小惠的一家人团团围在一起，当然老大建国一家三口也在场。那时老大建国的女儿也快2岁了，学语的娃娃在席间不知道说着什么，却也增添些喜庆气氛。待建军在厨房忙碌完毕，欲回到席间落座，却发现没有自己的位置，呆立片刻，竟没有人招呼他坐下。此时的小毛毛，在外间独自玩折纸。

建军随即回到厨房，从未上桌的饭菜中盛好一碗饭菜，递到毛毛手里。看到毛毛狼吞虎咽，建军留下一声长叹。

建军在老三建民的婚宴里，扮演了一个服务员的角色。上菜，上饭，上酒，并将陆续撤下来的盘子、碗筷洗净。他没有喝一口水，更没有吃一口饭。在众人吃饱喝足，将桌子收拾完毕的时候，建军正在洗最后一个碗。不曾想这碗突然破碎，将建军的左手虎口划了一个大口子，顿时鲜血直流。建军勉强洗完碗，用一条毛巾包裹住手掌，拉起毛毛的小手，匆匆与父母告辞。

他只想尽快离开，他的左手仍在淌血。他不想让任何人看到，他的手的血已经渗漏出来，染红了那条毛巾。即使身处逆境，他仍然维护着自身的尊严。他不需要怜悯，哪怕是至亲的怜悯。

悲从心中来。

此时此刻的建军，已全然没有了家中的"中流砥柱"的地位。在老大建国患肝炎而长期吃劳保的时候，唐山地震波及北京，他曾在大雨如注之中，为家人搭起避难的棚子。而今天在这个婚宴上，老大建国和媳妇吴云花，均以公安部干部的身份出席。

老三建民因地震与他人斗殴入狱，他为此曾写了不下万言的申诉，让自己的弟弟得以平反。而此时的老三建民喜气洋洋，以新郎的身份参与这桌酒席。

而建军，他以一个离异且带着一个儿子的光棍身份，离开这个让自己伤感的婚宴。他牵着儿子毛毛的手，漫步于八一湖畔。

在建军看来，父亲摆脱不了上海滩的影响，他是典型的势利眼。老大和大儿媳有出息，有了让他骄傲的虚荣。而老三新婚，今后总有希望。相比之下，老二离异再带回一个没娘的儿子，让他很没面子。谁有出息，他宠谁，谁有困难，必然招他不待见。

儿子毛毛畏怯怯地望着他。"爸爸，你的手疼吗？"

"不疼。好孩子，爸爸希望你快快长大。爸爸会把你抚养成人。"此时，建军的左手虎口上的血已经凝结。

"爸爸，啸雨阿姨会管我吗？"毛毛问。

"不会，因为她不是你的妈妈。"

"那我的妈妈呢？她会管我吗？"

建军沉默。他不想说谎，却又不知如何应答。

与薛功瑾相反，薛功瑾反对的，肖老太太必然支持。这在建军的心目中，成为再寻常不过的事情。就在建军离开老三建民婚宴的第二天，她又独自来到公共汽车八场的宿舍区。

"阿毛，楼下老刘师傅的儿媳妇你见过没？她给你介绍对象呢。"

"噢，没印象。"的确，建军没印象。从16岁当兵之后，他只是发小们的一个传说。谁都知道在这个不起眼的院里，曾有个天不怕地不怕的浑小子，这个浑小子后来当过兵，再后来还在报刊上发表不少作品。

老刘师傅和父亲薛功瑾是同期调到实验厂的，八级瓦工。当年，这些从全国各地选调来的技术人员，都是百里挑一，都是难得的尖子。建军虽然在档案里填写的是工人家庭出身，但由于薛功瑾一直在机关技术部门从事设计工作，使他从小就多和一些干部子弟相处，却很少与工人子弟交往。

老太太很认真，道："老刘家二儿媳妇，叫孙庆华，是原北京军区医院的职工。她在营养室工作，是食堂的糕点师。他们营养室有一个医生和一个护士主持工作。他给你介绍的就是那个护士。据她说，那个人是军人，还是营级干部。"

建军不置可否。他又在构思另一个小说。他珍惜目前的平静生活，这样的生活给了他难得的自由空间。

"她的年龄？身高？学历？她的经历？"建军问。

"不知道。"薛老太太实话实说，"那个女的，叫陈川菊，是丧偶，带着一个小女孩生活。一个女人年纪轻轻的，带孩子生活也不容易。你也要努力争取一下，总不能这样三年五年地过下去。"

为了不使肖老太太失望，也是不想和母亲较劲，建军按照老刘叔叔的二儿媳约定的时间，来到原北京军区医院营养室，与那个护士相见。其实，那天建军本应到鲁迅文学院听课，只是他不想和母亲弄僵，心想，见了面两人最多不过是彼此都没对眼，不是"王八和绿豆"的关系罢了。

他们在 1986 年 11 月份初次相见。只不过，那次见面，建军只感受到陈川菊的端庄、羞涩和沉默。他更多的是和那个 40 多岁女医生交谈，反而对她有了深刻的印象和好感。他想起在医疗器械厂的姐姐，仿佛和魏医生有些相像。

和陈川菊的相会，是未知数。这个未知数，建军和陈川菊都没有认真对待。相反，建军却给魏医生留下不错的印象。

"你是干部？听说，你是工会主席？"魏医生问。

"不是干部，我是工会副主席，以工代干，不是干部身份。"建军坦言。

"听说你发表过很多小说作品？"

"发表过一些，不是很多。"建军轻描淡写。

"好的，有机会再联系。"建军略坐坐，便告辞出来。那个魏医生将建军送出营区，而那个主角陈川菊，不过是站起身，略略点头，示意道别。彼此都好像没有什么留恋，只是普通意义上的寒暄。

在陈川菊心目中，她更注重建军是否具有干部身份。毕竟，她去世的丈夫，是一名军队营职干部，而眼前的这个人，不过是一个工人身份。而建军对陈川菊几乎没有印象，虽有好感，也没有更多的留恋。相反，他对那个气质不凡的魏医生印象颇深。但此时他心里想的是闯入文坛，即使失败，也要拼上一回。

对于陈川菊这个端庄秀丽的女人，他的心底也有一丝丝的爱怜。中年丧偶，他可以想象到她心中的幽怨和失落。毕竟他曾经戴过的五角星和领章，和她的五角星和领章一脉相承。只不过，这十多分钟的见面，留下伏笔。彼此都没有表达相互见面的愉悦，却同时又都留下了再相见的余地。

陈川菊，是不幸的。34 岁的她，已经经历过人生的几次不幸。

她，出身于四川南充的一个小镇，桃源镇，一个与世无争的世外桃源。父亲是个石匠，也算是当地有知名度的手艺人，靠力气和技艺吃饭。这个手艺人，留下五个女儿，一生却未得子。五朵金花，不过是一种美好的说法。

在现实生活中，留下的是满满的伤心。在三年困难时期，她的二姐三姐相继冻饿而去。她只记得，陈家都是女儿，因为没有健壮劳动力，倍受歧视。曾经有一个本家的婆婆，带着年幼的陈川菊去偷挖生产队种在山坡上的红薯。

山岗顶端，留下娘的坟。半山腰，那是父亲和姨娘的墓。人世间，只留下大姐和自己、小妹三人。

大姐陈川素，比陈川菊大十四五岁，长姐如母。她嫁给一个比她大十岁的军官何才，是从朝鲜战场归来的"最可爱的人"。姐夫至正团职，1980 年初退役，曾任四机部某单位医院院长。小妹陈川竹，比陈川菊小五岁。她嫁给了老姐夫何才手下的一名军官，妹夫至副团职退役，任南充市委干部科科长。这些都是后话。

丈夫去世，何去何从？陈川菊也在选择。魏医生的话，是有分量的，她信任这个魏医生，如同信任自己的亲姐姐。魏医生的丈夫李亦达，是国务院的司局级干部，很有艺术才华。在他退休后，其书法艺术造诣得到当代书法界的高度评价。

魏医生，名魏瑞，名字并不娇柔，却有女人娇柔的性格。在她娇柔的外表下，更显现出成熟女人的阅历："川菊，这个人不错。我劝你认真考虑。我断定，这个人会有出息。"

陈川菊沉默许久，仍无言。

第六章　家庭的重建与困惑

依然是老大建国和老二建军驾车，回归故里。

记得十年前与所谓的"亲友团"回归故里，也是陈川菊初次到宁海。老大建国询问小姑："小姑，我爷爷奶奶的坟在哪儿？老二想去看看。"

小姑不置可否："我也记不清啦。"建军大怒，却又压制住情感。

十年前的那个返乡，分明自己和陈川菊是配角，主角是吴云花，更重要的主角是吴云花推出来的那个军级干部。十年后，兄弟俩相伴回到故土，依然是这个话题。建军直接发问："小姑，你不知道我爷爷奶奶的坟，大姑还知道吗？"

"你大姑肝腹水住院，命都保不住啦！"小姑不以为意。

建国道："那就先去看看大姑吧。"

病床前，大姑福妹已然脱相。见到建国和建军，目光却又有神。老大建国上前，问候大姑，大姑福妹的目光却始终盯着建军。建国问候大姑完毕，退后。建军上前，姑侄相拥，建军险些落泪。此时此刻，大姑仍嘱咐大姑父要为建国和建军设宴接风。建军倒佩服大姑姑的坚强。

老大建国将故土和小姑绿妹画上等号，建军心里明白。

但是建军更留恋爷爷奶奶的坟墓。

兄弟俩对于这片故土有着不同的理解和不同的留恋。

与大姑在京的初次相遇，是建军和陈川菊结婚当年的年末。那时，吴云花只认宁海县政协委员小姑薛绿妹，对大姑这个土得掉渣的长辈不屑一顾。

建军和陈川菊婚后不久，大姑曾来过北京，住在兄嫂木樨地家中。她几次提及要到老大家里看看，均被婉言拒绝。建军至今也不理解，为什么老家的长辈，他们只认绿妹小姑？老大建国在他的小家里，话语权甚至不如女儿宁宁。

倒是建军和陈川菊主动将大姑福妹请到军区医院的家里盛情款待。建军和陈川菊给大姑福妹留下深刻的印象。以至于十年前兄弟俩回老家时，大姑福妹同建军和陈川菊极为亲近。

事隔多年。在大姑福妹去世之后，大姑父欲让其女儿小娇陪同到京，看一看故宫和长城。建军一直认为长子如父，建国会代父应对老家的亲情。没承想，过了一段时间，建军在探望老母亲之际，说起此事，肖老太太却道："大姑父家里有事，不来了。"

建军并非多疑，在他眼里，大姑父是遭到了老大建国和嫂子吴云花的拒绝和推诿。肖老太太和建国的住宅仅一墙之隔，老太太是两居室，老大是三居室。大姑夫携女儿到京，自然要住得离老嫂子近些，不可能住在建军家。况且老大建国家里也有居住条件。

谁在捣鬼？无非是亲人与亲人之间的不同程度的情感。如果绿妹小姑来京，他们绝对不会推诿。谁的主意，当然是一家之主吴云花的！建军深深地爱自己的哥哥，却觉得哥哥太软弱。但他却从不买嫂子霸道的账！

无疑，是吴云花在捣鬼，迫使大姑父放弃来京旅游的计划。

但是，一切都那么平静，平静得让建军无话可说。

其实说穿了，建军与陈川菊或者陈川菊与建军，并没有相恋的历程。一切都具有偶然性。是命运，把他们结合在一起。是命，就要认命。

一切，都要从那个充满未知数的夜晚说起。那是建军第一次到军区医院陈川菊的家里，是 1987 年阴历正月十五。这个日子，是敏感的日子。

在正月十五之前，建军和陈川菊有过一次"投石问路"般的信函联系。

春节，是中国人的传统节日，在此期间必然为自己心目中的亲友送去祝福。当时最时髦的祝福方式，就是邮寄贺年片。建军准备了几十张贺年片。有寄给老师的，有寄给同学的，有寄给战友的，但是是否寄给陈川菊，他有些犯难。因为彼此都没有任何表态的意向。

他在拖，他知道陈川菊也在拖。拖着不表态，是在等待自己能主动些？或许就是她拒绝的一种方式？倘若如此，倒不如彼此都有明确的表示。

当然，几个月过去，肖老太太也几次询问他与陈川菊究竟相处如何。问过建军，也问过楼下老刘师傅的二儿媳，但都没有得到回应。建军并不上心，他已然在文学创作上崭露头角，他并不担心今后的成家，更明确立业是人生之本。他在努力通过文学的创作来追求自身价值。而老刘师傅家的二儿媳不过是一个军队的职工，自然也不方便和上级军官攀谈，去追问陈川菊对建军的印象。

一张贺年片的扉页，是一个大约六岁多的小女孩画像。建军心里一动。他瞬间决定，在这张小女孩画像的空白处写下："祝福你和你的女儿，快乐伴随着你们。"

他要以这张贺年片，或说明自己的心态，或断掉和陈川菊的联系。他要给母亲一个说法，以表明即使无缘也是陈川菊的原因。

那个破碎的碗，那个鲜血淋漓的手，那个曾经是家中的中坚人物，随风飘去，只留下那个曾经用酱油拌饭的文学青年。牙掉了，咽进肚子。血流了，自己擦净。他努力了，也的确得到一些女孩子的崇拜。但是，那些崇拜，只是文学女孩们的天真和无知。

一个致力于文学创作的人，他的心里，可以体会真爱，却不可能放弃自我。

世上完美的家庭是否存在？他不知道。而不幸的家庭各有各的不幸，他认为这才是绝对的真理。与其如此，他倒希望能将对爱情的疯狂降温。他将文学，放在第一位。

建军发送给陈川菊的贺年卡，让陈川菊认真审视自己下一步的婚姻。春节期间，万家团圆。陈川菊与7岁的女儿相伴，不免内心有些凄凉。春节过后，各单位都已上班。她下决定，要和建军再接触一下，做个判断。在接到建军的贺年片之后，她通过北京114查号台，和建军通话。那时的大哥大极为罕见，大多数人仍然是通过单位电话进行联系。

陈川菊将电话打到公共汽车八场的总机，再转接到车间老金主任的办公室，才能联系到建军。在电话里，陈川菊表示，明天下班后，大约在晚上7点半到建军的家里坐坐，彼此间再进一步了解一下。建军很痛快地答应下来，成也好，不成也好，都可以，但他不想拖下去。

夜幕降临，30路终点站。路灯有些昏暗。在那个年代，这是荒芜偏僻的郊区。路，还是日本鬼子修的洋灰路，胆子小些的，夜间都不敢独自在这条路上行走。晚上7点多点儿，建军提前到车站去接陈川菊和她的女儿。

陈川菊下车，建军迎上前去，却向陈川菊的身后观望。

"你的女儿，没来？"建军有些意外。虽然电话里没顾得说些什么，但建军知道，陈川菊在北京没有什么亲人，总不该将这么小的孩子独自丢在家里。

"哦，我让我们单位的战友照顾。那是我们单位的任教导员。"陈川菊解释。

推开建军的家门，陈川菊倒有些沉默。一个一居室的家，没有多大的地方。家具非常简单，有许多书和各类文学期刊，只是堆得极为凌乱，地面倒也算得干净。陈川菊摸了摸床单，回头望了建军一眼，似乎想说什么，又没有说。桌子上的文稿散乱，看得出这个房间主人的生活的确有些糟糕。

不过，建军对自己女儿的询问，倒给了陈川菊一丝暖意，这是一个重情的人。貌似潇洒，心思很重。那张床单，是反着铺的，上面干净，这是这个男人的刻意而为。旁边有一些小孩子吃的零食，那是建军给她的薇薇买的。她明白，这也是这个男人的刻意而为。

她不想说破。军人的待遇要比企业工人好得多。这个男人，虽然生活得艰辛，但毕竟是一个有才华、有进取心，且是一个怜香惜玉的男人，她感觉得到。

此时此刻，她想到她的丈夫李作意外病故之际，她丈夫的父亲和弟弟们来到北京，毫不客气地拿走那张因公牺牲的证明书，毫无悬念地整理出遗物，甚至连一个裤头也不放过。留下的，只有一个 6 岁多的薇薇。她心疼，且心寒！

她想起魏瑞大姐的话。她信她！

她当即动心，约建军明天晚上到家里来。她想看看女儿薇薇的反应。在她心目中，女儿是唯一的，唯一的"度量衡"。

也许，孩子能接受他；也许，孩子不接受他。她要听命于 7 岁的女儿。建军却并没有想到陈川菊的深意，应邀明天去陈川菊的家。

正月十五邀一个男人到家里来，这是陈川菊想圆一个除夕之夜家人未能团圆的梦。作为一个业余文学作者的建军，并不乏阅历和想象力。但直至他年近七旬，才感悟到当年陈川菊的用心良苦。

其间近四十年的风风雨雨，也不乏再婚夫妻的重重矛盾。晚年，经过许许多多的恩恩怨怨，到了头发都花白的地步，彼此才真正明白婚姻的内涵。那就是在彼此都老得走不动路时，能够相互扶助地往前走。

建军是性情中人，把情看得很重。而陈川菊，是传统的女人，既有女人的三从四德，也有女人的小霸道。只不过，她在建军的霸道面前，自愧不如。陈川菊的霸道是表象，建军的霸道在骨子里。男人的霸道，和女人的霸道，绝不相同。

在与陈川菊相处的那个正月十五，建军经历了一场洗礼。给他一个意想不到的洗礼的人，就是 7 岁的薇薇，她悄悄地从母亲的兜里拿走 10 元钱。陈川菊过了好几天才发现。

正月十五，陈川菊邀建军到家里吃晚餐。烙饼，那是陈川菊在厨房里的拿手活。面和得很软，馅是素菜和肉、鸡蛋混杂在一起。荤素都有，薄皮大馅，火候也掌握得极有分寸。饭菜并不高档，但美味令建军难忘。

初次相处，虽然并非山珍海味，却极为可口。彼此更多谈谈往事，也更加深了彼此的印象和好感。在那次详谈中，建军知道了陈川菊的一些具体状况和经历。

小薇薇的父亲，一年多以前因公牺牲。他在接受一项紧急任务奔赴外地落实之后，立即回到单位继续工作，因劳累过度，在办公室突发脑溢血而离世。经解放军原总政治部批准，小薇薇的父亲李作明确为因公牺牲的现役军人。医院为他召开隆重的追悼大会，小薇薇也享受因公牺牲军人遗属的优抚待遇。

建军毕竟也当过兵，也经历过战友的牺牲，看到陈川菊卧室里李作的遗像，不禁为其多少感到伤感。建军和陈川菊彼此的共同语言也多了起来，却都不知道小薇薇的那个小小的动作。

小薇薇的小动作，令建军不寒而栗！毕竟，出现了这样尴尬的事情。

如果仅仅是陈川菊认定建军在婚姻上不适合自己，而表示不再联系，建军可以接受。倘若仅仅相处一两次，自己被女方断定成为品行不端的嫌疑人，令建军心寒。他并不是注重利益的人，他要自己的名声。他担心。

他目睹了陈川菊对女儿薇薇的"审讯"。陈川菊怒气冲冲，手里拿着一根竹竿在比画着，吼道："做人要诚实。犯了错误还不承认，你离挨打就差一点点啦！老子要打人啦，你给我说实话！"小薇薇正在面壁罚站，惊恐不已。

建军没有想到这样一个纤弱的女人，会如此粗暴。既然赶上了这一幕，建军自然要问起事情的原委。当建军问明白原因，心里也别扭。如果小薇薇一口咬定没有拿妈妈衣兜里的钱，自己也不能排除嫌疑。陈川菊说过，一年多来，她从不允许任何人进入卧室。建军是唯一的例外。此时此刻的建军，已无法置身事外。

他将陈川菊劝出卧室，将薇薇扯到身边，笑道："小薇薇，不要怪妈妈生气，每一个好孩子都要诚实，叔叔给你讲一个故事好吗？"

由于很少看到妈妈的凶相，7岁的孩子十分惊恐。有建军在场，小薇薇多少也有些依赖这个并不熟悉的叔叔。建军给她擦了擦眼泪，搂着她的脖子，给她讲了一个《狼来了》的故事。

"叔叔，我们的课文有这个故事。"小薇薇破涕为笑，道："老师说，这篇课文的中心思想就是要讲诚实。"

建军笑道："小薇薇真聪明。那你，跟妈妈去诚实？"

"不行，妈妈很凶。她会打我的。"薇薇噘着嘴，有点小心眼，模样又着实可爱。

"妈妈是关心你，你承认了错误，妈妈会高兴的。妈妈如果要打你，叔叔保护你。行吗？"建军此时此刻，不禁将薇薇和毛毛做比较。薇薇小小年纪有些任性，还有些小聪明。毛毛小小年纪有些乖巧，讨大人的喜欢。

建军对这件事情的化解，既洗清了自己，也让陈川菊对建军有更多的好感。

在女儿薇薇 37 岁的时候，那是建军和陈川菊结婚 30 周年。建军问她："薇薇，你知道你办了一件很了不起的事情吗？"

薇薇不明白老爸的意思。建军摊开手，伸出十个手指，笑道："那是你 7 岁时，偶尔英明了一次。要不，老爸老妈就——"

说到这份上，陈川菊明白，薇薇也明白。陈川菊绝不会接下半句。只有女儿厚着脸皮，"爸，你说啥？吃烤鸭？70 的，还是 100 的？我给你整。"

彼此心照不宣。女婿燕培感觉出言语中的另有深意，不便插话，只有小外孙女飞飞在没完没了地追究："姥爷，我妈 7 岁就英明，咋英明啦？"

没有人告诉她。估计，今后也没有人告诉她。总不能让当妈妈的薇薇，在外孙女儿飞飞面前没了面子。

建军和陈川菊的人生，走到一起已成定局。陈川菊向政治部提交了结婚的申请报告。

只不过，中间又有了一个插曲。军人的婚姻，审查是严格的。政治部的干部告诉她，确有此人。不过，这个人的婚姻状况，在档案中，是有妻子的，叫贺梅。

那个干部科的科长倒替陈川菊担心，道："小陈，你是不是受骗了？"

陈川菊断然否认。"他离婚了，我会对自己、对组织负责。我信任他！"

就从那个时候起，建军和陈川菊相处已经更为频繁。当然频繁相处，也少不了让陈川菊的女儿薇薇和建军的儿子毛毛之间频繁相处。薇薇是个小学二年级女孩，人来疯，比毛毛大一岁，当然引领着小学一年级的毛毛弟弟。

那是建军最忙碌，也是最快乐和幸福的时光。陈川菊心中依然怀恋和前夫李作共同生活的岁月，毕竟李作是院党委内定的院务部的后备领导干部。只能说，她和建军的相处，还算满意，也可称之为梅开二度。

薇薇的任性，远远超出建军的意料。每周六晚上，建军和陈川菊都会给他们创造在一起玩的机会，那时没有双休日。薇薇早晨会从家里出发，转了一个圈——逃学。然后在家里准备很多小人书和玩具，等候毛毛弟弟的光临。

薇薇的学习成绩，在班里倒数三名左右，她还有一些好朋友，成绩也相似。而毛毛的成绩属中等偏上。这不影响这两个孩子的交往，毛毛听姐姐的，尽管薇薇只比他大一岁。薇薇泼辣，有主见，像个男孩子，敢抓蛇回家养，敢下池塘抓鱼。而毛毛胆小，是姐姐的跟屁虫。那是建军和陈川菊都值得回味且珍惜的岁月。终于有一天，建军和陈川菊闲聊时，两个小东西手拉手闯进房间。

薇薇对建军大声叫道："爸爸！"

随即，毛毛对陈川菊大声叫道："妈妈！"

这是两个孩子，对彼此父母的认可，也是两个孩子对未来亲情的企盼。两个孩子以这种方式，让建军和陈川菊必须结伴前行。为了自己，更为了孩子。

此时的陈川菊，已经是中共的预备党员。她对建军，也有自己的认识。建军虽然只是一个工人身份，但他的文字、语言和处事的能力是出众的，如魏瑞大姐所言，他会有出息。

一切从头开始。这个"戴着红五星，领章上有两面红旗"的女人，注定成为他的妻子。

更何况，陈川菊的心里也有隐痛。在李作因公牺牲之际，双方亲属都赶赴北京。老姐夫何才从四川赶来。李作的父亲和两个弟弟都来过北京，来协同陈川菊处置丧事。

老姐夫更多的是陪伴这个中年丧夫的妹妹，而李作的家人取走了唯一一份解放军原总政治部颁发的"因公牺牲军人证明书"。更令陈川菊痛心的是，李家如"还乡团"似的光临，取走了李作的所有遗物，这对陈川菊是一个终生难忘的刺激。

在结婚之前，建军和陈川菊在甘家口的一家照相馆里，照过两张相。

一张是建军和陈川菊的半身合影，陈川菊虽然穿着军装，却没有丝毫女军人的飒爽英姿，分明是依偎在建军身上的小女人，那是为登记结婚准备的。

另一张，是建军和陈川菊，当然还有薇薇和毛毛的合影。在照这张相的时候，陈川菊将不知所措的毛毛扯到自己的怀里，建军在这一瞬间，看得真切，他把薇薇拽到自己的身边！在这一张照片中，建军看到了陈川菊的飒爽。

这是真心与真情的自然流露。彼此，都为今后的百年好合，留下美好的一页。

从登记结婚后，陈川菊和建军便处于忙碌之中，这忙碌，是甜的。每隔一天，建军都要回木樨地看望毛毛，要检查毛毛的作业，那是他在承担父亲的责任，毛毛的学习成绩在班里排在前十名之内。对于薇薇的学习，他更担心。他对薇薇学习方面的辅导，甚于毛毛十倍。

陈川菊对薇薇是严厉的，常常因为薇薇写字潦草，将她的作业本撕得粉碎。薇薇的作业，往往要在晚上10点以后才能搞定。建军知道，薇薇的学习基础没打好。这可能和她亲生父亲去世的那一段经历有关。和陈川菊的闲聊中，建军得到更多的信息，也更关心这个孩子的学业。他把更多的精力投放到薇薇的学习上。

在和陈川菊结婚后，建军在木樨地的家中的处境，有了一个变化。这个变化，是因为陈川菊的处事。

薛老爷子和肖老太太一生感情不和，在经济上薛老爷子占主导地位。薛老爷子的工资在 50 年代初就是 108 元，相当于处级干部。而肖老太太不过是一级工，30 多元。尽管薛老爷子和肖老太太都退休多年，退休金的差距，差得也太多。每逢老大建国和大儿媳吴云花周日过来，老爷子总会买这买那，扔在厨房。自然是让肖老太太去做饭烧菜。

建军婚后，每次回去，都是陈川菊带着生熟饭菜下厨，让老人吃一顿现成饭。在这点上，建军感激自己的妻子，同时也颇有感慨。因为那是哥嫂绝对不能做到的。

感慨之一，父亲的偏心。他的偏心，不过是谁混得好，就给谁唱赞歌。

感慨之二，便是这个家的家风。他回想起自己在老三建民结婚时，划伤手时的情感反差。或许，老妈的心里，还有一点自己。老爸的心里，只有他认为能让他光宗耀祖的老大建国和大儿媳吴云花。

建军和陈川菊的新婚始于 4 月底，难得车间的两位主要领导老金主任和老文书记都前来贺婚。整个 5 月、6 月和 7 月，建军和陈川菊极为忙碌，几乎没有一点空闲。薇薇二年级，在海淀的永定路小学就读。这所小学是军地共建单位，招收了军区医院军人全部适龄孩子就读。而毛毛，当时在西城复兴路小学读一年级。

每逢周末，陈川菊或接毛毛到军区医院里居住，或带薇薇到木樨地探望公婆和毛毛。只要建军和陈川菊到木樨地，都会提前备好饭菜的半成品，陈川菊也绝不会让老太太下厨房。按照她的话，是我们应该侍奉老人，而不是让老人再为第二代、第三代去辛劳。就在那年夏天，毛毛成为姐姐薇薇低一届的校友。

毛毛转学到永定路小学就读，虽然户口未办迁移，却已经办理了军人子女医疗免费证。这是对军人子女医保的政策，甚至很多军队职工都感到眼热。毛毛可以到解放军总医院及下属各医院门诊看病，却不用花一分钱，他的医疗待遇，在实际上已优于建军和在公安部工作多年的爷爷奶奶。

陈川菊是喜欢这个乖巧的毛毛的，因为他听话，因为他学习好，带毛毛要比带薇薇省心。而从薇薇这个孩子的视角来看，母爱本应该兄弟姐妹共享，而毛毛却享受得多了一些。

一次，陈川菊陪两个孩子吃过晚饭后，因为薇薇的期中考试成绩不佳，陈川菊对她呵斥了几句，她逃出门去。恰巧建军在单位开会晚些进门，与陈川菊简单交谈问明原委后，便立即追了出去寻找。建军在心里是疼爱儿子毛毛的，但是在任何场合，都会关心和疼爱薇薇多一些，因为她不是自己的亲生女儿。在潜意识里，又因为薇薇的亲生父亲是因公牺牲的军人，而自己也当过兵。

三年级的小学生，本没有多大的能量，很快就被建军在营区里抓获。在薇薇被建军"押解"回家的途中，薇薇提出一个条件——"爸爸，你要保证妈妈不打我！"

建军笑道："我保证！"

建军的心里是纠结的，他知道，这对母女曾经相伴走过一段常人未走过的路，品尝过常人未品尝的苦。

陈川菊曾和他谈过一些往事。在她的大姐陈川素的孩子春燕上高中阶段，姐妹俩曾谈妥，让春燕到北京的翠微中学读书，翠微中学是北京的一所重点中学，能够让春燕受到更好的教育。而考虑到陈川菊的精力，便是将薇薇送至他们工作的四川荣昌县，由他们老夫妻带薇薇。

春燕也有出息，考大学，考研，最终成为重庆第四军医大的军医，获高级职称。

而薇薇却错过了学前教育的最佳时期，在那个小小县城里度过了疯打疯闹疯快活的三年时光。当薇薇回到北京，又逢她父亲李作意外去世，陈川菊悲痛之际，又无暇顾及这个孩子。这，对薇薇的学前教育和入学教育，影响巨大。

建军把辅导薇薇的功课，作为工作之余的重点。只是学习习惯和方式的养成，绝不是一朝一夕就能改变的，建军为之付出，远远多于对毛毛的付出，但一时之间也很难奏效。他爱这个家，爱这一双子女，也分明感受到陈川菊这个出自四川边远农村的副团职干部，在思维上的局限性。当薇薇有一个字写得不工整的时候，她会扯碎薇薇的作业本，而薇薇一道方程题解不开，她会一筹莫展。

可以说，在他们结为夫妻之时，无论是经济收入还是社会地位，建军都不如陈川菊，但在知识结构和能力方面，陈川菊远不如建军。这也印证了那个魏瑞大姐的判断。

建军的升职和在文学界的崭露头角，也印证了魏瑞大姐的预判。建军是佩服魏瑞大姐的，她总有一种让人佩服的气质。他一直称魏瑞为魏医生，从未叫她大姐。只是这个魏医生的履历，让他吃惊。

魏瑞大姐，曾经是中共九大的代表，也是一位高官的保健医生，只是那个高官后来不顺遂。

建军也常常将魏瑞大姐和东方红医疗器械厂的义姐做比较。她们都有社交场上的亲和力，魏瑞大姐有一种拒人于千里的孤傲，而和自己相认的义姐，那是寻常百姓家的姐姐，能疼你、爱你、骂你，甚至会打你。虽然那是个曾经做过童工，没有多少文化知识，打过他、骂过他的姐姐，却依然让建军惦念。

建军曾经在心底里多次问自己，当时相认姐弟的缘由，在他临终时，才明白。他未曾得到过年幼时自己所期求的母爱，他将母爱和比他大十四岁的姐姐的情感，混为一体。那是在潜意识中寻求母爱的表达，也有异性相吸的自然法则。在 2002 年春，他曾经做过一个梦，一个离奇的梦。他梦见姐姐和自己道别。

建军惊出一身冷汗。但他相信，姐姐是在给自己托梦。姐姐的年纪还未满64 岁。这不是梦，因为她的义姐心脏一直不太好。他在惊醒之际，茫然许久。

他不信鬼神，更不惧鬼神。都说当过兵的人魂灵上都有火，鬼神都怕火。然而在心底，他又敬鬼神。人在做，天在看。他相信这句话。他有敬鬼神的处世底线。

他好像能比陈川菊理解小薇薇更多一点。他爱这个小薇薇，不仅仅是因为自己是她的继父，也不仅仅是因为她小小年纪就丧父，更重要的是因为她的性情大度、泼辣，与自己有几分相似。

曾经有一件事情，令建军和陈川菊做出不同的评价。这个不同的评价，也暴露出建军和陈川菊世界观和处世的分歧。

刚转学过来上二年级的毛毛，性情柔弱，说话细声细气，身高在同班同学里处于倒数，被本院四年级的一个男孩子欺负。那个男孩给了毛毛两拳，还骂毛毛是假小子。

这下，惹怒了小薇薇，她要为弟弟打抱不平。上午毛毛在校挨打，中午回家的路上便将此事告诉了姐姐。中午在家吃过午饭，姐弟俩便又结伴回校上课。走到公交车站，却见那个男孩也在等车回校。薇薇分外愤怒，拽着弟弟便冲上去，姐弟俩合伙揍了那个男孩。最后，薇薇还将这个男孩推到粪池里，好在这个粪池是当地菜农用来施肥的，不太深。

这些孩子，都是这所医院军人的子女，消息自然也传得快。还没等这两个孩子放学，陈川菊便听到这件事。当建军回到家里，意外看到两个孩子在面壁罚站。见建军回来，两个孩子更是战战兢兢。

建军问起缘由，陈川菊仍余怒未消。"这两个孩子在院门口打架，把孙助理员的儿子揍了，还推到粪池里。都是一起在院务部工作的干部，出了这事，让别人怎么看？这俩孩子野了，尤其是薇薇，再不狠狠教训，就学坏了。"

打架总是有缘由的，是什么原因？陈川菊放下厨房里的活，和建军回房间一起训问。两个孩子频频认错，倒是薇薇说出实情。听完薇薇的辩解，陈川菊预要训斥，却见建军得意地笑了起来，连连称道："好，好！打得好！"

见到建军如此表态，陈川菊倒有些不明白。建军反而有些得意，道："你们打架，是因为弟弟受欺负了，姐弟同心，才去给弟弟报仇。一个人，永远要面对很多的事情，希望你们长大以后，也要互相帮助。软弱，就会受欺负。你们不要欺负别人，也不允许别人欺负你们。因为你们是一家人！"

两个孩子破涕为笑，罚站，自然终结。

这个结局，在陈川菊意料之外，却也不得不顺而为之，好在两个孩子都破涕而笑，她也不愿因为这件事弄得自己家里鸡飞狗跳的。建军的想法，总有些与众不同，陈川菊隐隐约约地感受到。尽管自己内心并不赞同他的异类思维方式，却又改变不了建军。

第二天，孙助理员见到陈川菊，有些不好意思，说："小陈，我那个混蛋儿子，不是东西。我教训过了，你别介意。"听到这番话，陈川菊倒心存愧意。几天之后，无意中听邻居说，孙助理员拿皮带将儿子抽得不轻。

但建军是绝不会容忍家人受欺负的，即使是孙助理员将儿子用皮带抽出血痕，他也认为那是他儿子的报应。在335路公交车上，建军也曾教训过一个歹徒。建军下手之重，是因为那个歹徒非礼陈川菊。

那是建军和陈川菊婚后不久，他们带着一双儿女去看望父母。木樨地的家，已是空巢，是两个年过六旬老人的空巢。况且父母的不合，让建军担心。公交车上人很多，有好心人让出座位，建军便示意两个孩子挤坐在一个座位上。有个人在陈川菊身后挤来挤去，因为人多，建军只关注着两个孩子。

公交车辆已近到终点，人渐少了下来，车厢尾部陈川菊握着扶手观望车外，那个家伙仍在陈川菊身后蹭来蹭去，女售票员却只顾掩面窃笑。建军急行两步，一脚将那个"咸猪手"踢倒在地，待再要上前收拾，却被陈川菊拽住，问："怎么啦?"

陈川菊从农村到北京，一直生活在风清气正的环境，哪里晓得市井里这些下三烂的丑事。那个流氓只以为人多拥挤，色迷心窍，一味地往陈川菊身上靠。

建军怒目而视这个"咸猪手"，喝道："滚！""咸猪手"仓皇逃下车去，建军回身狠狠地瞪了售票员一眼。

结婚以来，总有熟人和同事在评价这对再婚夫妻。很多人都当着建军和陈川菊的面说过同样的话："小陈，你们两个挺般配的。你看，你的女儿薇薇跟建军长得特别像，就像建军亲生的。而毛毛虽然不是你生的，跟你长得也特别像。"

陈川菊听到这类话，只是笑笑便罢。但是，说这种话的人太多，就连魏瑞大姐也这样讲。陈川菊也和建军谈起过这些说法。倘若偶尔谈及，也就罢了，偏偏建军熟悉的朋友也如此评价。这反而引起建军的一些想法，也勾起多年前一些淡淡的回忆。

他想起和贺梅初次交往时的一些反常。"毛毛是不是自己的亲生儿子"这个悬念，并不是始于建军和陈川菊结婚。只不过他不敢追究，他知道这个追究，可能会产生的后果。倘若是自己的亲生儿子，会落下话柄；倘若不是自己的亲生儿子，也难在社会立足。他只想，一切都会过去。他回避。

再婚的家庭，一家四口。由于李作的因公牺牲，陈川菊和建军的再婚格外引人注目。虽然在多年的相处中，彼此也感到有些不相适宜的地方，但总归家庭生活是平静的。军区医院有几对和他们同在那年结婚的，都是初婚。其中的一对争争吵吵，还有两对各奔东西。在人们的眼里，这个再婚的家是和谐的，难得。

但是在看到一篇颇有影响力的博文后，建军心寒到了冰点。文中说，随着思想领域的开放，目前中国约有10%的男人在为别的男人养育子女！他曾经向陈川菊询问过孕妇的怀孕周期，总觉得不对劲。莫非是提前生产？

女人生了孩子自然要抱回自己的家里，医院将孩子弄错，也是数学中极小概率的事件。

自己有可能就是那10%中的一员，可悲的是，他还要跳出来说："我不是！"

老二建军的文学创作已成气候，媳妇陈川菊也已成为团职干部。

在短短的几年里，建军从工人身份入党提干，借调到场宣传部，又从场宣传部调到场党委办公室，任党委办公室副主任。几年的时间，老二建军经北京市人事局审批，确定为科级干部。这是建军也没有想到的。这个科级绝不是在扩大企业任免权之后各企业自行聘任的管理人员。

建军和陈川菊是快乐的，却都很累。

陈川菊累在日常生活，是生活中的担子更重。

建军累在日常工作，是工作中的担子更重。

第七章　有情无情两茫茫

在建军的身边，总有一些崇拜他的文学青年，当然，其中也有一些女孩。他不想推开他们。他知道，这些多少有一些文学功底的青年人，想走上文学路的不易。他曾经给很多人修改过大学毕业论文，有 40 多岁的在职干部，也有 20 岁的在校孩子。自己在文学上起步不易，也想帮助他们。

有一个副场长的女儿，建军曾经批改过她的两篇作文，这个同事非常佩服并感激建军。"薛主任，我请客，我女儿考上重点高中了！"

陈川菊也有弱点，在她身边总有一些亲近她的下级军官和志愿兵。他们曾经在她孤独困惑的时候，给她帮助。她和他们的相处无间，甚至可以无视建军的存在而侃谈到深夜。这种上下级情分，让建军反感。这，到底是彼此间的什么感情和感觉？甚至在建军和陈川菊偶尔拌嘴后，这些小小的志愿兵都会兴师问罪："你要好好对待我姐！"

按照小说《红楼梦》里贾政的逻辑，最反感的是儿子贾宝玉和丫鬟戏子做知己。而按照建军的逻辑，人以群分，物以类聚，陈川菊却常把卖菜的商户和收破烂的视为朋友。社会阶层，建军看得清楚，而陈川菊却毫不理会。

建军和陈川菊既有情分，也有隔阂。只不过，彼此都没有想过如何调整，彼此都在回避。但同时，彼此又都在承担着家庭的责任。按照陈川菊的

101

说法，建军在退休前，是"家里油瓶子倒了都不扶"的男人，两个孩子从小学到中学的家长会，又都是建军去的。的确，在这个家的日常生活中，陈川菊付出的很多很多，而在这个家庭事关每一个成员的命运里，建军起主导作用。

两个孩子的入团，都是因为建军在同一件事情上，用同样的一句话去托付。

女儿薇薇的学习成绩终于从底部上升起来，在五年级处于班级中等水平，考入二零六中学。

毛毛的成绩历来是中等偏上，报考十一重点中学，只差 2 分未录取，育英中学只收第一志愿的考生，最后毛毛也落得被二零六中学录取。

说起来，毛毛到这个中学，有点冤。

不过，姐弟俩的入团，由建军一手策划。

那时，建军任公共汽车八场党办主任。学校要租车带学生们去参加一个社会实践活动，为了减少开支，学校找到薇薇的班主任，薇薇又找到老爸，自然就由建军联系。

建军知道其中的深浅，对下属车队的一个车队长明言："要按规矩办。"

这个车队长也明白，道："主任，您放心。该企业收的，要收，事情交给我去办。"

车队给每日投放公交运营的大客车订的票款收入指标为 100 元。于是参照这个标准，每部车仅收 100 元，另收 100 元作为司机的午餐费。

第二年，又出现相似情况，毛毛的班主任又来请建军帮忙。建军又如上一年般处置。只不过，恰值单位组织舞会，建军给毛毛的班主任随即便送上十来张舞会入场券。

那时，KTV 成为社会的时尚，领导干部会跳舞，成为干部思想解放的考核。

"薛主任，我陪您跳舞，行吗？"田师傅的小女儿舒霞迎过来。那是逢场作戏的话，建军与她是熟悉的，况且自己在最艰难的时候，毛毛曾得到田老太太的帮助和照看。他尊重那个饶舌的田师傅，是因为田师傅的善心。

他不能回绝，不能回绝这个女孩的超群气质，况且因为田师傅是她的母亲，就更不能回绝她。建军与舒霞也并不陌生，在他担任车间工会副主席期间，舒霞曾经在车间实习。由于田师傅的缘故，建军对她也很关照，在她实习初期，还请她到家里吃过一顿饭。她羡慕建军这个家，又多少有些说不清、道不明的思绪。

而舒霞端庄和大方的举止，给陈川菊留下不错的印象。但陈川菊万万没有想到，若干年后的这个舒霞，会牢牢地占据着建军心里的一个角落。

舒霞舞跳得很好，自己差得太多。可以说，自己跳舞，是舒霞教会的。其间，建军知道舒霞是法律本科学历，获得律师资格证书，曾经学过舞蹈和书法，对她颇有好感。建军毕竟是领导干部，跳过一曲，随即离去，他还需应酬方方面面。

不知二零六中学那些女老师们想的是什么，对于建军的邀请，却都纷纷退去，让建军有些不知所措。在这场舞会后，舒霞成为自己唯一的舞伴。是她舞跳得好，还是因为田老太太没有说明的原因？或是舒霞在舞会上对自己表现出的亲昵？

建军和舒霞互有好感，也是大家公认的一对舞伴。

单位常常到新兴宾馆舞厅包场。一次，在去往新兴宾馆的途中，许多同事一起同行，也包括建军与舒霞，他们边走边闲谈。

"薛哥，我妈原来是想让我嫁你的。"建军愕然，立即制止舒霞。

"你妈妈还好吗？"建军扯开话题。

"我想跟薛哥单独谈。"舒霞的目光在期待。

"以后有机会。"建军的神态很淡然。那些摆不上桌面的往事，早已灰飞烟灭，况且，那只是田老太太曾经讲过的风言风语。况且，还藏头露尾。

舒霞的目光依然执着。"其实，三年前，我们就错过缘分，我没能当机立断。我不想去舞会了，今年北京市司法考试，我的成绩是第三名。他们的初步意见是让我去昌平检察院，我说太远了，需要跟家人商量。他们在等我回复。"

建军道:"那是好事,那你还不回家商量?"

"我不正跟你商量嘛。我在玉渊潭公园门口等你,我想跟你说说心里话。"

建军笑道:"单位组织的活动,我哪能不去?你如果拿不定主意,早点回家。"

"不,我在公园门口等你。你来不来,随你!"舒霞很任性,建军多少也了解些。舞会里,果然没有舒霞的身影,令建军有些不安。去,还是不去?建军犹豫很久,终于借故离开舞会。

依然是玉渊潭,依旧是那个八一湖。是伤心?是留恋?

那个八一湖,曾经是质瑜姐悲歌一曲之地。"疏枝立寒窗,笑在百花前。奈何笑容难为父,春来反凋残。"

那个八一湖,曾经是和贺梅观赏桃花花海之地。"春雨滴答花盛茂,湖畔重柳竞争娇。"

那个八一湖,曾经是和啸雨通宵长谈之地。谈古论今,畅叙中外的政治、军事、经济和文化,留下爱恋的记忆。

那个八一湖,曾经是自己和川菊带着薇薇和毛毛这一双儿女游玩之地。那个游乐场,留下许许多多的快乐回忆。

那个地方,承载着建军太多的感情历程,记录下他的悲欢离合。

离开新兴宾馆的舞厅,向左是玉渊潭,向右是回家的车站。建军出门犹豫了一下,向左迈了两步,随即转身去向军区医院。他惦记着他的家,他知道她和两个孩子在等待。但他的心里,多少还有些挂念舒霞。

"她白等了,但愿她不要等得太久。"这是建军的心里话。

他在第二天的上午,曾经打电话询问,得知舒霞发烧病了。建军放下电话,沉思。

有序的工作和突出的能力,让建军在公共汽车八场得到普遍认可。

1992年初,场党政班子召开全体副科级以上干部会议。会后,建军和副书记一起回办公楼。副书记是个女的，姓李，从市属机关下来"镀金"的，年纪比建军大些。那时干部的提拔，有"镀金"一说。就是上一级机关的干部到下级机关代职，代个一年半载便提升一格。

李副书记是有背景的，建军和基层的干部都心照不宣。作为女人，建军认为把她放在这个位置，太难为她。作为男人，又不想让一个女人为难。工作总是要有人干的。至于是什么背景，建军不想知道，在他眼里，她只是个"木偶"。

李副书记是有胸怀的。她绝不干预公共汽车八场的核心事务，但也不放过细节。李副书记刚调来不久，便嘱咐建军，道："薛主任，去年的总结和今年工作也布置下去了。你回去组织撰写一下今天的简报，简报有很强的时效性，要抓紧上报。"

建军笑道："简报在昨天就写好了，现在在打印室，正在打印。"

李副书记惊愕，笑道："薛主任，林场长兼任党委书记是场里的第一把手，你连他的会议讲话也编出来？"

他笑道："李书记，您忘了？整个会议议程是我安排的，林场长的讲话稿也是我写的。"

"薛主任，您的工作太超前了。"

李副书记对建军是欣赏的，尤其欣赏他的文才。他往往会将无味的简报写成一篇篇充满文采的散文，上报给上级机关，当然也引起上级领导的关注。

李副书记对建军是多方面的信赖和支持，因为她是"镀金"来的，最多在这个位置上待上一年，便会上调离去。其实建军在很多方面的工作都是帮李副书记履行职责。

在那段和陈川菊同甘共苦的岁月里，建军和陈川菊共同抚养着这一双儿女。有矛盾，有口舌之争，毕竟只是寻常夫妻之间的矛盾。

因为建军吸烟，新婚之际便曾有过矛盾。陈川菊自以为建军吸烟，可以通过婚姻而改变。在新婚不到一个月的时候，她曾将建军的烟扯碎，扔到纸篓里。建军随即起身，到营区的小卖部又买了一盒烟来。

这个家，究竟谁怕谁？答案是，谁也不怕谁。说起来，建军已经做了让步，在成婚前，建军是吸雪茄的，天坛雪茄。自结婚后，建军改吸国内一般的烟草，也是对陈川菊一种迁就的表示。

调整，是相互的。陈川菊或许也没有明白这一点。因为吸烟，建军不知挨了多少骂。

每逢建军在一双儿女熟睡之际，想提笔写一点构思已久的作品，陈川菊总会给建军沏上一杯浓茶，站在他的身后，要看着他落笔的每一个字。这一举动致使建军文学创作的兴致化为一片灰烬。他需要有一点自我的空间，而陈川菊绝不会理解一个文学作者的脑海里，思绪在漫漫空间中的飞腾。

陈川菊也有她的自尊。她的入党转正申请书是建军代劳的。甚至在陈川菊担任医院营养室主管领导期间，营养室的工作总结都由建军撰写。院务部从上到下都知道陈川菊的文字能力很强，殊不知她家里有"一支笔"，任由陈川菊调遣。

在这段时间里，建军曾偶遇风寒而高烧。单位里的顶头上司林场长兼党委书记到家里探望。得知第二天上级单位要召开党政工作会，建军虽在高烧中，也明确表示可以参会。建军具有很强的工作责任心。高烧未愈，但他仍参会并撰写全场的党政年度工作计划，令林场长和李副书记对他刮目相看。

不过，建军总感到对舒霞有一丝丝歉意。忙于日常工作，已经有半个多月没有见过舒霞。他怕见到舒霞，又想见到舒霞。他没有听到她调离的信息，碍于他的身份，又不便去人事部门询问。

场工会主席老罗兴冲冲来到建军的办公室。"薛主任，明天安排舞会，请您大驾光临，给我们工会捧捧场？"舞会，历来由工会组织。建军笑笑，道："总是忙，还是有空赶紧回家，难得跟孩子们扯扯闲篇。别因为跳舞，惹你弟妹生气。"

"你怕弟妹？鬼才信！我去联系那个小舒？"老罗自告奋勇。

"不必。人家或许家里也有事。"建军是沉得住气的。

"你别管，我去叫小舒。"老罗转身便走。具体老罗怎么和舒霞联系的，建军至今都不知道。只记得没有几分钟，老罗便打电话告诉建军："办妥了，你去就行。你薛主任能去，就是支持工会工作，看得起我这个哥哥。"

此时此刻，建军知道她没有走，还在质量检测科。

舞会上，舒霞似有怨气，但在众人面前，却当作似乎什么也没有发生过。而建军倒有些愧意。他知道舒霞是爱他的，而他却不能面对，准确讲是不敢面对。田老太太当年半真半假的话，他不曾接过只言片语，却直至今日落得尴尬。

当然，当年还是处女的舒霞也没有任何过错。舒霞是单纯的，她和啸雨的人生阅历绝不相同。啸雨是寻求政治阶梯上的爬升，而舒霞需要的是真实生活。

"每临大事有正气，不信今时无古贤。"这是建军用楷书，书于自己的办公桌上的名言。建军此时此刻，将舒霞的腰肢搂抱于舞曲之间，却分明感到这个女人的诱人之处。他茫然。他想逃避，却又难以拒绝。

舞会结束，建军送舒霞去往她回家的车站。建军回家，是乘335路往西，舒霞回家，是乘335路往东。多数参与舞会的同事，都有固定的舞伴，在众人眼中，他们是一对，是舞伴。其实，往往有这样的说法，找老婆容易，找舞伴难。难就难在心灵感应，每一个动作，每一个脚步发自心底的协调。

出于应酬，建军会和一些女同事跳舞，但舒霞不会接受男同事和一些领导的跳舞邀请。也难怪大家都默认建军和舒霞的舞伴关系。她心里想的，是什么？

舞会临终，建军示意舒霞离场，他在新兴宾馆门口等她，他想送她一程，送她去335车站，也想表示一个歉意。在西三环的路边，留下他们真实的情感对话。

"小霞，你上次发烧，怎么不早点回家？我已经结婚了，已经三年多了，面对现实吧。"建军是诚惶诚恐的，他信天命。他爱陈川菊，也喜欢这个似乎是童言无忌的舒霞，但注定陈川菊是他的妻。

"哥，我现在才知道，我错了。我知道我不该打扰你。"

舒霞的眼里是欲火，他也知道这个女孩的真诚，但毕竟……

夜已深，335 路的晚班车已过。建军想起啸雨，啸雨也曾经和自己在八一湖深谈后，误了回程的地铁。

那时，面对夜深之时警察的盘查，啸雨表现得很从容。她取过背包，逐一向警察展示道："民警同志，这是洗护用品，这是游泳衣，这是清凉油，这是拖鞋。"

啸雨所承受的经历，是政治压力，绝不是舒霞现在所能够理解的。

"太晚了，我今天回不去了。"已是晚上 9 点半。舒霞原住在航天桥，和公公婆婆同住，最近搬到天通苑小区，那里是北京大学分给她丈夫的福利房。言谈之中，建军已经知道，她和公公婆婆之间的关系不融洽。他后悔，又对舒霞充满同情。

"那你，回你妈妈家住一宿？"建军说完便打出租车将舒霞送回公共汽车八场的宿舍。但是在走下出租车的瞬间，舒霞又犹豫了。"我怎么跟我妈说呢？"

建军只得将舒霞安排在自己的家里。

那个家，有几年没有人住了。

他不想让舒霞为难。当安顿下舒霞，而自己回军区医院的那个家，也没有了托词。

夜已深，他们在建军的那个家里，双双躺在那个双人床上。他感觉到，她的手摸向自己，他不由自主地将她抱在怀里。

那是他们的交汇之夜。就在那一晚舒霞说出心中的苦闷。她的丈夫虽身为北大医学院的副主任医师，但性发育不全，也难怪田师傅极力反对。他们的夫妻生活，一直是借助于器械。

但在舒霞的感受里，这不是情感上的爱。每次"房事"之后，她都会大哭一场。

在建军的怀里，她真正做了一回女人。他们从此不再仅仅是同事，而成为情人！

是对，还是错？

在建军的心里，是错的。他犹豫，在很长的一段时间，甚至想要切断这种情感，但是，他没有这个决心。这种纠结，维持了多年。好在建军是冷静的，他从不在单位里和舒霞联系，甚至从来不多说一句话，即使下班离开单位，和舒霞的联系也很少。也正因为如此，大家都知道舒霞曾经是建军的舞伴，却没有人察觉到他们的"暧昧"。

两个孩子也渐渐长大了，薇薇就读于黄庄职业高中，会计专业，毛毛就读于信息中专学校，信息专业。

在这几年的时间，薇薇学习成绩已趋于稳定，建军和陈川菊对她的学业也放心。在这一点上，陈川菊尤为感激建军，没有建军的辅导，不知薇薇的学业将如何。只是薇薇上学路程较远，每天要花费一个多小时才到校。在冬天，天还没亮，车站旁是一片树林，黑漆漆的，那里发生过凶杀案。一个女孩儿独自等车毕竟不安全。陈川菊每天早晨六点半便要陪她去公交站，将薇薇送上公共汽车。

让人担心的是毛毛，十五六岁正是男孩似懂非懂的年纪。毛毛在学校里结交了一些同学，拜把子，认哥们儿。有一次还帮着同班的哥们儿和别班的同学打架。自然，又是建军到校去处理此事，又赔医药费又道歉的。最后学校还给了毛毛一个警告处分。

那段时间，毕竟是两个孩子的求学阶段，为了让毛毛收心，陈川菊还特意花 5000 多元给毛毛买个电脑。5000 多元，在当时，是个不小的数字。

毛毛的聪明是大家都认可的，而通过自学电脑，水平也不低。1995 年前后，电脑还是个稀罕物件，这为毛毛毕业后在中关村一家私企，名义上叫实习，实际上是打工，奠定了基础。

这家私企老板不到 30 岁，所谓业务，就是组装电脑然后再加价出售。市场化时间不久，市场的规则也不完善，利润可观。中关村的经营模式，给毛毛走上社会，上了人生第一课。

与此同时，薇薇于黄庄职高毕业，被学校分配到一家超市实习。对于学校的安排，建军和陈川菊都极为不满。薇薇在超市实习不到一个星期，学校突然发通知，说是海淀有一所走读大学，国家承认学历。如有意报考，可以由学校全封闭补一下文化课，当然要交纳一定费用。至于能不能考上，那要看学生文化考试的成绩，学校不做评价。

陈川菊得到这个消息，立即打电话和建军商量，建军核实这个消息后，让陈川菊把要交纳的费用准备好。随即叫公务室主任备车，直接去了薇薇实习的超市。这是建军唯一一次自己给自己派车，公车办私事。

那是建军第一次去薇薇实习的超市，也是最后一次到那里。那是一个不大不小的店面。建军的光临，让刚刚换上工作服的薇薇感到意外，父女之间简单交谈后，他明确让薇薇向超市辞职。毕竟是孩子，梳着马尾辫子的女儿，还扭扭捏捏地说："老爸，我上班都上了半个月了，那不是白干啦。"

建军闻言，道："前途要紧，拿不下大学文凭，还甘心把收银员的活儿干一辈子？"说罢，让薇薇脱下工作服，将工作服甩给店长，领着薇薇的手径自出门，乘车而去。

经过两个月封闭授课，这个班有一半人通过考试，薇薇终于如愿，考上海淀走读大学的会计专业。这是她命运中的转折，她开始了三年的大学生活。

而更令建军担心的是毛毛。有了在中关村的阅历，建军看到毛毛在骨子里已经发生的变化。是喜？是忧？在建军的眼里，更多的是儿子已经长大了的失望。

经过在私企的实习之后，学校将毛毛通过劳务派遣的形式，分配到工商银行总行的信用卡部工作。这是许许多多的年轻人，要削尖脑袋往里钻的地方。但毛毛具有在中关村售卖电脑的商业化意识，根本不把这个工作放在眼里，给私企老板打工的收入，比这份工资高得多，来钱也快得多。才十几岁的年纪，就萌发出要自己办公司、当老板的念头。

毛毛作为总部信用卡部的职员，当然少不了与全国各地分行联系的工作。由于联系方便，他还和一个长沙的女孩交上朋友，却不知这个女孩早已结婚，且小夫妻间矛盾重重，女孩儿已经动了离婚的念头。毛毛和那个女孩儿仍用网络和电话频频联系。两个孩子的感情发展，一发不可收拾，而建军和陈川菊却都不知情。

毛毛从未和父母谈及此事，有意隐瞒，也许他认为自己的事情应当自己做主，因此全然不和家里商量。薇薇性情直率，藏不住事，有事总会跟陈川菊讲。这也是男孩和女孩在刚刚踏入社会时的处事区别。

在她上大学的第二年夏天，陈川菊和建军总感到每次薇薇放学回家的异样神态，既兴奋又愉悦。还没等陈川菊询问，薇薇便主动坦白："妈妈，我交男朋友了。"

既然跟家里实话实说，陈川菊也必然会追问下去。薇薇坦白，她的男朋友是她在海淀走读大学的同学，叫许亚，比她大一岁，一米七八的个子，相貌也不错。而且许亚的爸爸也是公交集团的干部，是颐和饭店的总经理，名字叫许新。

建军对公交系统的情况是了解的，估计许亚的父亲是公交集团三产的处级干部。所谓三产，是指公交内部的多种经营。

"既然如此，就让他们先交往吧。"陈川菊对建军说。女儿的事情总会跟妈妈商量，建军也没有异议。从薇薇介绍的情况看，许亚本人和他的家庭也还是不错的。

两个孩子都大了，陈川菊的家务轻松许多，而建军由于公交系统体制上的变化，心情并不舒畅。1998 年，是公交大变动、下属单位重新组合的一年，也可以说是各级干部重新大洗牌、大调整的一年。九个车辆保修厂合并为保修公司，建军所在的公共汽车八场的干部纷纷落马。以原公共汽车四场的干部为主体，形成新的领导层的格局。新任书记是兰桔，经理是常永贵。

在正式成立这个公司之前，新任兰书记和常经理曾经找建军谈话，沟通思想，并希望建军要在稳定职工队伍方面多发挥作用。

在兰书记、常经理和建军谈话后的第二天，常经理又将他叫到办公室，从保险柜里取出一个公文袋交给他，里面是 5 万元人民币。建军接过公文袋，问道："好的，在哪里签字？"

常经理拍拍建军的臂膀，笑道："老薛，这是各单位财务清理出来的，没账。交给你，是让你拿这个钱慰问一下你手底下的弟兄。怎么花，由你说了算，我绝不过问。"

话说到这个程度，建军担任领导职务已经多年，岂能不明白？他知道这是常经理从小金库里拿出来的钱，当面拒绝将造成常经理的不满和隔阂。建军道谢，将 5 万元拿回自己的办公室。随即打电话将会计叫来，说明缘由，吩咐会计将该款清点后入账，并再三嘱咐，这笔钱，任何人不准动用。

组建成立保修公司的大会上，居然有些干部在发言中提出"坚决服从常老板领导"这样的话，令建军极为反感。这个保修公司的成立，可以说，将公司党组织的领导地位削弱了。当然，面子上的事情一样也不能少。公司建立起各级组织，党委、纪委、工会、团委，一个也不少。

建军新的职务是八厂副书记兼工会主席。在担任这个职务不到一年的时间里，建军努力工作，健全厂一级工会和共青团组织，担负起大量的日常工作，保持了八厂生产和工作的连续性，得到公司兰书记和常经理的赞赏和表扬。但建军毕竟不是常经理圈子里的人，何况建军在心底觉得自己与"常老板"这个圈子是格格不入的。

新任的厂长蒋一平曾私下里问建军："薛书记，会计账上有一笔来路不明的 5 万元，是怎么回事？我问过会计，会计说是你让她入账的。"

建军深知这个蒋厂长是常经理的死党，是平日里花天酒地出入娱乐场所的兄弟，淡淡一笑，道："那是常经理慰问干部和生产骨干的慰问金。我没来得及办。"

蒋一平一拍大腿，埋怨道："薛书记，来不及办就先放在一边，一入账就没法办了！你真糊涂。"

建军只是笑笑，却不做解释。因为自己不想沾这笔钱，又不能说破。至于这个蒋厂长怎么想，他不知道，但是这笔钱怎么处理，他知道这个蒋厂长必然会向常经理请示。问题是对已经入账的 5 万元，常经理怎么想，怎么处置。

他知道常经理必有所思，绝不会像这个草包蒋厂长般目光短浅。在任人唯亲的环境里，他也明白，他是一些人心目中的眼中钉肉中刺。但他依旧我行我素，工作依然勤奋，但不免有一种自己为之奋斗多年的企业，被他人吞并的失落。他也预感到，自己被排挤下去，不过是早晚的事。

在 1999 年初，这种预感成为现实。

那天，建军刚刚到家，听到陈川菊在和四川南充老家的人通电话，通话声音很大，语调急促。陈川菊只是略回头看了一下建军，便又几乎是向电话的那头呼喊着——"用担架，找人抬，用最快的速度抬出来，送到南充！"

放下电话，陈川菊按捺不住心中的焦急，跟建军说："大姐在姐夫老家发病，脑溢血。村里人已经将大姐从山里抬出来，我妹夫派车在公路口等她们，送到南充市去抢救！"

陈川菊的老姐夫是在南充的一个小山村里参军入伍，退役后转业到四机部。老两口退休后的人事关系仍在四机部下属单位。他们思乡心切，便到老家暂住一段时间，没承想突发意外。这一宿，陈川菊心急火燎地每隔半个钟头便和那头通一次电话，直至大姐被送到南充市医院抢救室。

清晨，陈川菊与建军商量，想要立即回南充探视大姐。夫妻俩决定各回单位请假，乘当晚的飞机飞成都，再通知妹夫派车接他们到南充，并将二人的决定告诉女儿薇薇和儿子毛毛。

建军按照组织程序，向公司党委副书记和公司工会主席请假，并说明原因。因为已临近春节，根据行程，便将销假的时间定在春节之后，并到人事部门填写了请假单。因为自己是厂副书记兼工会主席，他还将自己请假之事分别告知厂里的两个正职。建军任领导职务多年，游走在这种微妙的干部人际间，他是谨慎的。

建军请假事宜办妥，订好往返机票。刚到家，便听陈川菊道："许亚的爸爸刚来过电话，知道咱们要回四川，说薇薇还小，让薇薇到他们家住，由他们照顾。让咱们放心。"

建军感到不妥，道："刚搞对象还没一年，住到人家家里不好吧。还是让他们姐弟俩在一起互相关照。"陈川菊倒不以为然，道："人家是好意，再说两家父母也见过面，你们都是一个系统的干部，老许他们两口子对薇薇也挺好的。"

部队住房要比地方宽松得多，到了两个孩子都十七八岁的年纪，陈川菊又申请了一间平房。考虑到女孩子单独住不太放心，便将毛毛安置在那里。毛毛这两年一直住在楼下的平房，独惯了，也未必回来住。

毕竟是再婚家庭，涉及薇薇的安排，建军不便坚持，只是嘱咐毛毛要和爷爷奶奶多联系，没事和姐姐多通电话，尤其是春节期间一定要去给爷爷奶奶拜年。

简单说，陈川菊和建军结婚已十多年，陈川菊的家人都来过北京，但陈川菊却离乡多年未归，因大姐病重才回归故乡。看着大姐卧病在床已经不得行走半步，陈川菊也伤心落泪，好在大姐经抢救保住性命。陈川菊是做医务工作的，明知道康复的可能性微乎其微，也只有耐着性子劝大姐静养，再逐步康复。其实，三姐妹都是搞医的，这些话只是姐妹亲情间的祝愿。

建军走南闯北，也去过不少地方，却从未到过四川。亲戚们对建军也格外热情，四川的民俗乡风给他留下深刻印象。建军还清楚地记得，陈川菊回村里祭祀父母时的情景，全村人都围拢来观望。在这个小小的山村里，走出一个瘦弱的女娃，若干年之后，这个女娃成长为副师职军官，这是陈家祖宗的庇佑。

陈川菊和建军在这个小山村里住了一晚，挨家挨户地看望这些乡亲。当陈川菊握住他们的手的时候，建军可以看到这些骨瘦如柴的乡亲们，眼睛里流露出的敬畏和惶恐，看得出这些乡亲们生活的艰难和脸上皱纹里的沧桑。

夫妻二人在四川度过春节，心里当然也惦记薇薇和毛毛，提前两天回到北京。当建军向厂长蒋一平通报自己已回到北京时，建军在电话里听出蒋一平言语中的惊诧和慌张，随之便是躲躲闪闪的言辞。建军意识到，自己预料的事情发生了，只是没有想到这么快。

春节后上班的第一天，人们还在互道问候之际，公司党委组织部便来电话，让建军到组织部谈话。刚迈进门，却见组织部黄部长笑迎过来，"薛师傅，又要到哪里高就？咱们这个公司真的装不下您这尊大菩萨啦。"

建军一愣，还没明白过来。"什么？黄部长，您什么意思？"

黄部长倒也痛快。"您不是出去找工作了吗？"

建军沉吟半刻，已然明白是有人借自己回四川探亲之事借题发挥，做了手脚。

黄部长拿出一个表格，道："薛师傅，请您签个字吧。"

建军接过表格，表格上分明写着领导干部考察表。建军逐项看去，无非是不安心本职工作，私自外出找工作，给干部职工队伍的稳定造成恶劣影响，结论是考察不合格，免去厂副书记兼工会主席职务。

毕竟在意料之中，建军倒也能沉得住气。简单向黄部长说明原委，重申自己请假所履行的具体程序，并表示可以免去职务，服从安排，但拒绝签字。黄部长倒也痛快，道："这是经过公司党政会议的决定，我无权更改。"

双方相视再也无话可谈，僵在那里。无奈的黄部长请建军稍候，便出门去请示。许久才回来，客气地说："那您先回家休息几天，具体调您到哪儿，领导要研究研究，过两天再联系。"

建军哈哈一笑，拂袖而去。建军本不是官迷，免去职务反而感到一身轻松，与这个不健康的圈子脱离关系，虽有不满，倒也平和。陈川菊因为是自己的原因让别有用心的人借题发挥而使建军丢了职务，觉得愧对建军。建军坦然道："该来的，总会来。"

建军的联系电话是在组织部备案的，一周后，建军接到劳动人事部的电话，让他到公司多种经营科，找任科长报到。建军与任科长早就相识，原本是肩膀一般高的同级干部。建军到多种经营科，如何安排建军的工作，反而让老任犯了难。

两个人在老任的办公室抽烟喝茶侃了大半天，老任终于勉强说道："老薛，我真不好安排你的工作，要不，你在广告设计组先待几天?"至此，建军挂名在广告设计组，每天到设计组喝茶看报读小说，偶尔和工人们古今中外闲聊。公司虽免了建军的职务，实际上是找个不碍眼的地方，把建军养起来，工人们心里也都明白。

建军没有任何具体工作，每日清闲，高兴时中午就在附近的餐馆喝点小酒，来与不来，都是全勤。建军曾笑着打趣老任："多谢你把我当个菩萨供着。"

老任却和建军说悄悄话："你别谢我，是上边有人嘱咐我，让我照顾你，替你抱不平呢。"

具体是谁，老任的嘴很严。但建军清楚，老任不是公司常经理圈子里的人，老任曾经是兰书记多年的部下。

免去职务，自然闲散，倒也随意。建军没事就去看看空巢的父母，帮助父母买买菜，搞搞卫生，到家里翻翻文学理论书籍。颈椎长期不适，也想借机检查一下。建军很惬意，毕竟有时间了。

薇薇仍在上学，因为许亚家离海淀大学较近，再加上陈川菊和建军回四川南充的半个月里，薇薇都住在许亚家里，老许夫妻对薇薇也满意，这一对小情侣愈走愈近。许亚家里有空置的房间，因此往后的日子里她有时便留宿在许亚家，许亚每逢周日到建军和陈川菊这里来玩。

倒是毛毛令人担心。这日，陈川菊到毛毛住的平房，本打算给毛毛的房间搞搞卫生，抱回被罩和床单洗一洗，敲门许久，毛毛才打开门。房间里还有一个女孩子，脸羞得通红，站在那里。陈川菊有些吃惊，颇为不悦，但毕竟毛毛也是个快20岁的男孩子，也不便当着这个女孩训斥毛毛，打个招呼，便离开了。只知道那个女孩姓苏。

下班后，建军和陈川菊吃罢晚饭，径奔楼下的平房去找毛毛。他们要找毛毛认真谈一谈，同时也想了解那个姓苏的女孩的状况。建军和陈川菊的到来，似乎在毛毛的意料之中，而那个女孩却不知所措。

在交谈中，了解到那个女孩是长沙人，比毛毛大一岁。大专毕业后到长沙的工商银行信用卡部工作，和毛毛有直接的工作联系。彼此联系多了，互有好感。小苏的父母是长沙审计局的干部，小苏刚结婚不到一年，近来小两口吵架，一赌气便闹起离婚来，小苏索性请一周的假，跑到北京旅游并散散心。这几天毛毛值夜班，白天陪这个女孩长城、天安门、颐和园到处跑，晚上便安置女孩在家里住下。了解到这些情况，建军和陈川菊也略略放心，建军开始担心这个女孩是乱七八糟的人。但现在看，起码，这个小苏是正经人家的孩子。

在陈川菊和这个女孩交谈时，建军在观察毛毛和小苏。看得出毛毛和小苏并不是单纯的同事，小苏在回答陈川菊的问询中，目光始终在毛毛身上。在这个环境中，她对毛毛有依赖感。

小苏说话声音不大，语言表达倒也清晰，大眼睛，举止端庄，也很漂亮。虽说是在这种场合见面，建军倒觉得这个女孩招人喜欢。如果毛毛领这么样的一个女朋友回家，建军会很高兴，会接纳这个孩子。

了解到小苏的情况后，建军和陈川菊都明白，必须说服他们，把他们拆开。建军给陈川菊使了个眼色，便将毛毛叫出门来，由陈川菊和小苏单独谈。建军晓以利害，让毛毛理智处理此事，就国家户口政策上给毛毛做工作。

当时，国家对户口进京的管理极为严格，通过结婚也绝不可能将外地户口调入北京的，新生儿的户口随母亲落户。毛毛心有不甘，又不敢顶嘴，他喜欢这个女孩，但毕竟他们在今后的许多实际问题上，都存在着不可消除的障碍。

几天后，小苏特地向陈川菊辞行。左一个阿姨，右一个阿姨，嘴挺甜，也挺懂事的。当晚，毛毛回家来说，他亲自将小苏送上了回长沙的火车。

一场危机总算过去。

殊不知，陈川菊的军人职业生涯也面临挑战。院政治处干部科科长已经找陈川菊谈话，内容只有一个，工作调动。从目前的院务部营养部调到药学部，并让陈川菊负责药房的管理工作。这对陈川菊来说是一个陌生的领域。

陈川菊的职称是主管护师，到营养室后也曾到协和医院进修。给她调动的理由是药房缺少骨干，同时更明显的用意是给总后卫生局的一位领导的亲戚腾位置。

陈川菊心有不甘，回家便和建军叨念此事。

"去吧，军令如山。"建军倒很淡定。

"你什么意思？"陈川菊的火气腾地冒上来。

建军不急不恼，面无表情，道："现役军人军龄三十年可以办理退休。你1971年入伍，至今二十九年。如果你不去，人家给你个小鞋，让你转业，怎么办？你服从调令，今年不会转业。只要服从分配去报到，熬过明年，就是现役退休。谁还能把你怎么样？"

建军几句话，顿时让陈川菊明白过来。

陈川菊如期报到，并担任药房负责人。陈川菊虽说对官场上的那一套的人情世故搞不明白，但对工作是兢兢业业的，很快便进入新的工作角色。

第八章　莫怨嗟，中年家庭也空巢

近来手麻和头晕的感觉日趋明显，建军也想去医院看看自己的颈椎病。建军到铁指医院，医生建议他做一个核磁检查，并开出核磁检查单。

核磁检查在当时是一项先进技术，费用很高，而且未纳入社会大病统筹，其费用需要由病人所在单位承担。一般干部和工人很难获得单位的审批通过。让建军意外的是，公司劳动人事部经理不知和哪位领导通了个电话，当即签字并开出支票。

建军住院了，住在外科病房。核磁检查的结论是骨刺压迫神经，需要等待医生的会诊，再做出治疗方案。刚入院，每天都是两三项检查化验等结果，建军烟瘾大，每天都要抽一包多的烟，却又不能在病房里吸烟，他便常常溜达到走廊电梯旁抽烟。建军刚低头点烟，却感觉有个穿病号服的人扯了他一把。建军回头一看，倒有些意外，是舒霞的妈妈田师傅。想到与舒霞的关系，他心中颇有羞愧，又多少有些慌乱。

"小薛，很长时间没见，怕有五六年了吧？怎么你年轻轻的也住院啦？什么毛病？你当领导了，帮助我看着点小霞，这孩子太任性，小霞就佩服你，你管她，她听。我恐怕没多少时间了，小霞就交给你，多操心。"田老太太拉着建军的手，说起话来似连珠炮，容不得建军插嘴。

建军自从和陈川菊结婚后，很少到宿舍区，田师傅也早已退休，基本上不来场区，没见面岂止十年？

建军望着田师傅，她面容消瘦，面色发黄而印堂发黑，再听她说的话，想必病得不轻，又不敢贸然细问。看来自己被免职的事情田师傅并不知道，自己也就不想多说。建军本想问问舒霞的近况，又不便提起。陪着田师傅在电梯旁的走廊上有一句没一句扯了半个钟头的闲篇，才各自回病房。

建军刚回到病房躺下，拿出小说来漫无章节地翻看着。隐约见有人走到自己床前，建军抬眼却见公司党委书记兰桔站在自己面前，建军忙坐起身来。说起来自己在这个保修八场工作多年，住院这几天也接到过几个问候的电话，却没有一个同事敢来医院探望自己这个下台干部，唯恐自己受到牵连。在公司干部大洗牌的激流中，这种心态也能令建军理解。

说起这个党委书记兰桔，和建军还是同一个学校毕业，都是"文化大革命"前三十五中的学生。建军是 1968 届初中毕业生，兰桔是 1967 届高中毕业生，比建军大四岁。按照中国传统的说法，也可称作年兄年弟或师兄师弟。只是两人从未有私交，建军对于领导历来敬而远之，平时仅限于工作中的上下级关系的来往。兰书记屈就到这里看望建军，建军颇为意外。

兰桔毕竟比建军年长一些，干龄和职务都高，自然有他自己的一套为官之道。此时探视建军，只说病情，只说当年三十五中的一些往事，闭口不谈工作。而建军对自己的被免职，虽然不满，也不想在这个场合去申辩。建军是沉得住气的，他也乐得离开那个明争暗斗的地方，仍旧去做他的文学梦。

"经济上有困难吗？我通知工会补助？"兰桔问。建军纠结的并不是待遇，而是一口气，他是有骨气的。

"谢谢，不必了。"建军的回答，已然没有让兰桔再寒暄的余地。兰桔在病房里的时间不长，前后不过十五分钟，随同他前来的组织部黄部长却留下一大堆营养慰问品。

更令建军惊诧的是舒霞的探望，他没想到和舒霞也会在这个医院里不期而遇。下午，当建军在病房里和病友天南地北大侃特侃的时候，却被舒霞抱住臂膀。"是你?"

建军喜出望外,却见舒霞脸色忧郁——"没想到在这里见到你。"

建军和舒霞在病房里寒暄了几句,便走出门来,毕竟那里说话不方便。走过楼道乘电梯,来到医院后面的一片绿地,在长椅上坐下来,舒霞一直挽着建军,生怕他不翼而飞。其实,建军也感受到他们的心贴得很近,感受到舒霞的那一份真情。

"你怎么知道我在外科?去看你妈妈了没有?"建军问。

"刚从我妈妈那里出来,是她告诉我,你也住院了,颈椎病,在外科,是我妈让我来看你的。颈椎病很厉害吗?"她轻轻地揉捏着建军的脖颈。

"没事,有些压迫神经,这几天好像又好了点。"建军轻描淡写地说道。他不想让舒霞为自己担心,便转换话题,问道:"你妈妈什么病?我看她气色很不好。"

"肠癌,半年前做过手术。现在扩散了。我们兄妹三人每天都会来轮流看她,可能没有几个月啦。"说罢,一声长叹。又道:"你去多种经营科的事儿,我知道了。全厂都传遍,说你春节前外出找工作,传来传去的,才把你撤职的。我根本不信。这么大的事情,你怎么不给我打电话,告诉我一声?"

"本想告诉你,总觉得电话无论打到单位或你家里,都不太合适。好在今天不是见到了。"建军笑笑,只是笑得很勉强。舒霞依偎在建军身旁,半天没有说话。沉默许久,舒霞问道:"铁指医院离你家还挺远的,陈姐过来看你吗?"

"每天都要过来一趟,她会提前一会儿下班,大概五点多钟到吧。"说到这里,建军和舒霞都下意识地看了看手表,已是四点半了。

舒霞突然抱住建军,许久,才松开手。

"哥,我看得出来,陈姐这个人其实对你挺好的。我回去了,你也回病房吧,天冷。"舒霞已是泪流满面,又道:"我过两天再来看你。"

舒霞一步三回头地走了,想到田师傅的肠癌扩散,建军唏嘘不已。

两天之后,主治医生找建军谈病情和医治方案,大概的意思是征求患者和家属的意见，陈川菊当然也在场。有两个方案，一是手术治疗，风险较大，二是保守治疗，短期内效果不会明显。陈川菊也做了近三十年的医务人员，自然是绝不能让建军去冒风险，宁肯选择保守治疗。

建军在家保守治疗了十天半个月，也甚无聊，便三天打鱼，两天晒网地到多种经营科上班，说是上班，不过又恢复了先前在班上喝喝茶，抽抽烟，一张报纸看半天的日子。他看了看广告设计组的考勤，自己的名下依旧是全勤。暗想，真难为老任了。

这一天，是周日，建军陪陈川菊到翠微百货去买衣服，恰巧和公司副书记相遇。副书记姓尹，是个女的，曾经是公共汽车八场的市级劳模，破格提拔上来，虽然工作能力一般，但为人直率正派，和建军很熟悉。老同事相见，必然是格外亲切，话也多了一些。

"你不是住院了吗? 好些啦?"尹书记握着建军的手。

"好多啦，你还好?"建军也问候尹书记。

"好什么呀，这半年公司刚组建还没理顺，又缺了你这个得力大将。其实你的免职是个误会。常经理不知道信了哪儿来的道听途说，非要说你是外出应聘攀高枝去了，脾气还挺大。大家都有不同意见，又不便和他争吵。兰书记的话，他也听不进去。你可别太生气，先在多种经营科养养病，保重身体。你的免职，到现在党委内部，还是有说法的。"

建军笑笑，道："尹书记，我挺好的，老任也很关照，放心吧。"

尹书记又转向陈川菊道："弟妹，小薛在单位表现挺好的，这是误会。"

陈川菊也只是淡淡地笑笑，并不便作答。与尹书记告辞，建军已然明白了其中的原委，恐怕嘱咐老任关照自己的人，就是比自己年长的校友兰桔。建军被免职的原因并不在春节前去四川的探亲，事情的根源是那笔被建军入账的 5 万元。

建军对这 5 万元的处置，让常经理戒备，也明确表示了自己不会融入常经理的人际关系圈。但这是个非常敏感的经济问题，他可以不占不贪，求得自己的干净，却绝对不能说出去。

　　这是个炸弹，不能由自己引爆。也许，这笔钱入账，蒋一平完全可以做一些财务上的技术处理。

　　免职也罢，不免职也罢，建军和陈川菊的日子照样过。按照陈川菊的说法，咱们结婚时你就是工人身份，现在你不还是你薛建军？陈川菊也没有那么多功利心，家庭生活依然平静。

　　毕竟建军被免职，在家里是一件大事，许亚立即告诉了他的父母。老许听到这个消息，心里暗暗吃惊，薇薇她爸爸犯错误了？他立即通过熟人到集团公司了解情况，因为建军这一级干部的任免文件，是要在集团公司备案的。打听来打听去，却听说建军的免职，是因为不安心本职，春节前撂下工作，私自到外地应聘，禁不得将兰桔和常永贵骂得底掉。他当晚即找到集团公司秦总经理的家里说明情况。

　　这个秦总和老许是从小光屁股一块长大的发小，也曾经到老许家里串门，见过薇薇。他前几年到公共汽车八场检查工作，对建军也有些印象，打趣道："要替你亲家出头？"

　　却说这日，建军刚到多种经营科广告组，便接到老任电话，让建军到他的办公室来。推开房门，却见常经理在和老任低声说些什么。见建军到来，老任借故离开。建军面无表情问道："是常经理找我吧？"

　　常永贵倒也干脆，道："我是特地找你谈谈。"

　　建军淡淡一笑，道："我现在是一个革命工人，常经理是深入基层，和工人群众打成一片。佩服。"

　　常永贵自以为他是公司的领导，建军巴结他还来不及，哪想到建军免职后的骨气未减，倒有些横竖不买账的样子。

　　其实，常永贵也正在炉火上烤。毕竟建军曾经是公司人人皆知的正科级干部，虽然将建军放在离八场很远的多种经营科，人们也都知道建军是因家人病情危重而离京探视。自然按程序请假的原始记录是抹不掉的。借题发挥，虽然达到了目的，发挥后却借不到题了。

　　集团干部处来电话了解此事，也只有用"误会"两个字来解释。他急于想压服建军，让建军吃点苦头，知道他常永贵的厉害，然后再给建军安排职务，再让建军感恩。或许，这样就能让建军成为"自己人"。

建军很明白，党委内部意见不统一，常永贵拿着一个烫手的芋头。

"老薛，咱哥儿俩也相处一年多了，我也知道你有能力，可请假居然不告诉我。你这个文化人是不是瞧不起我这个粗人？"常永贵道。

建军闻言，笑道："您这个说法，我得说清楚。您是公司正职，我是厂副职，哪里有越级请假的？这不符合干部管理程序。"

两人交谈，再无实质。常永贵不悦，建军也不悦。好在两个人表面上都很客气。建军略坐了坐，便告辞出来，回广告组里喝茶去了，却听见常永贵又将老任唤了进去。

待常永贵走后，老任又将建军唤到办公室，低声道："常经理跟我谈了，不可能让你回八场，想让你在多种经营科当书记，和我搭班子，原书记调出给你腾位子。你怎么想，我不管，但千万别说出去。"

建军并不想在这个地方任职，面无表情，但对老任的这份情，是感激的。

第二天，老任吩咐腾出一间办公室，将建军安排下来，并让建军帮他写一份年度工作总结，让科员提供相应的经营数据。这类公文，本是建军的看家本事，写毕，便直接交打印员成稿，让打印员交给老任。

对于这份总结，老任极为满意，并在公司中层干部会上做典型汇报。常永贵问老任，这是老薛的手笔吧？老任点头称是。常永贵笑道："老薛工作能力强，又是笔杆子，我给你找的搭档还行吧。过些日子干部调整，公司班子开会就确定下来。"

其间，按照公司党委的安排，建军出人意料地成为保修公司党风监察组的成员，到各个保修厂去检查工作和听取汇报。最难忘而又最尴尬的是来到原公共汽车八场的托儿所，此时的老八场托儿所已更名为保修公司第二幼儿园。原所长小赵改称第二幼儿园赵园长。赵园长见到建军，也有几分不自在，瞬间又掩藏下内心的慌乱。而赵园长精心准备的汇报，建军也一句没有听进去。

汇报之后，监察组一行人由小赵园长陪同，分别查看幼儿园工作的方方面面。到走廊间，却见冯丽垂手于楼道旁，道："薛主任！"

建军点点头，却似见冯丽欲言又止。建军愣了一下，问道，"冯老师，今天是值中班？"冯丽点点头，这种场面，冯丽自然不能多话。

晚上八点半，建军拨通了幼儿园的电话，意料之中，是冯丽接的电话。"冯老师，你好！"

建军在礼节性地问候，而电话的那一端传来冯丽掩藏不住的欣喜。"小薛，今天真的没有想到能见到你。你的事，我都知道了。我听说，你还住院了？现在还好吗？"

建军简单地讲了讲近况，冯丽约他，明天如果有时间，见面聊聊天，地点在前门大茶馆。建军知道她的儿子是一直由爷爷奶奶带大的，就住在前门附近，想必是冯丽可以顺路看看儿子，随即应承下来。能够在大茶馆里见面，听听北京的相声，喝一喝前门的大碗茶，欣赏几段国粹京剧，倒也轻松。

在茶楼为时一个半小时的演出中，建军讲了讲近况，企业被吞并掉，建军也有些失望。又问到小赵所长的婚姻，冯丽讲，50 岁的女人，单身了一辈子。冯丽还特地问起毛毛，建军犹豫了许久，告诉她毛毛早已离家出走。

言语中，冯丽责怪建军，怪建军不能善待自己唯一的骨肉，而建军伤到痛处，一言不发。见状，冯丽又打趣建军。"建军，你离婚的那个时候，一个男人带着一岁的毛毛挺不容易的。不过大家都看好你这个潜力股。其实，是不是潜力股并不重要，只要无愧自己，无愧家人，就能够在这个社会上做到无愧。"

建军与冯丽之间的相约，多少有些似老朋友多年未见的相遇，也不乏彼此的惦念。临别，知道冯丽要回公共汽车八场宿舍她自己的家，建军便执意开车将她送回去。在下车时，他们相互拥抱而道别。这是建军对冯丽多年以来的感恩和敬重，也是冯丽对建军多年来的关注和好感。只是他们都知道，彼此能成为好朋友，却不会是男女朋友。

　　彼此，都是真诚的，建军却似乎忽略了彼此不同的性别。这也许是男人与女人相处的最佳境界？

　　常永贵按照对老任的承诺，计划在本周召开公司党政班子会时，提出对建军职务的安排。尚未开会，保修公司的黄部长便接到集团公司党委组织处的通知，通知要求建军到巴士股份公司党委工作部报到，常永贵的打算晚了半拍。

　　巴士股份公司，是北京多家大型国有企业执股而建立的上市股份公司。其中公交集团为最大股东，是控股企业。人事任免权自然掌握在公交集团，建军任该公司市场开发部副经理，并兼任下属多种经营各企业的经理。这是常永贵和兰桔都没有想到的。

　　薇薇为了上学方便，平日在老许家住，毛毛不安心工商银行的工作，又常常往中关村跑，原本这半年建军和陈川菊相伴生活，现在平日里只剩下个陈川菊守着空巢。好在周日全家人能凑在一起吃个团圆饭。

　　再说建国和建军回到宁海已三天，这三天的日程安排得没一点空闲。

　　第一天下午到宁海，由小姑绿妹张罗，二姑参与，两家二十多人全部参加接风晚宴，酒店位于潘天寿广场的南侧，是宁海县最高档的酒店。

　　第二天上午，建国和建军到县人民医院探视大姑福妹。中午由大姑福妹的女儿小娇张罗，全家十余人作陪，为建国兄弟俩接风。下午，建国兄弟俩又回访大姑家、二姑家、小姑家和小叔家。晚上，又在小叔家用餐，小叔全家作陪。

　　第三天上午，小姑绿妹和大姑福妹的女婿陪同兄弟俩办理了老爸薛功瑾留下的房屋拆迁手续。兄弟俩请绿妹小姑和福妹大姑的女婿吃完饭，又谈到去祭拜爷爷和奶奶的墓地。小姑绿妹满口应承，道："我安排二姑仙妹的大儿子陪你们去就是。只是山丘荒草没人深，怕是不太好找。我也是好几年没去了。"

　　与他们告辞后，兄弟俩又去探望功良叔叔的大女儿小毛。晚饭，小毛夫妻俩又做东设宴。建军和小毛的年龄差不了几个月，小毛对礼佛已经到了痴迷的程度，而建军对佛学也极感兴趣，自然话也投机，俩人相约第二天到一座颇有名气的寺庙礼佛。

忙了一天，兄弟俩终于又回到预约入住的旅店，也都觉得有些累，驾车2000 余公里，沿途中又拜谒西楚霸王的故居。毕竟岁数不饶人，老大建国已是 67 岁，老二建军也 65 岁。好在故乡该走的人情都已走到。功良叔叔已经在前年病逝，探望小毛，对功良叔叔也算尽心了。

最可恨的是功乾叔叔，全家都在杭州定居。对功乾叔叔，建军没什么好印象，在任何场合，他都会说功乾叔叔是负情负义之人。想当初，在三年困难时期，父亲薛功瑾除了每月给爷爷奶奶寄 20 元生活费外，还每月给功乾叔叔寄 20 元，供他在南京上大学，身为长兄，却对他有父辈的恩情。可恨的是薛功瑾归西前后，功乾叔叔连个电话也未曾打过。

在这一点，他不及功良叔叔有情分。功良叔叔虽然精明、会算计，但当他得知大哥病重，尽管他也已经是 80 岁出头的人了，却仍让小毛陪同，专程从上海到北京来探望。

"老二，回去途中，去趟杭州吗？"老大问。

"不去，这个白眼狼！"建军随口骂了一句。建军对功乾叔叔历来不恭敬，建国是知道的。建国虽有同感，却从不私下非议，这是兄弟俩性情的差异。

"老二，低碳钢折成 180 度，仍能调整回来，高碳钢折成 90 度，就断了。当初副书记被人算计免职，你也得改改你的脾气。"老大建国说话不紧不慢，老二建军听见也不顶嘴。兄弟俩商议，拟定后日一早起程返京。随即，建国取出手机，道："我和你嫂子先视频一下，你先睡吧。"

建军笑道："又视频？够黏糊的。我也不听你们说话，先去楼下做个按摩吧，颈椎疼，脖子也快断了。"

"是楼下那个店？那你去吧，早去早回。带着手机。"建国嘱咐道。

按摩 40 分钟，25 元，价格比北京便宜得多，这也是这个四线城市的好处。正按摩的时候，建国打来电话。建军知道哥哥不放心，遂做罢按摩，疾步返回旅店，却也感到肩背和腿上都轻松些。

且说建军从保修公司调到巴士股份公司，工作骤然繁忙起来。工作繁忙且压力大，网点分布在北京东南西北的各个角落，从通州到门头沟，都有他所管理的具体事务。常常上午在门头沟，中午赶到菜户营，或许晚上还要到通州或北京站前街，机关的日常后勤工作也在建军的管理范围内，建军常常是分身无术。

好在建军适应能力还可以，很快掌握了基本情况，捋顺了各方面存在的历史遗留问题。几个月下来，有些成效，自然感觉工作压力减轻了不少。

忙归忙，累归累，领导干部的待遇要比在保修公司好了很多。因为工作需要，公司给建军配备了一辆桑塔纳，还配发了手机，通信费报销。工资是普通员工的数倍，而年终的分红，是普通员工的数十倍。建军为这个股份制"现代化薪酬"感到吃惊，也为基层员工的处境感到悲哀。

学习国外的薪酬经验的领导者们坦言，这是"以薪养廉"。这是一个改革的年代，企业在追求利润最大化，先富起来的一部分人成为社会的楷模，而每个人都幻想着自己能够成为先富起来的一个。

建军的工作节奏与在保修公司完全变了样子，他的桑塔纳后备厢里，多了一个小行李箱，里面备有一套随身换洗的衣服。他随时有可能外出开会，或是协调下属八个分公司相关部门工作，或参与集团下属广告公司和巴士总部的协调会，或受主管副总经理委托参加各种会议。每外出开一次会，回来落实工作都够建军忙一阵儿的。再加上各种应酬，使得建军很少按时下班回家吃饭。

忙里偷闲，建军用手机拨通了保修公司质量检测科的电话，没承想接电话的是舒霞，建军喜出望外。通话非常简单，只告诉她自己调动之事，留下手机号码，并让舒霞代他问候田师傅。舒霞讲，她妈妈已经病危，抢救过两次，全家都围着这件事转，眼下太忙，有机会再联系。建军也能理解舒霞此刻的心情。

和常永贵的最后一次见面，是建军到巴士股份公司的半年后，地点在八宝山火葬场。那是因为老金主任意外心梗而去世，自发成立的治丧小组特意将这一变故告知建军。在这个送别仪式上，有老八场的同事调侃建军，道："金头走了，薛建军是老八场干部里最大的官。"

老同事的调侃，也能反映出八场被吞并后，干部队伍的凋零。

老八场的领导干部，似乎在崩崖般地退出领导岗位。有中风而病休的，有患癌而去世的，有因工作失误而离岗的，有因违法而除名的。更有两名领导干部因私分公款，分别被判处十年和十二年徒刑。建军感到幸运，幸运之处是自己以文人自居，对钱财毫无非分之念，他从来不贪。

正与老同事们寒暄，却见常永贵疾步过来，伸出手，建军没有拒绝。握手之间，常永贵连连说道："老薛，没想到我留不住你，其实，你的工作我都安排了，都是哥们儿，那是误会，误会！"

"过去的事，过去了！以后和保修公司打交道，还请你多关照。"建军没有必要和常永贵闹僵，也就顺水推舟地客气一番，显得大度。

建军忙于工作，没承想后院起火。时间不长，也就是半年多的工夫，毛毛带回家一个叫戴惠的女孩，并声称这是他的女朋友。正因为这个女孩是建军和陈川菊认得的，顿时让陈川菊难以容忍，建军更是火冒三丈！

俗话说，儿大不由爹，女大不由娘。在这个再婚家庭中，最难相处的究竟是无血缘关系的家庭成员，还是有血缘关系的家庭成员？

好像都是，又好像都不是。但建军和陈川菊的看法是一致的，绝不接纳戴惠。建军和陈川菊不接纳戴惠的理由太充分了。

毛毛在那个纷纷下海经商的浪潮中，最终背着父母，辞去了令众人眼热的工商银行的工作，回到他曾经熟悉的中关村。建军在为儿子惋惜的同时，却又不得不给予毛毛创业的人脉支持。

市场规章是不完善的，毛毛做起了买空卖空的经营。5万元注册一家小公司，毛毛当起了小老板，然后再撤出注册的资金。按中关村的行话，就是"买空卖空"，也叫"扎货"。与第一家先商定进货价格把货拿到手，然后再提价卖出，收到第二家的货款，再将应付款交给第一家。几笔买卖走下来，也让毛毛挣到可观的利润，尝到不少甜头。

挣钱容易，花钱如流水。能挣会花，才是有能耐，才是商业精英。但建军却一点也高兴不起来。毛毛的状况，与功良叔叔以前闯荡上海滩的情景有些相似，薄冰上跳舞。每一笔单，或让毛毛险中取胜，或让毛毛落入冰底。

建军常常提醒毛毛，要稳，不要太贪，经营要符合政策，不能违法经商。毛毛每逢此时，都会反问建军，你们巴士股份公司不是也在追求利润最大化吗？再说，下海有几个人不想发财的？那个阶段，是建军最为操心的时期。

建军常常对毛毛讲《三国演义》的鸿门宴，讲宋太祖的杯酒释兵权和朱棣起兵时的清君侧。实际上是给涉世未深的儿子敲敲警钟，让他能够清醒一点，无商不奸，无商不滑，别上了人家的圈套。毛毛无意中曾说起，有一个高干子弟试图买卖石油，建军立即正色道："石油是国家专控物资，千万别掺和。这是违法的事情，要坐牢的！"

其间，建军和舒霞也约会过两次，一起聊聊天，吃吃饭。见面闲谈中，知悉田师傅已逝世两个多月，安葬于西山灵园。舒霞也辞职下海，自己注册了一家复印社，招聘了两个员工应付复印社的日常运转。而她自己又挂靠在中关村一家海关事务所，买了一辆夏利车，专门跑海关信件速递。收入骤增，舒霞对自己辞职下海的前景是乐观的。

没想到，变化太大！建军由衷感慨，进而又讲了讲自己的现状，其中也谈起薇薇、毛毛和陈川菊，也表达出对毛毛的不放心。

"这孩子，才20出头就敢当小老板，有出息！"舒霞反而赞赏起毛毛来，"那个时候，才三四岁，我就觉得这孩子特别聪明，用我妈的话，是潜力股，跟你一样。男孩子就要敢闯，有志气。小时候还抱过他，这十来年没见这孩子了，也真想见见他。"

"也好，我安排一个时间。你们现在都在中关村，有机会替我到他的公司去多转转，看着他点。他经营上的事，也给他出点主意。有机会，我也想去看看你妈妈。"舒霞点头应允。

几天后，建军将舒霞和毛毛约到中关村附近的一家卡拉 OK 厅。建军、舒霞和毛毛唱歌都不错，边唱着歌，边听着音乐，边聊着天。言语之间，毛毛对舒霞很佩服，更何况舒霞是长辈，毛毛对她话虽然少了一点，但尊重要多一些。舒霞对毛毛很亲近，毛毛却有意回避。

毕竟对于毛毛而言舒霞是一个并不熟悉的漂亮女人，而自己已经是一个大小伙子了。在乐曲中，建军和舒霞还跳了两三个曲子的交谊舞。也许在不经意的肢体表现和情感流露中，毛毛也意识到父亲和这个舒霞阿姨的关系绝非一般。

面对小时候抱过自己的阿姨，他全然没有平日里的狂妄，反而彬彬有礼地留下公司的地址，请舒霞阿姨光临指导。他是聪明的，他的内心里明白，这是老爸试图让这个阿姨成为他公司的常客，替老爸了解公司的业务情况，替老爸监督自己。他对舒霞是满满的戒备。

毛毛已经长大了，他有他的想法及思维方式，他有他的发财梦。在他看来，陈川菊这个当了一辈子军人的老妈，在这个市场经济的社会里已经落伍了，而薛建军虽然能够适应这个社会思潮的变化，也已经对他失去了控制力。

这个家，守巢的是陈川菊。而陈川菊最不放心的就是毛毛，毕竟从 7 岁养到 20 出头，她视毛毛为亲生。常常下班后到平房，却难得见到毛毛的身影。中年独守，这是陈川菊的体会和失落。更让她揪心的是那个叫戴惠的女孩，以毛毛女朋友的身份站在她的面前。

这个女孩，两个月前还声称自己是陶亮的女朋友。这个社会的节奏变快了，甚至连感情变化的节奏也快得令人难以想象。

陶亮，是邻居家的儿子，一米八的个头，模样也很精神。他的父亲老陶是空军的一名飞行员，母亲小叶是与陈川菊在一个病区工作的战友，又是同年入伍的军人。两家十多年前做的邻居，彼此间关系挺好，陶亮和毛毛从小一起长大，也是要好的小伙伴。

据薇薇讲，当初在海淀走读大学上学的时候，她和许亚、陶亮、戴惠都是同年级的学生，通过她，彼此相识。只不过后来陶亮和戴惠一起退了学，为什么退学，她也不清楚。只记得戴惠是湖北人，老家好像在一个什么小县城里。后来的事情就不知道了。

而据毛毛讲，他们退学，是为了办一个糕点房，糕点房的设备购买、房屋的租赁都办妥了，没承想陶亮嫌经营时间太长太辛苦，又挣不了多少钱，便让戴惠独自经营。其间，毛毛也多次到糕点房找陶亮玩耍。一来二去，原本陶亮的女朋友，却投向毛毛的怀里。

"一个湖北佬，顶个九头鸟。"湖北佬的精明让建军颇为反感。无非是毛毛比陶亮能吃苦，也无非是毛毛在中关村的小公司比这个糕点房有发展潜力。两个男人围着一个女人，戴惠完成了她从陶亮女朋友变成毛毛女朋友的身份转换。

"毛毛，你跟陶亮是一起长大的，陶亮会怎么想？陶亮的爸爸妈妈又怎么想？今后老爸老妈又如何跟陶亮父母相处？"面对陈川菊的指责，毛毛却毫无愧疚之心。"只要没结婚，就可以竞争。"

看来，不仅仅是戴惠处心积虑，也是毛毛被情所困。

在建军与舒霞的通话过程中，舒霞也坦言："建军，我觉得毛毛的做事风格挺可怕的，他已经不像一个20岁刚出头的孩子，我想了解他，却根本不可能。有一个女孩，在帮他经营业务，中关村的商业经营，已经被他吃透了。而且，他也不会让我了解他的公司。"

建军捕捉到一个重要信息，就是毛毛和戴惠已经绞在一起，舒霞对毛毛的关照，已经是多余的，也注定会让毛毛和戴惠反感。

"小霞，既然如此，以后就不要再管他了。"建军长叹，且失望。

建军对毛毛，白费苦心。戴惠为达到目的的无耻，令人惊叹！

依然是从户籍管理，谈到两地分居，再谈到新生儿的落户，如同与长沙那个女孩小苏的恳谈。然而，一切都毫无作用。终于，建军对戴惠下了逐客令。我们不欢迎你！

尽管建军和陈川菊都下过逐客令，而这个戴惠却像块狗皮膏药，紧紧地贴着这个家，贴在毛毛的身上。她和毛毛已经在那个平房里同居，许多人都已经知道他们的双宿双飞。

当吃罢晚饭，建军和陈川菊在院里散步时，她会隔个三两步跟在建军和陈川菊的身后；当建军要与陈川菊开车外出时，她会久久站立于车旁。她给部队大院里的所有人制造这样一个假象，建军和陈川菊是认可并同意她和毛毛的男女朋友关系的。

建军和陈川菊吃了哑巴亏，因为外人们不可能都能辨别真相。见到陶亮的父母，总感到尴尬，虽然老陶和小叶从未谈起戴惠的移情，建军和陈川菊倒反而觉得更没有面子。建军在质疑毛毛的人品，更质疑戴惠的不择手段。在建军的眼里，这个姓戴的，与唯利是图的妓女有几分相似。

矛盾，终于爆发在建军身上。这是一个周日，建军难得休个整天，正要和陈川菊开车到木樨地看望父母，让年迈的父母吃一顿现成饭，却接到毛毛的电话。

"爸，小戴怀孕了，我带她在医院做人流。你现在开车过来接我们，半个小时到！"

毛毛与建军说话的过程中，建军仿佛看到了他声色俱厉的样子。是儿子在命令老子！

建军闻言，大怒，道："你自己的事自己解决，咱们这个家，不会接受小戴！"说罢，挂断手机。

手机再次响起，只听得毛毛歇斯底里地喊："你要是不过来接小戴，别后悔！"建军连话也没回，便挂断手机，脸上已浮现出一股杀气。

"建军，毛毛怎么说？"陈川菊问。

建军冷冷地看了陈川菊一眼，道："该有结果了。"

陈川菊望着建军，知道这父子俩因为这个戴惠，已经到了水火不相容的地步，却又不敢再问。建军和陈川菊先到超市，买了一些肉食和青菜、奶制品，待到木樨地，已然见到毛毛和戴惠坐在房里向肖老太太告状。

建军将毛毛叫到外间，直截了当，问道："你想怎么收场？"

毛毛也毫不含糊，道："这是我的女朋友，以后是我的老婆。你到底认不认？"

"不认！"建军斩钉截铁。

"那好吧，这个家，以后会少一个人。奶奶会把你赶出去！"毛毛跟疯了似的喊着："你们都过来，我有话跟你们说。"

毛毛要说什么话，建军不知道，但建军在此刻感到，这个儿子真的像舒霞所说，做事的风格挺可怕的。薛功瑾和肖老太太围过来，陈川菊围过来，戴惠围过来。毛毛指点着陈川菊的鼻子，又指了指建军，吼道："你们知道他在外边有女人吗？为什么要把戴惠赶走，你们，为什么不把他赶走？"

众皆惊而无语。陈川菊默然许久，平静地说："毛毛，你怎么能这样说你爸爸呢？你爸爸从小把你养大，不容易。你说的，我也不信。"

却难得见薛功瑾表态，道："不孝的东西，长大啦？敢骂你爸爸了？滚！"

毛毛和戴惠号啕大哭地走了。

在这场家庭的重大风波面前，肖老太太当时没有做任何表态。若干年后，老太太评价建军和毛毛时，一针见血，倒也贴切。"建军狠，毛毛毒，两个都不是东西。"

从此以后，毛毛搬离了那个原北京军区医院院务部分给陈川菊的那间平房。当陈川菊再到那里时，房间里只留下毛毛的一堆弃物，其中有毛毛的一张现役军人子女免费就医卡。陈川菊禁不住流下泪来，毕竟那是自己养育了十多年的儿子，毕竟是自己的儿子离家出走。

然而，毛毛并不这样看待曾经养育过他的继母。在半个月后，陈川菊曾见到毛毛和戴惠从眼前经过，几番呼喊，却只见毛毛头也不回地匆匆而去。

但毛毛又是理智的，他也曾经主动联系过陈川菊，寻求陈川菊的帮助。那是他唯一一次与陈川菊联系。"妈，我做了一单业务，利润是 20 万。可是我的公司没有注册地址，能让宋叔叔帮忙联系工商所吗？"

陈川菊不懂经营，又不敢跟建军说，她怕建军一怒之下，切断了毛毛的活路。毛毛所说的宋叔叔，是军区医院制药厂厂长，与工商所所长是多年的朋友，也是薇薇亲生父亲生前最要好的战友。再怎么骂毛毛没良心，也毕竟是自己的儿子，她不能让儿子为难。

陈川菊当即联系宋厂长，宋厂长联系工商所所长，工商所所长自然会叫下属去办，当然所长还会叮嘱一句，"按规矩办"。

那个年头没有人会去硬碰硬地违规，当然办事人也要主动地意思意思。毛毛也准备了不少烟酒，示意陈川菊去给相关人员意思一下，宋厂长一口回绝。"这边是我的侄子，那边是我的兄弟，这一套就免了吧。"

20万到手，目的达到。陈川菊也就失去了与毛毛再联系的砝码。毛毛用很巧妙的办法，把十几条高档烟扔在陈川菊的面前，那是陈川菊对毛毛最终的一个印象。

和毛毛的决裂，反倒让建军轻松了许多。他是 A 型血，他隐约记得毛毛的生母贺梅的血型也是 A 型。而毛毛的血型是 B 型。"莫非是我记错了？"他常常在脑海里浮现这个念头。只是，现在再去追究，已毫无意义。只当自己没有养过这个儿子。

薇薇似乎并没有把这一段插曲放心里去。她在许亚家里住宿的时间反而比在家里住宿的时间还多得多。男欢女爱，薇薇的心思里，大概未来生活中公婆的家比自己爹妈的家更重要。薇薇已然同许亚有如小夫妻般，她的生活方式和思维方式也有了明显变化。

也许在建军与陈川菊结婚之际，一双儿女曾经都感觉到各自情感出现空白。薇薇曾认为陈川菊将过多的关心给了毛毛，认为自己是多余的人；而毛毛也曾经认为建军把更多的关心给了薇薇，认为自己是多余的人。

如何正视？建军和陈川菊都找不到答案。可以确定的是，这一双儿女都并不认同这个家庭现有的格局，都在寻求自己的路。

在毛毛离家出走后，陈川菊把毛毛的那间平房转借给一个病区的医生。那个年轻的医生也是现役军人，他的妻子来京探亲，把房子借给他也算是帮了那对年轻夫妻的大忙。在那个楼房的单元房间里，只有建军和陈川菊把这个地方当作自己的家。

陈川菊的心里是苦的，转眼间曾经的一双儿女已腾空飞去。她曾为这一双儿女而竭尽全力。转眼间曾经可以托付终身的丈夫却有外遇，她心里是满满的失落。她虽然在木樨地当着自己的公公和婆婆，断然将毛毛斥责一番，但她知道，毛毛所言或许是真实的。

的确，女人有她的敏感。她知道她所爱的男人心里有了另一个女人，她知道那个女人就是她曾经见过的舒霞。

他爱舒霞。女儿薇薇的身材胖瘦和身高，甚至那个马尾辫，以及语言和行为表达的方式，与舒霞太相似了。

1979 年出生的女儿已经是一个成熟的女人了，偶尔回到家里也会抱着建军，她是他的小情人。她也爱这个没有任何血缘关系，曾经把闺蜜们迷倒的帅气老爸。这是一个继父对养育了十多年女儿的真心，也是一个被养育十多年的继女对继父的真爱。

陈川菊失眠了。她在回顾与建军成婚以来这十五年的日日夜夜，在回顾这个家曾经的点点滴滴。这个家庭，曾被领导和同事们称作再婚家庭的典范。她相信，建军的心里是有她的，是有这个家的，只是这个家，让她失落。

或许，这就是人们常说的婚姻中的七年之痒？她依稀记得舒霞的模样，她年轻，她漂亮，以及建军对她才华和气质的欣赏。她想和建军认真地谈一谈，建军却在回避，一言不发。

陈川菊在木樨地的表态，建军没有想到。但建军明白，陈川菊的表态，是在竭力维护他们的婚姻。

女儿心有所属，儿子绝情而去，只有一个她，心里还惦记着建军。即使建军有外遇，也是她的丈夫。她愿意退一步，只要建军能够把心收回来。

陈川菊是传统的。她的父亲也曾经娶过两个女人。男人一时的花心，她能理解，也会给他一点时间去调整，但她绝不会容忍这个男人一直花心下去。

建军和陈川菊进入一个家庭内部的冷战阶段。陈川菊控制着建军的工资卡，每周都会给建军 200 元作为一周午饭及购买烟茶的支出。对于一个普通工人来说，每月有近千的零花钱已经是非常可观了，但对于在不同于国企的股份制公司的职场上，建军却捉襟见肘，甚至在同事间相处的日常开销中，都很没有面子。作为部门领导，偶尔与下属吃一顿便饭，他也没有能力买单。

记得有一次，建军在本部门干部聚餐后，送一名科员回家，路途中桑塔纳的油表已显示亏油报警。他摸摸口袋，只有 10 元。建军硬着头皮，将车开进加油站。

"加 10 块钱的吧。"

加油工投来异样的目光。即便如此，建军也忍了。

很长一个时期，建军颇为窘困。为此，薇薇也为爸爸抱不平。背着爸爸，和妈妈去讨说法。老爸的工资不低，何必这么控制老爸的支出？当然薇薇只知道毛毛的离家出走，却不知道毛毛在母亲那里出卖了老爸。这个出卖，把老爸老妈都伤得不轻。倘若不是老妈的冷处理，恐怕这个十五年的再婚家庭将走向解体。

薇薇已经体会到男欢女爱，也品尝了亚当与夏娃的禁果，性格开朗的她和不苟言笑的老妈很少开玩笑，却偶尔会打趣老爸。"老爸，你把我们职高班的女生迷倒了一大片，你收到情书没？"

"说什么呢？"建军茫然。

薇薇手舞足蹈，道："爸，我在海淀走读大学封闭培训的时候，你把我的身份证复印件送到课堂，记得不？你穿着一身西服，打着领带，梳着分头，皮鞋上苍蝇都站不住。我的好几个闺蜜都动心啦！"

陈川菊日常里的严肃让女儿这个小棉袄多少有些畏惧，女儿这个小情人离爸爸的距离更近一些。

毛毛出走已成事实，家里虽然偶有夫妻间的冷战，好在也已经没有了近忧。说起来，建军和舒霞的暧昧也快十年了，却很少卿卿我我。彼此间更多

137

的是相互欣赏和心灵的相通。即使陈川菊进行经济上的控制，对建军和舒霞的相处也没有什么影响。

舒霞是极其自负的女人。她的骨子里寻找的是完美，她和建军是没有利益的交集而相伴随行地走到一起。偶尔在外吃饭或卡拉 OK 一番，她和建军从不曾谈到过 AA 制，都是抢着付费的。更何况，这几十块钱，对于建军和舒霞各自的收入来说，都算不了什么。

建军和舒霞在消费观上相似，既不刻意节俭，也绝不挥霍无度。

是什么让他们相处得那样温情却又平和？是什么能够让他们多年相恋不悔？建军也曾经自问，却得不出让自己能够信服的答案。有性爱的成分，但绝不只是性。他只知道，一切的存在都是合理的，一切的存在又都是不合理的。

他爱她，她也爱她。十年的相思，十年的情怀。

在田师傅逝世后的周年，建军和舒霞双双站立于田师傅的墓碑前。这是建军第一次去看望这个长辈。只不过这个曾经饶舌的长辈已长眠于地下，再也不会说一句话。舒霞供奉上早已准备好的鲜花和纸钱，让建军点起一支香烟，又将香烟接过来，把香烟插在香炉上。舒霞喃喃地说着什么，建军听不真切，只是舒霞眼角已淌下泪来。

突然，一阵阴风刮来，旋转于舒霞和建军的脚下。不一会儿，这阴风越刮越猛，旋转得越来越快，直将建军和舒霞紧紧笼罩起来，建军只觉得这阴风寒彻心腑，瞬间难辨东西。舒霞惊恐万分，紧紧抱着建军，将头埋在他的怀里，身体在他的怀里颤抖。

建军是不惧鬼神的，此刻也有些惊骇。突然，舒霞仰起头来，一只手指点着这些旋转的阴风，大声呵斥道："妈，我知道是您，我知道您来了！您不是让我嫁给他吗？我们没成为夫妻，但我爱他，爱他，我爱他！"

舒霞瞬间的疯狂，却换来阴风的宁静。或许，真的是田师傅的魂魄近到身边？或许，舒霞的呵斥让田师傅感到未尽的遗愿有了结果？她的女儿，虽未有与建军做夫妻的名分，却有夫妻之实！

从佛山脚下回归。舒霞始终挽着建军的臂膀，许久，没有一句话。建军开车将舒霞送到离家不远的地方，停下车来。

"哥，我不想回家。"舒霞有些任性。

"回家吧。他在等你。"

"不，我想喝酒。"此时此刻，建军已经知道，不必讲柔情切切，也不必讲风情万种，面对这个女人的期盼，面对妹妹的任性，他已经不能拒绝。她的期盼和任性，是不再有那个器械，他明白。

"哥，你爱我吗?"建军轻吻她，没有回答。

"哥，你也爱她吗?"她又问。他仍无言。他，也爱她。

依旧是公汽八场宿舍，建军的那个家。只是，桌椅都蒙上厚厚的尘灰。烟与酒摆满了床头。两年前那个夜晚的故事重演了。他也想一醉了之。

她和陈川菊，都是他心中不能割舍的女人。

陈川菊在自己最落魄的时候，选择了跟着他，付出十多年的岁月。

他已经伤害她，更不能让她有更多的伤痛。

舒霞是自己最欣赏的女人，尤其是她的温柔和情真。如果说陈川菊在床上给予他的是女人应尽的义务，而建军更难忘舒霞在床上的温柔和疯狂。

她在那个场合是无羞的。她全身赤裸，也将建军剥得赤裸。平日里，她只是他的一个任性的小妹妹，而唯有此时，她是他的女神，他被她的大胆和疯狂所震撼。

"哥，我特别想生一个咱们俩的孩子，像你，也像我。十年心思，如今已经太晚了。"

"别胡说。真的那样，你会在炉火上烤。"此时的建军近50的年纪，舒霞也已经是40多岁，建军断然制止。

舒霞性爱的疯狂，是男人的享受。

而陈川菊的性爱，是完成为妻的义务。

毛毛的离家而去，薇薇的男欢女爱，建军的心有所属，这一切，让陈川菊饱受中年的凄凉和苦闷，她在盼，盼曾经属于她的回归。只是她所期待的回归，有赖于她自身的调整，她却并没有意识到。

第九章 风风雨雨，归巢只有一个

在巴士股份公司长期任职的岁月，让建军更多地了解官场上的潜规则。从理论上讲，新中国成立初期，曾经提出过三个缩小，即缩小工农差别，缩小城乡差别，缩小脑力劳动和体力劳动的差别。

"让一部分人先富起来"的社会格局已成现实。近年来各级政府的大力扶贫政策和实践，成全了一批后富起来的寻常百姓。改革开放自然是值得歌颂且赞扬的。

在巴士公司，所有干部的工作服都是蓝色的西服。难道就真的那么官兵一致？其实，明眼人一眼就能看出这不同层级的区别。建军身在其中，当然知道其中的奥妙。工作服虽都是蓝色，却分成七个层级，这七个层级西服的毛含量不同，级别愈低，含纤维成分愈多，直接反映在颜色的深浅上。穿着工装，可以直接判定面前这个管理者的身份和级别。

一个普通员工月工资为 1000 元左右，一个普通干部月工资 2400～3000元，建军这个级职在 4000～5800 元。另外，作为股份制现代企业，领导者年终分红与普通员工年终分红的差距达近百倍。这对于一直在国企基层工作的建军来说，是不可思议的。

新中国成立以来，曾经有过干部级别和相应工资的规定，技术工人也有八级的评定制度，但绝不是如此悬殊。

建军在优厚的物质待遇面前，尽管是受益者，但在内心也有对这个浮躁社会的逆反心态。他知道，曾经的社会价值观，在市场经济的大潮中已荡然无存，改变不了社会，唯有改变自己。

由于薇薇和许亚的关系，两家父母逢年过节常常见个面，聚一聚，但谈起人际关系时，建军夫妻俩总觉得他们和老许夫妻俩的想法不一样。在建军眼里，老许多了些铜臭味，少了些正气。尽管仗义，却不是同路人。

建军常常想，如果老许和集团公司的秦总不是光屁股长大的发小，自己断不会被调到这家股份公司，顶多在保修公司内部被重新安排一个职务。常永贵也顺理成章地会说这是个"误会"。建军知道自己会被重新录用，但永远不会受到重用，他将是被保修公司经理常永贵边缘化的一名领导干部。

想到这些，建军总有些不安。当然，不是为自己。

在市场开发部经理的位置上，建军稳坐三年。一切工作已驾轻就熟，他的能力和工作成绩被公司机关的上下级干部所认可。按照国有企业通行的干部管理例行做法，在同一岗位任职三年到五年，会"交流"一下。在巴士总部组建培训中心这个机构时，建军被调到培训中心任副主任。

这个培训中心，给了建军这个文人施展才华的舞台。建军不仅仅是在巴士股份公司，更是在集团公司范围内，在干部和职工音像教学培训中，实现了里程式的跨越！

这是建国和建军回到宁海的第四天。按前几天的规律，兄弟俩晨起便到小姑绿妹家吃早点。刚坐下，小姑便笑问建军："老二，你昨天能找到家不？我都怕你人生地不熟的，走丢了。"

建军笑道："我十年前到宁海只待了一天，是有点糊里糊涂的。现在可丢不了啦。"

众人皆一笑而过。唯独建军多少留个心眼，悄悄问建国："老大，我昨天去按摩，你告诉的小姑？"建国扫了建军一眼，笑道："这点小事，哪里值得去说。"

建军心里一沉，偷眼观望老大建国，但见建国若有所思。吃罢早点，二姑仙妹的儿子早已在等候出发。记得此行开车不过二十多分钟，堂弟开车驶入一条狭长的小路。此时小姑绿妹早已不知东南西北，倒是堂弟减缓车速，在细细辨认周围。

"是记不清了？"建军问。

堂弟没有作答。犹豫许久，在一处通往山峦的路旁停下来。也许，他依然还没有把握。

此时此刻的建军，心里窝了一团无名火，却又不能发泄出来。老大建国和嫂子吴云花一次又一次到过宁海，莫非都没有到过爷爷奶奶的墓前？薛家兄弟姐妹七人，父亲和功良叔叔已经辞世，剩下的五个长辈，难道这么多年都没有扫墓？

建军的猜测是事实。

堂弟执一根木棍在前，在如人高的荒草间开辟着山间小径。小姑和建国居中，建军跟在后面。即便如此，建军的手臂上仍留有被野草划伤的痕迹。

他想到陈川菊父母的墓，每年都有晚辈去祭扫。而自己的爷爷奶奶空有众多子孙！落得坟上枯草一堆。他想到父亲和弟弟的墓，也要比爷爷奶奶的坟体面得多。他想起《红楼梦》中的《好了歌》，"荒冢一堆草没了"。更想到父亲这个支脉、薛家两个孙辈——毛毛和亮亮的不孝，不禁悲从中来。

扒开荆棘，露出坟冢，是个约三尺多高的坟头，坟前矗立着一块两尺多高的石碑。碑文很简单，上书：

薛为信父亲大人，吴凤花母亲大人之墓。

子　　功瑾、功良、功乾、功兴

孙　　建国、建军、建民、建坚

曾孙　小鹤、亮亮

敬立于 1984 年中秋

建国和建军肃立于坟前，建国初次拜祭爷爷奶奶，也似有点伤感。而建军看到这碑文，怒气冲天，用手指将半掩埋在身旁地上的瓦罐碎片挖出来。

坚硬的瓦罐片在毛毛和亮亮的名字上划过，留下两行深深的划痕。堂弟欲冲过来指责建军，却被小姑绿妹拦住，道："你二哥心里有苦，不要管。"

建军扑通一声跪在爷爷奶奶的坟前，三叩头，额头上沾满故乡的泥土，放声大哭。

在他的额头深深地埋入故乡泥土之际，他似乎已经领略到故乡情中的冷暖，一瞬间，薛家大家族的神话在心中崩塌。

他一恨，恨多年谁也不曾给爷爷奶奶扫墓。

他二恨，七个叔叔姑姑人人都似有亲情，又哪个是真，哪个是假？

他三恨，薛氏家族的兴旺或许止于自己这一代。

他四恨，居然将拿着菜刀威胁爷爷的亮亮和不孝于父母的毛毛的名字也刻在碑上。这就是自己魂牵梦萦的薛氏家族？他为薛氏家族而悲哀。

离开爷爷奶奶的坟墓，建军在山坡下的小路旁沉默了许久，烟一支接一支燃着。小姑绿妹、建国和堂弟在等待他心情平复。许久，建军站起身，满面泪痕，道："走吧。"

车辆起步，不过 100 米，建军突然喊道："停车！"

堂弟停下车，建军泪痕未干地下车去，拍下一组照片。这组照片上有一座寺院。建军意欲以此为坐标，留下永恒的惦念。只要自己不死，或许还会再来。只是，他不想再多说些什么。

下午，按计划，兄弟俩和小姑绿妹、堂妹小毛去寺院礼佛。看到堂妹小毛在寺庙里的随心所欲，建军感到小毛也曾经有过深刻的心理创伤。小毛在向他讲解佛门的源起和清规戒律，他分明感受到小毛看透了世态炎凉。

每一个人都有信仰，建军 16 岁时的狂热信仰就是当兵入伍，血洒战场。他 36 岁时的信仰，是无愧于民众的文学之梦。当他 50 多岁的时候，梦已醒，魂归何处？

他也曾苦苦地思索。

在那一段长达近一年的冷战中，建军和陈川菊彼此都苦闷。

每逢回到军区医院的营区，建军都会感到一种沉重的压力。儿女都不会在家，他面对的只有陈川菊。每逢他开着桑塔纳到楼下，都会在车里一支接一支地吸烟，尽管最终会用钥匙打开房门。打开房门又如何？是冷战。日复一日，陈川菊不会跟他说一句话。他承认，冷战是有杀伤力的。但他，不能按舒霞的思路走下去。

舒霞后悔，没按照妈妈指点的路走下去。明白了，也晚了，她只想建军能再给她一点点的爱，给她多一点点身体上的满足。她在乞求。舒霞没有更多的期待，仅仅是用自己对建军的爱，让这个爱更长久些。她也知道，这个爱没有归宿。

建军明白不可能再离婚，他情愿承受冷战的痛苦，也要坚持下去，为了这个家不破碎，毕竟，他还有一个女儿对他的依赖，何况舒霞也有了一个儿子。他不能因为舒霞的爱，再毁掉两个家庭。

"爸爸，我……我想跟你说……说一个事。"薇薇吞吞吐吐。

"说吧，老爸当你的参谋。"女儿已经长大了，26岁的女儿，虽未与许亚成婚，也有几年同居的经历，应当说，她已经不是传统意义上的女孩儿了，而是个女人了。

"爸，他有别的女人了。他骗我！"女儿伏在建军怀里痛哭。他抱着薇薇，朦胧中感到女儿的身材、性情和舒霞是如此相似。他甚至可以坦率地说，女儿薇薇，真的很像舒霞。只是她的阅历太浅，全然没有舒霞的成熟。此时，建军需要用更多的时间，去观察和了解这对情侣真实的状况，再准确地做出判断。

忍！这是建军对女儿的告诫。但同时，他也对薇薇的婚事画上了一个大大的问号。

薇薇不敢跟陈川菊说，她信任老爸在职场乃至社会事务中的判断能力。而建军不可能将这些告诉陈川菊。恐怕陈川菊自己也承认她的处事能力不如建军，在陈川菊的眼里，她并不关注建军的才华，而只认可他的"位置"。

2003年春，刚开完两会，"非典"迎面袭来。全军区唯一的一家综合医院被推上风口浪尖。

在公共汽车上，倘若有某个人咳嗽一声，半个车厢的人都会因为这一声咳嗽而惊慌失措地退让。

当时的建军，还是巴士股份公司的培训中心副主任。为了减少传染源，陈川菊想买一辆家用轿车，这样既减少接触传染源的概率，也方便建军上下班。毕竟建军脱离企业市场化的旋涡，在培训中心工作，相对工作压力已减轻了不少，但路程太远。

买一辆私有轿车，在当时是家庭的一个大事件。

1964 年，薛功瑾到北京之后买下了第一辆永久牌自行车，让院子里很多人羡慕。1976 年秋，薛功瑾买下了第一台电子管 14 英寸的电视机。建军还记得，因为这部电视机，家里每天晚上都挤满了邻居。

菲亚特，1.5 升排气量，意大利品牌，进口零件组装——这是薛家"建"字辈购买的第一部私家车。

建军提车出来的第一个念头，便是将车开到木樨地。他想让年边的父母乘坐。年逾七旬的父母，为儿子的出息而骄傲。老父亲破天荒地没有把老大和大儿媳挂在嘴上，第一次对老邻居们说，我家老二是个领导，我二儿媳妇让我去坐我们家的轿车！

恰巧，那天建国和吴云花也在木樨地，吴云花一迈脚，便坐进副驾驶座位。直至陈川菊将老爷子薛功瑾安排到后排座位，吴云花道："开车！"

建军冷冷地扫了吴云花一眼，道："下车，让妈坐！"

建军到巴士股份公司的第一年，曾经随身携带着年终分红奖金到木樨地看望父母。当然，只是想看望父母后回军区医院，将现金交到陈川菊手里。因为，他还有公事要办。

"阿毛，你的包里怎么有那么多钱？"这是母亲在挪动建军文件包时的询问。老母亲只是挪动一下公文包，就感觉到公文包沉重的分量。建军不想让母亲担心，用最简短也是最明确的语句告诉母亲："妈，这些钱都是干净的！"

是干净的，肖淑兰老太太信，信老二阿毛说的是真话。她了解这个儿子，绝不会从单位往家里拿一颗螺丝钉。只是这个已经退休二十多年的老人，不理解也永远不会理解这个社会已经发生的深刻变化。当领导和当职工，收入相差数十倍？上百倍？她不禁摇了摇头。

"非典"时期，陈川菊忙碌于医疗岗位。在她的繁忙之中，却不知道她的命运已经由那些心思并没有放在病区的繁忙的领导们划定。其一，具有34年军龄的她，按副师职待遇退休；其二，经军区批准建设的经济适用房已经完工，陈川菊按级职和军龄，有资格购买。

其一是抗拒不了的，军人以服从命令为天职。更何况大浪淘沙三十余年，与陈川菊同期入伍的三十多个女兵，能够熬到退休的只有两个，陈川菊知足且觉得幸运。其二，军人们住房政策优惠的光芒照耀到陈川菊的身上，能够得到经济适用房的购买资格，她高兴，傻子才会推开给自己的福利。更何况，她终于有了属于自己的房子！

在"非典战役"告捷之际，领导们适时宣布早已拟定的退休干部名单，并与陈川菊谈话。穿了三十五年军装，陈川菊虽不舍得，也要服从。陈川菊将退役的消息告诉建军，建军反倒表现出压抑不住的兴奋和高兴。"好！善终！善终！"

陈川菊有些生气，问道："你什么意思，怎么就善终？"

建军道："革命到头，完成任务。能够享受自己应有的待遇，社会也承认了你的付出。"也许老八场的干部"善终"的极少，陈川菊并不理解建军所说的"善终"的含义。

"有病！"建军的思维方式太古怪，陈川菊难以接受。但毕竟，这两桩大事，打破了建军和陈川菊的冷战，为了房屋的装修，夫妻俩总要商量。

房屋的装修，也暴露出夫妻的分歧。既然已经购房，必然装修。陈川菊也很高兴地请许亚爸爸妈妈来此。这也是一种亲家之间通报消息的渠道。房子位于离"八一电影制片厂"不远的地段，也是军队离退休人员经济适用房的聚集地。老许夫妻参观罢毛坯房，建军请老许夫妇在一家并不低档的餐厅吃王八宴。

在宴席中，老许与陈川菊曾随意走走，看了看这家王八宴的环境。老许毕竟是做餐饮酒楼行业的总经理。问题就出在这一刻——

"嫂子，两家处了多年，丫头和许亚也相处好几年了。他们办事，你有什么想法？"建军倒也婉转。建军不赞成也不同意这两个年轻人未婚同居，更何况他们已同居了四年，薇薇甚至还做过人流。

薇薇做人流，陈川菊在回避他，但建军不缺心眼。只不过有陈川菊认可，建军不便强烈反对。更何况薇薇曾经在自己面前哭诉，他必须有自己的主见。

"有啥想法？先过着吧。办事以后再说。"老许妻子淡淡几句，让建军寒彻心骨，他明白薇薇的哭诉是有分量的！他观望着许亚，许亚无动于衷地在啃王八的裙边。女儿薇薇在用余光偷偷观望自己。

这一瞬间，建军明白，自己应当承担起当父亲的责任，尽管，自己只是继父。陈川菊和老许对王八宴这个餐饮环境是满意的，满意之余，甚至老许提出让自己的哥们儿无偿帮助实施这毛坯房的装修。

夫妻间就此，又有了新一轮的较量。装修，陈川菊在期待老许。装修，建军立足于自身。他不止一次说过，要靠自己。而陈川菊的心里在想，不靠亲家，靠你？在陈川菊的眼里，老许夫妻此刻比建军更重要。更何况建军已经出轨，她的今后，或许和建军无关？她的情感投资已偏离方向。毛毛已经离家出走，她不指望建军会和自己白头到老。

半个月过去，未见到老许所联系的装修队。一个月过去，仍未见到。

建军冷笑道："这个建筑队的头头，我也见过，曾经给培训中心做过装修，我去验收，他陪同的。我也有他的电话，要不要我拨通了，你问问他，老许是否托付过，他什么时候来装修？"建军说的是实话，而陈川菊不敢面对。

在建军一力促成下，他与一家社会上的装修公司订下合同。两个月后新宅装修完毕，其间老许所应承找的那个施工队却始终没有出现。在2003年的中秋之夜，建军和陈川菊将家搬到这里，A座二单元801房间。他们从此再也没有回过军区医院的营房，夫妻二人空对明月，各有一腔心绪。

　　装修完毕不久，薇薇回到了这个新家。建军和陈川菊是给薇薇和许亚留出一间房的，但此次回来的是薇薇独自一人。对于许亚的背叛，薇薇终于亮出底牌。

　　她愤然离开许亚的家。这种愤然的心情，她却不敢向陈川菊表露，只说是家里住房改善了，想回来陪爸爸妈妈一段时间。

　　建军心知肚明。不久，薇薇又告知父母，拟调出颐和大酒店，具体到哪里，已经托许亚的爸爸去办。此时此刻，陈川菊似有些察觉，也曾追问薇薇，但薇薇不敢言明，也许是不想让陈川菊担心。她想自己办妥她自己的事，却又恐怕走错了步数，偶尔也会征求建军的意见。

　　"爸，去年许亚他爸爸交给我一份经济合同，不让我入档。没想到前几天财务部长问起这份合同，我说我不清楚。集团纪委也会下来核查。"薇薇心有余悸。

　　"贪污。"这是建军的直接感觉。

　　颐和大酒店的财务部长是巴士集团副总的老婆，建军在巴士集团任中层多年，自然知道谁是哪个圈子的人。在以经济利益为最高准则的"摸石头过河"游戏中，人与人之间的关系变了味。此时此刻的职场，让建军心寒。

　　"既然不清楚，就永远不清楚吧。这份合同在哪里？"建军问。

　　"在我手里。"薇薇从房间里拿出一份纸迹泛黄的合同。

　　建军看了看，道："那边也有来头，你别当替罪羊。远离颐和大酒店，要保护自己。这份东西，保存好，保存好这个东西，才能保护自己。"建军担心的是老许对薇薇的伤害，他想以此合同作为老许不敢伤害薇薇的护身符。

　　老许将薇薇调到交通银行。薇薇的档案调至人才流动中心。薇薇以一个劳务派遣人员的身份，到交通银行做一名临时工。柜员，银行最低级别的人员，也是最辛苦的岗位。薇薇和许亚相恋多年，而且一直担任颐和大酒店的主管会计，老许居然将薇薇以这种身份做出调动。老许的做法，让建军所不齿。此时，薇薇已失去干部身份。

但建军又感到快慰，自己的女儿是安全的，没有在旋涡中当别人的替罪羊。自从大学毕业，薇薇始终在职场，而那个许亚，始终在待业。建军的心里，始终不接受这个啃父母的准女婿，如今终于有了眉目。

在那段时间里，薇薇的心情糟糕到了极点。那个交通银行的网点离建军的培训中心很近。于是，建军每天都会开车将女儿送到单位，自己再去上班，下班后在办公室耗上一个小时，再去薇薇上班的网点，接她下班回家。薇薇有时莫名地会向建军发脾气，建军也只能默默承受。十年间，一个女孩儿家的全部情感落得一场空，建军知道女儿的委屈。能让她当出气筒的，只能是自己。

在那段全家都郁闷的日子里，陈川菊住院了，胆囊切除。

在陈川菊住院期间，建军的《司机一日工作规范》和《乘务员一日工作规范》光盘教学杀青了。在公司领导们为这一教学硕果庆祝之际，建军推开酒杯，心情沉重地说："各位领导和朋友，我的妻子今天刚刚做了手术，胆囊切除。我必须回去，请谅解！"

建军有过不止一次的录像教学实践，也曾在集团录像片竞赛中获奖，但系统地以教学方式做录像材料，在集团公司中尚属首次。

心有妻儿，这是他的心里话。他感到，欠她的，欠女儿的，太多。如果舒霞在这一刻与他相伴，他也会这么说！

虽有抱怨，毕竟是他的妻。虽有不满，毕竟是他的女儿，何况，儿子已经离家出走，他把女儿看得很重，他不能再没了女儿。他赶到 301 医院，却被拒绝于病房之外，探视时间早已截止。他只得到护士站值班护士的承诺："手术很成功，病人状态正常！"

巴士股份公司领导层在调整，集团公司的领导层在调整。这些调整，是下一层级干部调整的先兆？答案是肯定的。这种调整，更甚于保修八场被别的经营组织吞并。昔日集团公司的秦总经理已退休，许亚的父亲被新一届领导视为财务重点审核的对象。

坦率讲，在对颐和大酒店的总经理许新进行财务审计期间，财务部副部长小刘曾经对建军说过一句耐人寻味的话："薛经理，您管过的单位，财务上真干净！"

事后建军才隐隐约约听说，郭总经理在前两个月，就要求财务部对市场开发部和市场开发部下属企业进行全面彻查。

而曾经担任巴士公司总经理的郭总，一跃而成为集团的总经理。对于这个郭总经理，建军心里有数。建军能够调入巴士公司，是得到时任巴士公司总经理郭总的认可的。他不认可也不行，毕竟集团秦总经理是老许光屁股长大的发小，也是老许的大哥。

真痛心！真微妙！建军把这一切看得清清楚楚的，却不能说破。官场上的腐败，令全国人民痛心疾首，可以说对腐败是人人喊打却又人人无可奈何。

具体到某些人，想的和做的常不能统一。陈川菊曾买过两份纯金的礼物，分送集团的秦总和巴士公司郭总。送给集团秦总的，正常送出，送给巴士公司郭总的，却有些周折。

建军和郭总经理办公室的副主任相处极为融洽，为了送礼，建军将这个副主任从家里叫到郭总的办公室门前，让他打开房门，并将礼品放在郭总的办公桌上。

在之后不久的一次总部高层干部会上，仍然是这个郭总经理信誓旦旦地表态，我从不收授任何礼品。就在那一瞬间，建军明白，这个郭总的城府甚于他的领导，而与这种人打交道，处境会更危险。官场上的一切，建军已经看透了，他更期待自己能归于自然，回归文学领域，那是一块相对干净些的领域。

他推崇纯文学，不喜欢那些带有功利色彩的文学。

这是建军人生中的又一个旋涡，甚于五年前。他尤其担心薇薇的命运。许亚在出轨的同时，仍追着薇薇不放。薇薇的表态让建军为女儿骄傲，这孩子，长大了！

那是在陈川菊切除胆囊临出院的前一天。中午，许亚开了一辆奥迪轿车到医院看望陈川菊。下车前拿出奥迪的行驶证，放在车主一栏，标明车主是许亚。许亚给陈川菊病房的床头柜上摆上一束鲜花，满是得意。

对于"啃老"，陈川菊亦反感。那部奥迪的出现，并没有在陈川菊的心目中加分，反而加深了她对许亚这个孩子"啃老"的印象。在同一天下午，建军也接到许亚多个电话。

建军在许亚多次来电话后，也曾经有过回复："许亚，事情发生在你和薇薇之间，你们相处快十年了，还是要你和薇薇去谈。"

实际上，建军是想让女儿和许亚断掉，长痛不如短痛。他担心女儿不能下决心。

在陈川菊出院的当天晚上，刚吃罢饭，薇薇正在洗碗，许亚突然到家。而薇薇的命运，由薇薇自己掌控。女儿没让建军失望。薇薇的态度极为明确，谈话非常简短。

"你是能让我把一生都寄托在你身上的人吗？目前绝不是！你什么时候能够承担起做丈夫和父亲的责任，我才能接受你。"薇薇曾因流产而受的委屈，此时已尽露于唇齿之间。建军听得明白。

"我给你半年时间，如果仍然去找娟、去啃老，我不会接受你！你不必再到我妈这里来了。"薇薇的声音，铿锵有力，让建军欣慰。

许亚心中有愧，将期待的目光转向建军。建军无言，沉默许久，道："我老啦。管不了啦。"但建军在内心赞赏女儿的绝情。

不将死马当活马医，这是女儿处理的方式。这次建军、陈川菊、薇薇和许亚的面谈，只不过是由薇薇的一个表态而定下情感的走向。建军由衷地赞赏自己的女儿！

而陈川菊对女儿多有不满，甚至责怪女儿的不懂事。

"人生，靠自己。"在建军看来，陈川菊仍然不能逃脱农村放牛娃的经历对她思想的束缚！而陈川菊，却始终放不下那个曾经的自己。

陈川菊成为军队副师职干部时的优越，不过是古代小说中世俗的"衣锦还乡"的喜悦。而她的这种优越,建军从来都认为与她的文化修养有不小的差距。

以至于在薇薇上大学之际,建军曾多次嘲笑这是暴发户的无知。暴发户的暴发,在两三年之间。一个贵族的形成,要百余年。贵族和暴发户之间的差距是什么?她能明白吗?这一切,她不会懂,她只是一个孩子。更何况,是一个女孩子。

在许家,谁把她放在心上?没有。最重最重地把她放在心里的两个人,是她的母亲和她的继父。母亲,是亲生母亲;另一个,是与她血缘上毫不相关的继父。

薇薇跳出颐和大酒店,建军为女儿跳出人生的旋涡而欣慰。他知道即使有潜规则,老许想给自己找麻烦,也并不容易。老许根深,涉及人脉太广,而建军处事谨慎,尤其是账目分明,要想找碴儿,也难。

要把薇薇一巴掌打死,太容易了,随便找点借口就行。何况建军也吃过亏,只是建军的免职在保修公司的党委会上引发争议,谁又会为一个小小的科员去辩白?

薇薇明白了老许的狠,觉得他的做法也正常;毕竟过去是准儿媳,现在已经什么都不是了。建军让女儿保留下的那份合同原件,让薇薇明白,"有鬼要打鬼,却又不能真打鬼"。她只能借助"鬼"的保护才能平安。离开是非之地,是最好的选择。而那个可能涉及贪污的合同,就是自己的护身符。

她感激老爸的指点。这个指点,是老妈做不到的。

建军在培训中心制作出职工工作规范的光盘教学材料。这个光盘材料,下发到每一个车队。公司约3万余人,在一次职工教育的工作验收中,建军无意中遇到曾经在八场被啸雨称为闺蜜的王艳。此时那个曾在啸雨面前饶舌的女孩,也已经50多岁了。

他记得王艳曾经说过的一句话:"妹子,你怎么会和一个工人有缘分?"

王艳和建军已二十余年未曾相见,但彼此都多少还有些印象。只是建军感到王艳不再是当年饶舌的女孩,而王艳也不再能感觉到建军当年的狂妄。

见面的场合，让彼此都有些意外。

"还好吗？"建军问候王艳。

"还好。你呢？"王艳问候建军。彼此间，只感觉到岁月的沧桑。

身为啸雨的闺蜜，也是大学本科学历的她，不能理解啸雨对建军的一份情，她不理解，啸雨居然和那个青年工人走到一起。她一直在拆，拆散啸雨和建军。

"王艳，你和啸雨还有联系吗？代我问她好。"建军道。王艳摇摇头，无言。以上级单位检查工作的方式，建军与王艳偶遇，自然不便谈下去。但建军分明感到王艳的回眸，她根本没有想到，能与建军意外相逢。

录像教学。在一片敬佩的目光之外，也不乏嫉妒和说不清的一些目光。

他反感，反感近期巴士股份公司一些领导的作为。在一次中层干部的全体会议上，财务部副部长小刘，因为困倦而伏在桌上片刻，被继任的姚华总经理点名批评，并当众宣布罚款 1000 元。小刘是个 40 多岁的中年女干部，建军和她同为机关同事，更何况建军身为机关党支部书记，对她的情况多少也有些了解。她的父亲昨晚病逝，上午刚刚和家人在一起商议父亲的后事，中午便赶过来开这个中层干部会。

尽管对姚总经理不满，但任何人在这近百人的场合都不能表态，也不能为这个小刘辩解什么。

这个姚总经理，曾训诫过培训中心的每一个干部。他要求每一次会议，都要有会场的录像，"如果有人睡觉、早退，或私下交头接耳，以录像为依据，一律严肃处理"。

建军认为这种"改革"，只不过是领导者在树立个人的"老板权威"。他感到失望。有一句话叫作"我的地盘我做主"，看来这个姚总经理真的把国有控股的巴士公司，作为他个人的"地盘"了。

好在善有善报，恶有恶报。两年后，这个姚华总经理因"私分国有资产"的罪名，被判刑四年。

第十章 愤然退出职场的抉择

　　小刘副部长所承受的不公正待遇，没有人替她去喊冤。本忠于职守的她，如同心中被浇了满满的凉水。这个情景，给建军留下深刻的印象。

　　他不想再与他们为伍。女儿已然安全，他想离开这个不干净的环境。退出来，是他寻求精神上洁净的唯一选择，他甚至想问问这个世界到底怎么了？人与人之间，唯一的协调仅仅是经济利益？在他被常永贵免职之后，常永贵还有一些假仗义的表白。而此时，一切人际关系圈子对外的遮羞布都被扯去，这个国企控股的公司，似乎成为私人的家天下。

　　子系中山狼，得志便猖狂。

　　建军为难。一方面，他在骨子里是个我行我素的文学创作者；另一方面，他也是在政工领域工作多年的干部。他在进行艰难的抉择。莫非，这些社会现象，不应当引起上级领导的警觉？建军由衷长叹。

　　他，似乎被信仰和现实之间的分裂现象扯得粉碎！为了几斗米而折腰，为他不齿，却又不得不面对世俗的羁绊。

　　组建巴士股份公司，只是为了控制私企注资进入北京的公共交通的市场。一旦达到了这个目标，今后的走向是不言而喻的。没等到巴士股份公司破产，自然会有资产重组。当然，这是国有上市企业的通病。巴士股份公司阻止私企进入公交运营，做法是成功的。

只是在建军看来，虽然是公平竞争，但国企与私企却没有平等的资源。这是个既不是虫，也不是龙的思路，具体依据是什么？如果说做出决策的这个人物是政客并不合适，这个人物虽曾爬上副部级领导岗位，但又比政客的能力差得太多。

他又一次面临职务调整，从巴士公司调回公交集团的下属分公司。

仓皇之际，几个月之间，巴士公司下属的八个分公司被合并为四个。资产重组，仅有的四个运营分公司又回归集团所属。在中层以上的干部会议上，通报了每一个中层干部的去向，建军是属于降职安排的干部。与他同级别的干部或升格，或维持原职级，他是为数不多的降职干部之一。当然，也可以说，建军已经54岁，照顾一下老同志，能有个职务，也已经很不错了。他的新岗位是第五客运分公司职工学校的副校长。

记得建军在向客运分公司汪经理报到时的一幕——

建军推开汪经理的办公室，但见汪经理神经质地站起身，连连摆手："老薛，你的事，别找我，是他们，他们定的。"

建军问道："什么事？"

汪经理惊慌失措，道："你的职务安排，我没有发言权。是他们定的，你别找我。"

多年官场，建军已然明白，且在意料之中。汪经理在这个人事安排上，不过是擦屁股的角色。只是自己从未把这个官场看得那么重。他是个文人，自视清高。而汪经理的神色变化，倒叫建军感到可笑。

职工学校，职校的校长老曾，也是个降级干部。老曾坦言："我把领导指着鼻子骂一番，我不降职谁降职？"

5000余人的分公司，职校管理人员编制仅7人。更让建军失望的是，他们都占着茅坑不拉屎。

一是校长老曾，对降职心存不满，一再对建军表白："兄弟，我不管事，你扛着吧。"

二是两个科员干部，其中一个是神经病患者，还有一位是集团某处长情妇的妹妹，谁也不想惹麻烦。

三是被安置到各教学点的三位女士，她们各有神通和背景。

建军无奈，向分公司人事部借用了一名被免职的副队长小纪。小纪，40岁，曾是下属车队的一名副队长，曾经因去歌厅找小姐而离异。后来小纪娶了这个歌厅的小姐。耐不住原配的状告，他虽然名声不好听，却也实干。建军当职校副校长的一年，是他担任领导职务以来最艰难的一年。

辞职的念头，在建军心中留存许久。此时，曾经和黄啸雨同为公汽八场科员的王艳，已成为集团公司主管部门的主任科员，在集团负责各分公司职工教育工作。建军与其因工作原因，接触也有所增多。毕竟建军与王艳二十多年前就相识，况有啸雨这一层因素，他们相处融洽且坦率。

"集团对干部离岗休养有什么文件？我打算离岗。"

"不会吧？离岗？你知道离岗，你的收入会下降多少？"王艳有些吃惊。她真的不明白，她闺蜜曾经的那个"情人"到底想的是什么，闺蜜曾经所看重的男人是什么样的人。

"饿不死就行。我打算将我曾经写下的作品整理出来，使其能够在世上流传下来。我要为自己的作品拼一下。"建军坦言。

"你的作品？"王艳有些吃惊。

"是。我的作品，目前发表的只有20多万字，我想整理一下，争取再出版一部长篇。手稿，从高度上说，可以从地上堆到书桌一般高。"

王艳无言。建军亦无言。也许，就在这一刻，有着大本学历的王艳，才仿佛能够理解闺蜜啸雨当年与这个钣金工人的恋情。

离岗休养已成事实。是为了整理三十多年来的文学手稿，也是和这个世人皆醉、唯我独醒的世界说一声告辞！他辞职了，他的辞职引起层层波浪，既有对这个文学才子行为的感叹，也有对这个文学才子行为的敬重，更多的是不理解。

在他辞职办理离岗休养后不久，汪经理在分公司中层干部会上坦言：

"敢于辞去领导职务，月收入从 6000 多降到 700 多，在集团数千名干部里，薛建军是第一个。他为什么辞职，你们能够在心里最认可的原因，究竟是什么？"

各位领导都会讲一些官话，这种官话，建军也曾经讲过，但谁也不会把话说透，难得这个汪经理能把话说得"半透"。

五年后，汪经理和薛建军在公司退休办相遇，是为了办理退休人员的医保二次报销。此时的建军戴着一副深色墨镜，而汪经理已办了退休手续。二人相视许久。当然，汪经理不能看到建军的目光，建军的目光被深色镜片遮掩着。

彼此，都是普普通通的退休老人，和那些普普通通的司售退休人员没有太大的差别。尽管相视无言，彼此心里都有话，却又都不会说出来。汪经理曾经担任过巴士公司的副总，自然明白其中人际关系的奥妙。对于建军当初的降职安排，也自然有意会而不能言传的理解。当建军辞职的那一刻，他深深被建军的骨气折服。

其实，当时的离岗休养，完全在建军的人生计划之中。这个离岗退休的计划，从女儿离开颐和大酒店就已经形成。既是想离开这个纷争，寻求自己心灵上的净土，也是想完成年少轻狂的作家梦。更重要的是看到老八场领导干部的一个又一个悲剧，他寻求能够在职业生涯上有一个善终。急流勇退，是最好的选择。

在建军将"离岗休养"的报告交上去，并通过内部透露的消息知晓，分公司已同意建军离岗休养的报告后，建军心里踏实下来。建军通知曾经在工作中有联系或有些私交的朋友和同事聚餐。他明言，是想最后以个人的名义请这些人聚一聚，作为私人情感上的酬谢。

令他吃惊的是，众人均婉言谢绝。此刻建军嘲笑自己，嘲笑自己的天真。而唯一与他相聚的，是舒霞。

舒霞是坚强的。她平静地说："我知道你辞职之后，是回归家庭，回归文学。我们终于结束了，这是必然。我不知道该感谢谁，让我们牵手，让我们度过这彼此都牵挂的十多年的时光。即使今后不能牵手，今生也会彼此牵挂。"

舒霞的坚强，在建军的眼里，是表面上的坚强。他和她的心里都在流血。十多年的"暧昧"，不是用一个坚强能够解释的。

他卖掉位于石景山公共汽车八场的一居室。那个房子是他在十多年前的房改中买下的产权房，是他曾经几次和舒霞"赤诚相见"的地方，也是只属于建军和舒霞的"暖巢"。

建军这样做，实际上是下决心断掉和舒霞的"暧昧"。

面对舒霞的坚强，建军有深深的愧意。而那个相聚，也令建军失落。他和她，都在怨恨命运的捉弄。

他斩断过去的一切，他要回归家庭，只是这个家庭也有些残缺。家里有一个曾经与他长期冷战的妻子，还有一个已经在银行做了快一年柜员的女儿，那个心有残缺的女儿。

近一年薇薇在家里的话很少，常常回到家吃完饭便将自己关在自己的房间里。近来，她的生活规律有明显变化，只是回来得更晚。回家便一头扎进自己的房间，而她房间的灯光总亮至深夜。建军隐隐约约地感觉到女儿遇到了重大的事情，却瞒着父母。他想问，又不能问，更何况是一个男人去问继女的隐私。他心烦意躁，想跟陈川菊聊聊，陈川菊却已预约住院。

陈川菊又被查出患有卵巢肌瘤，医生建议她切除子宫。陈川菊又一次住进301医院。在这半个月，建军终于有时间到医院陪护。回想这二十多年的夫妻岁月，摸摸自己花白的胡须，看看陈川菊一头的白发，再想想一双儿女童年的形象和目前的境况，心里也总有些伤感。更何况一年多前陈川菊胆囊切除住院，自己连半天都没有陪过，他想补偿自己内心的愧疚。

冷战，积怨的根底并未消除，一切都是凡人与凡人之间的相处。在陈川菊出院的前几天，薇薇回家格外的早，一反常态，畏怯怯地道："爸，我有事想跟你谈谈。"

建军放下手稿，点起烟来，他知道，女儿会说出一件涉及人生的大事，会是什么大事，他不知道，而陈川菊还在医院病房，如何应对，他的心里也在打鼓。

"说吧。也许，爸能帮你出出主意。"建军内心极度不安，却偏要做出安宁的样子。

薇薇毕竟涉世不深，断断续续，说出原委。其实，薇薇也是在无奈中，将建军当作救命稻草。她知道，只有父亲能帮她逃过一劫。

女儿处于人生的十字路口。许亚的确与她死缠烂打，又偏偏女儿移情别恋，恋上一个有妇之夫，怀上了那个有妇之夫的种！

建军大口地吸着烟，半天没有作声，他心捂胸口，胸口有些痛，喘不过气来。他知道，自己有"心动过速"的老毛病，写《棠棣魂》这本书时留下的病根。在1973年春，他开始写这本书，只是为了排解心中的愁绪，他没有想到，一写就是整整的一年，他的思绪为这部书所感染。在这一年里，每逢心血来潮之际，他都会吞下一粒药品，让自己或心动过速，或血压激增，而求得"病假"三两天。当他得到假条，又会挣扎着爬上位于二楼的医务室，那是建军的集体宿舍。他用生命赌明天。

女儿呢，赌得起吗？

"爸！爸！你怎么了？"薇薇惶恐地呼喊。

"喊什么！每临大事要平心静气！"建军缓过来，却又不知道自己的坚韧能够维持多久。女儿的呼唤在耳边，陈川菊仍在住院，他是一家之主！

"你和许亚，已经是第几次流产？"建军冷峻的目光投向女儿。

"第三次了。"女儿低垂眼睑。

"为什么不跟爸妈说！你是什么东西，是卖给他了吗？你是女儿家，三次流产，都不告诉你爸妈，你在等什么？"建军的目光冷冷地盯着女儿。

"爸，我怕妈，我不敢说。"女儿伏在爸爸怀里哭泣。

"你流产过，爸明白，但流产三次，爸没想到，爸关心你太少。我明白，我的女儿长大了，我女儿也想当妈妈。"建军抚弄着女儿的头发，平复着女儿的心绪。既有一腔怒火，又有发自内心的愧疚，更有对女儿的爱怜。

"我想，还是留下这个孩子吧。有什么事情以后再说，再流产，我的女儿也许就再也不能当妈妈了。"建军的表达，既是对女儿的宽容，也是留下一点余地。习惯性流产，是大忌，他也希望最终有一天能抱抱薇薇的儿子或者女儿。

建军没有对陈川菊说，毕竟，陈川菊刚刚做了大手术。在陈川菊出院的前一天晚上，那个让女儿怀孕的"有妇之夫"来到家里，是女儿带他来的。女儿介绍说他叫小燕，燕培。燕培已经在今天白天到民政局办理了协议离婚。一切都发展得有些快，不知是薇薇的主意，还是那个让薇薇怀孕的男人的主意。建军只是感觉，这个事情一环扣一环，处置容不得建军的迟疑。

燕培，是建军最反感的老北京人，是薇薇所在支行机关的部门副职，大约是一名副股或正股职级的干部。虽说比薇薇大八岁，但因其长相清秀，显得比实际年龄年轻些。个子与薇薇相似，若薇薇穿着高跟鞋，可能还比他高出一些。相比较，燕培似乎在形象上更像"奶油小生"。

燕培显然是被薇薇领回家的，颇有些诚惶诚恐。初次见面，建军认为这不会是一个有担当的男人。起码，是女儿比他有担当。女儿是希望老爸能美言几句，能够在她和老妈之间做一个缓冲，她觉得她会和老爸有一些共识。

建军并不满意薇薇领回的这个女婿，却最终不得不败给女儿。为什么建军对儿子毛毛绝不退让，为什么会对女儿妥协？这个答案，建军和陈川菊心知肚明。表面上都说女儿是爸爸的小情人，实际上这个小情人是围着妈妈转的。这是再婚家庭绕不过去的坎，问题是再婚家庭中谁主持这个坎，这个坎，又怎样度过。

难，却彼此都明白。起码，建军是在保住这个家。

在建军接回陈川菊的当天晚上，在这个刚刚装修完的新家里，在近两百平方米的房间里，有建军和陈川菊，还有薇薇和那个燕培。

"妈，我会对薇薇好的。"燕培信誓旦旦！

这是建军教给燕培的话，也是鲁迅先生笔下，那个"祥林"对"祥林嫂"的承诺。他，这个小白脸，会是那个忠厚的"祥林"吗？

燕培，也曾经有一个家，是他和前妻共同付首付买下的一个三居室，刚刚将父母接过去同住。与薇薇相识，便弄出风月之事，单位的人不曾知晓，夫妻间的感情已是天翻地覆。其具体过程建军并不清楚，但他知道，燕培为这个三居室还清贷款，并将这间三居室拱手相让给了前妻。还清贷款，再拱手相让。

三居室装修得像模像样，可以说为他的父母改善了生活条件。但离婚后他将年迈的父母送回过去的老房子，已然降低了父母生活的质量。不顾已经年迈的父母，居住在女方父母的家里，过着新婚宴尔的生活。

燕培的做法，让建军对他始终没什么好感。建军甚至想象不到对于燕培的做法，究竟他的父母会如何看待？不得而知，但显然评价不会太好。

其实平心而论，就世俗而言，这对于燕培也是一个不错的选择。虽然放弃了那个90多平方米的三居室，但毕竟争取到一个美貌如花且年轻的妻子。他知道薇薇有一个不同父的弟弟，这个弟弟已经离家出走多年，薇薇实际上就是一个独生女儿。更何况这个独生女儿薇薇的家境比那个不能生育的"黄脸婆"优越得太多。

与此同时，燕培的父母想必认为，薇薇是独生女儿，他们的儿子总不会吃亏吧。为了儿子的幸福，老两口忍忍，也就罢了。当时，他们并不知道薇薇还有一个离家出走的弟弟。

此时此刻，建军想到了与他相互牵挂了十多年的舒霞，但他绝不会置父母的利益而不顾，宁可违心地承受一生的苦，也不会牺牲父母的利益。即使是与陈川菊有过多少不愉快，毕竟共同生活二十年，他也不会拿婚姻去取悦舒霞。

薇薇已怀孕，结婚仪式不过是过场。在薇薇的婚礼上，来了不少双方的亲友。建军明显地感觉到双方亲友在社会生活层面有不小的差别。

"让他们自己努力吧。"这是建军在心里的潜台词。

他恨，恨薇薇和毛毛。这一双儿女的婚姻存在，都超越了自己设定的底线。

接陈川菊出院的当晚，陈川菊似乎有些茫然，她毕竟不知道即将出现的状况。但陈川菊的反应出乎建军的意料，连燕培的具体情况都没有问清楚，也没同建军商量，便将一张 30 万元的存款折子拿出来交到薇薇手里。

建军不由得心里一震！他已经明白，这个家的主人是陈川菊。那么，在她苦心经营了二十年的这个家，自己是什么？

薇薇和燕培，以女儿和女婿的身份进入这个家，每天下班后在外吃饭或娱乐，偶尔会回家吃饭。当然，做饭的是陈川菊。陈川菊和建军商量，道："薇薇说要交点生活费，怎么收他们的钱呢？"

建军眼睛都不转过去。他只想到女儿三次流产。一旦流产成为常态，女儿一生将失去做妈妈的资格。他心疼薇薇，怕薇薇再流产。继父在迁就继女，甚于继女的亲生母亲。

建军对燕培不感兴趣，只牵挂薇薇肚子里的孩子。

"我一分钱也不要。你要，是你的事。"建军不想管，不愿管，不屑管。人生有如万花筒，薇薇和燕培在优越的环境中享受新婚的快乐和愉悦。

他们的快乐与愉悦面临挑战！挑战他们的，就是她的弟弟毛毛和已经成为毛毛妻子的戴惠。毛毛在离家出走后的第六个年头，终于给建军打来一个电话。

"爸，我要回家。"电话那头，传来毛毛的声音，建军已经有多年没听到这个声音了。

五年没回来，何必再回来！建军对儿子又恨又惦念，同时又有一些无可奈何的心情。此时此刻建军对毛毛虽然仍然有着父子之爱，但更多的是对他这个儿子的行为方式感到害怕。

自己已经半年多未和舒霞联系。但是，他相信当年舒霞做出的判断。

在舒霞和毛毛之间，他信任舒霞，舒霞看人还是很准的。每逢想到这里，建军都为自己与舒霞长达十多年人生相伴的情分感到既庆幸又悲哀。这是建军和舒霞人生中的一场错误，更是彼此都珍惜和留恋的错误。

"爸，我们单独谈谈吧，小戴已经怀孕 7 个月了。"毛毛几番催促。建军终于心软了下来。

毛毛和戴惠回家了，戴惠挺着大肚子，怀孕 7 个月。建军曾经考虑做一个亲子鉴定，也从网上查了一些做鉴定的机构，只是咨询过后得知亲子鉴定机构只对法院负责，个人无权申请。

建军不可能去法院立案，倘如此，动静太大。更何况，如此行事，他将又遭到老太太呵斥！即使是痛骂毛毛不孝的老父亲，也绝不会允许建军这样做。

难，难，难！

第十一章　陡起风云的寒彻心骨

建军感到从未有过的无助。他从来没有想到一生坚韧的他，在花甲之年，彷徨且如此失落。倘若是十年之后，建军会通过市场的逐步放开，寻求一些非常规手段，去取得自己和毛毛的 DNA 鉴定，而在当时，绝无可能。这是建军一生的心病。

仍然回到建军和哥哥建国回到老家宁海第三天的晚上。那一晚，有乡情，更有与乡情的不协调。在小姑的家里，小姑和赶来探望建国和建军的几个堂妹都意识得到。

那天建国正在与几个堂妹聊得火热，老太太来电话。只见建国神色大变，连连应诺。随即，建国又将手机塞到建军手里。只听得肖老太太怒火万丈："你明天就出发，带建军回来，你是老大，能不能管住老二?"

建军已然明白，淡定地应酬老妈："妈，我们明天就出发返京，你放心吧。"

挂断电话，小姑绿妹问建军："老二，我嫂子挺随和的，怎么发脾气啦?"

建军扫了哥哥建国一眼，冷笑道："我那个嫂子，昨天就怕我不知东南西北。她打给你的电话，已经说得太明白了。"

小姑闻言，一时无言以对。

建军更清楚嫂子吴云花无非是想再一次在宁海众亲戚面前，对自己进行打压。在过去薛家第二代人聚在一起时，吴云花曾半真半假地嘲笑建军是吃喝嫖赌抽样样都沾的全才。

大姑的女儿问建军："二哥，你们明天一早就走？"

小毛也悄悄拽着建军的衣袖。

建军清楚，宁海大姑福妹的那一支血脉和小毛妹妹在感情上更倾向自己。倘若和小姑绿妹去争，既伤情，也不会有结果。每一个人在乡情上，都有不同的理解和体会。

"明天去礼佛，按刚才小毛说的办。"建军回答。

"你不听你妈妈和你哥的啦？"小姑绿妹问。

"回去我和老妈解释。"建军勉强笑笑，对哥哥建国道："吴云花太过分了。再晚走一天，按原来的计划办，老太太，我去对付。"建国点了点头。

小姑绿妹见状，笑道："过去来宁海，建国都是听云花的。这次回来，我才明白，是老二拿主意。"

回到旅馆，历来平和的建国也难得向吴云花发火。他当即和吴云花通电话，道："老二去按摩，你怎么跟老太太说的？老二就在旅馆楼下，你太多嘴！你看不起老三，但别把老二当老三，自己的弟弟，我有数。薛家的事，你少管！"

建国难得和吴云花发脾气。而建军说得更透彻，你吴云花怎样看不起我哥哥建国都可以，因为你在单位里的职务比我哥哥高，你觉得你比建国有能耐，那是你和我哥哥的家事。但他绝不允许吴云花以任何借口，把对建军的不满转嫁到老太太的情绪里，让这个90多岁的老太太为两个近70岁的儿子担心。

老妈有高血压，他不敢顶撞老妈。建军更担心，他和建国都在老家，数千里之外，老妈真要犯病出大事，他对这个嫂子也绝不会客气。

从上海迁京，已经六十多年，这个家庭的成员，父亲和弟弟已经逝去，从感情上他格外珍惜老妈和自己的哥哥。而吴云花，在自己去按摩店的事情上，不知道又和老太太胡说些什么。她若真把老太太的血压激起来，他绝不会容忍。

面对毛毛和儿媳戴惠怀着 7 个月的身孕回归家庭这件事上，建军也有底线。建军和陈川菊都在怀疑毛毛回归家庭的诚意，但彼此都不想说破。毛毛和戴惠另有所图，而且胃口都不小。

毛毛回家后，这个再婚家庭内部，立即产生了潜在的家庭成员之间的微妙变化。啃老，已成为社会的普遍现象。建军和陈川菊虽已退休，却也有让儿女啃的经济基础和资本。毛毛说得很坦然："爸，薇薇在这里和你们共同生活，我在外打拼了这么多年。你就无动于衷?"

建军的心里是复杂的。

毛毛对建军说出这样一件事。两年前，毛毛曾经路过公安部四所，去看望伯父建国。在伯父的家里，建国热诚相待留他吃饭，但他却几番看到伯母吴云花的白眼。只因为他是穿了一件破工作服上门的。当他从旧背包里拿出几件像样的东西以表谢意，并道明自己在一家大公司当部门经理时，吴云花又立刻换了一副模样。

这段故事，建军从未听哥哥和嫂子讲起过。对建军和陈川菊而言，那段时期只是毛毛的失踪。儿女啃老，也就是父母的付出。而中国普通的老百姓，不管是 30 岁、40 岁，甚至到 80 岁，只要有能力，多数都是愿意"被啃"的。上下五千年，都是如此。

建军和陈川菊，也把"被啃"视为一种快乐。但建军坦言，温柔地啃，能带来享受，如果鲜血淋漓地啃，倒不如揭开这个本没有多少情分的面纱。这个家庭，早已分崩离析，建军为自己的徒劳而心痛!

2007 年夏，儿媳戴惠临产。生下一个儿子，取名薛宜。建军帮助儿子将孙子薛宜的户口上在木樨地。

2008 年初，女儿薇薇临产。生下一个女儿，取名燕飞。燕培将女儿的户口上在交道口，那里有燕飞爷爷的一间平房。虽然破旧且是大杂院，生活居住条件很差，但据说要拆迁，陈川菊也认可。

孙辈兄妹的出生，相隔六个月。而年轻一辈将他们全都甩给了建军和陈川菊，着实苦了这一对仍处于感情冷战中的老夫妻。

这个家庭，女儿和女婿在享受二人世界，儿子和儿媳在享受二人世界。建军和陈川菊却顿时忙碌起来，最苦的不是身体上劳碌，而是心里苦！

建军怨恨的是一双儿女都不懂事。他对这个女婿和这个儿媳都极为不满。陈川菊怨恨的是这一双儿女的亲家不懂事，两对亲家谁能够帮一把手，自己也不至于忙碌得连饭都吃不上。冷战中的老夫妻同病相怜，每日里直累得腰酸腿疼，在养育孙子和孙女上倒也齐心协力，相互关照。

只是，建军和陈川菊的心，已有隔阂，他们现在的心境，与三十年前带一双儿女的心境全然不同。那时候，累归累，心里是甜的。

应当说，建军和陈川菊共同抚养薇薇和毛毛，都对这个四位一体的家做出了巨大的奉献。建军心里还是有女儿薇薇的，陈川菊对儿子毛毛也有割舍不得的情感。建军和陈川菊都是能吃苦的人，是能够在逆境中拼一把的人，这是他们相似的地方。

日复一日，该做的，他们都在做，都在扛。但这个家庭，已经没有了凝聚力，只剩下儿女们谁能多啃一口的伏笔。陈川菊已然将 30 万存折给了薇薇和燕培，建军也要一碗水端平，起码为毛毛平衡一下。

尽管对毛毛的 DNA 有疑义，但毕竟毛毛从 11 个月大便和他相依为命。他想，最好是永远都不要给自己鉴定的机会。

孙子薛宜出生后不久，戴惠的父母便从湖北赶来，与毛毛夫妻俩住在一个两居室里。建军和陈川菊多次买鸡和鸡蛋送过去。而毛毛说得最多的是："爸妈，老姐和你们住的房子面积是 200 平方米，我们也是五口，才 65 平方米。"

建军装作没听见。在那个时期，建军虽和晚辈们谈古论今，却是选择性耳聋。

但毛毛和那个令建军极度不满的儿媳戴惠，让建军一次又一次地失落。

儿媳戴惠的父母从湖北老家来到北京，名义上给他们带孩子，吃住在毛毛夫妻的二居室，成为毛毛要改善拥挤居住状况的借口。

毛毛的老丈人是个有中风后遗症的退休工人，在老婆面前毫无话语权，饭桌上只是吃，其吃相如同《红楼梦》里刘姥姥进大观园的吃相，让建军想起雪芹先生笔下的几句话："老刘老刘，食量大如牛。吃个老母猪，不抬头。"

毛毛的丈母娘，建军始终搞不清楚。这个个子矮小的老太太，逢事两眼滴溜溜转，偶尔凑在一起吃饭的时候，倘若毛毛给自己夹一筷子的菜，都分明能看到她的白眼球。毛毛的老丈人和丈母娘在北京待了三个月，虽说是为了帮女儿女婿照看孩子来的，实际上没看几天，毛毛的老丈人又住进医院，据说是腿上有血栓。

因为老丈人住院，毛毛和戴惠天天跟建军和陈川菊面前哭穷。建军无可奈何，便与陈川菊商量："只当是救急，给他们一万块钱。"

陈川菊倒爽快："哭穷就哭去。毛毛和戴惠都是万把块钱的高工资，戴惠能每天包一辆出租车上下班，有哪家年轻人这么挥霍？"

家里的财权在陈川菊手里，陈川菊坚决不给，再想想薇薇结婚时，与建军不商量，便将30万拿了出去，让建军也有几分郁闷。在经过建军几番拍桌子的坚持后，陈川菊极度不满地把两万元摔到建军面前。

而此时此刻的血缘也起到关键作用。薇薇站在亲生母亲的阵营里，对继父开始了排斥。女婿不愧是八旗子弟的后人，能耐不大，脾气不小，光着屁股随女儿住进这个家，却经常在丈母娘家里顶撞陈川菊。不过，这个牛哄哄的"八旗子弟"倒也知道疼媳妇，结婚没两天，便在微信里改了网名，叫"模范丈夫"，简称"模丈"。

建军看到这个网名，不禁一笑。陈川菊问道："笑什么？"

建军笑道："改得好。不知大小尊卑，顶撞丈母娘多少回啦。号称老北京都有理有面？改名'魔障'，有自知之明。"

听建军这么一解释，陈川菊笑道："像你这么刻薄的人，太少！"

岂止如此！

这个"魔障"曾经差点对飞飞动手，几乎让建军这个 60 岁的人产生离家出走的念头。

"你想爸爸吗？"燕培周末回来，问飞飞。

"不想，我有姥姥和姥爷。"小飞飞是真诚的，她依赖的是建军和陈川菊。她的心里，不会忘却姥姥和姥爷在她幼小心灵中，至高无上的地位，这个地位，任何人都不能替代。这个"魔障"，一时间表露得淋漓尽致。燕培揪住小飞飞的衣领，晃动着拳头，喝道："你敢再给我说一遍！"

建军对这个"魔障"的恶劣行为极为反感。他更担心，小飞飞的细脖子大脑袋，能不能承受"魔障"这么大力度的折磨。

时过境迁，他不想让自己再次成为陈家和燕家之间的导火索。他忍了又忍，一个月没搭理薇薇和那个"魔障"。

可笑又可悲的是，薇薇还不知趣地追问："爸，这么长时间，你怎么不搭理燕培？"建军给了女儿一个大大的白眼，道："去问你妈！"

在飞飞出生后的半年里，这个再婚家庭的矛盾到了顶点，甚至相处了二十多年的建军和陈川菊夫妻俩都朦胧地意识到，这也许并不是成功的婚姻。

自从出生，飞飞天天都是由陈川菊照顾，小两口从未带过一天。陈川菊半夜里给飞飞喂水喂奶，让飞飞和自己在一个大床上睡。有一次，晚上九点半的样子，毛毛和戴惠终于接走小薛宜，陈川菊和女儿、女婿在客厅笑谈风生。

建军懒得与他们说闲篇，便回到卧室。但见 6 个月大的飞飞趴在床上，嘴角还淌着口水。建军便将飞飞小心翼翼地抱起，让她侧身睡下。正抱起身，但闻薇薇一声断喝："你折腾她干吗？"

建军闻声大怒："你的女儿趴着睡，不危险吗？我让她侧身睡，怕她溢奶！飞飞还是不是我的外孙女？"

陈川菊和女婿闻声冲过来，怒视建军。建军再无二话，换了衣服，摔门离家而去。在建军看来，他爱自己的女儿，且女儿也曾经历过人世的坎坷，应当更理解自己。但女儿给予自己的失望，自己从没有想过。"有情才有恨"，女儿的反目，让建军跌入深谷。

建军买了一瓶二锅头，漆黑的夜里，在街头公园坐了很久很久。他实在不愿再回到那个不属于自己的家。

我的家，在哪里？他仰天长叹。他后悔卖掉八场的属于自己的产权房。为了回归心中的那个家，他在客观上深深地伤害了舒霞，也断掉了自己的后路。也许，在走投无路的时候，也只有舒霞会听听自己的心里话。

在建军离开木樨地的时候，他跪别母亲。"妈，爸糊涂了。但我相信老大会给你们养老送终。阿毛不孝，不要指望我了。"

此时的他，做好宁为玉碎，不为瓦全的心理准备，他已经失去对人生的眷恋。建军一生跪过三次，第一次是1999年跪于四川南充陈川菊父母的墓前。第二次是退休后的2008年，他以死明志，为自己的尊严而跪别母亲。第三次是2017年跪于爷爷奶奶的坟墓。男儿膝下有黄金，建军不是软蛋。

他是在天快亮的时候，步履沉重地回到木樨地，那是他父母的家。

然而，一切都在意料之外。

父亲明确表示："这是我的家。你是谁？"

在父亲的质问面前，建军无语。老父亲已患上严重的老年痴呆症，几乎到了谁都不认识的程度。建军不可能再和80多岁的父亲辩白，而母亲却一言不发。

他明白，此时此刻年近花甲的他，一无所有。他精神几近崩溃，无言地离开木樨地，他只能离开。

而毛毛对他的伤害更重。

在孙子薛宜半岁多的时候，儿子和儿媳盛情邀请建军和陈川菊去参加他们安排的亲子活动，名义上是请老爸老妈轻松一下。因陈川菊要照顾小飞飞，建军独自随行。在那次活动中，建军只是一个保姆的角色，饭没吃几口，处处在听儿子和儿媳的吩咐。甚至安排的活动，儿媳戴惠称没带够钱，要和建军 AA 制。

是真是假，建军不想做评判。但是随之而来的因为孙子薛宜报名入幼儿园的事情，建军忍无可忍，却又忍了下来。出发前，毛毛请老爸一起参观两家幼儿园，让其帮助参谋一下，从中进行选择。从万丰路出发，到定慧寺的一家幼儿园门口。儿子和儿媳让建军在幼儿园门口等候。一个小时后，儿媳戴惠回来告诉他："你记住这个地方了吧？以后周一到周五，5点准时来接！"

建军怒火中烧！

夏日紫外线较强，免疫力低下、身体每况愈下的建军，早已是满身因紫外线灼伤而起的血泡。他对戴惠可以称作"复仇"的行径心里是明白的，为了毛毛，投鼠忌器！

毛毛的老丈人和老丈母娘以在京带小外孙薛宜为理由，吃喝玩乐两个月，又以回老家报药费为由，离开北京。戴惠的说法是："那是我的亲爸亲妈，我不能让我爸我妈累着。"

建军和陈川菊明知两家亲家都指望不上，也有明确分工，建军管孙子，陈川菊管外孙女。

不仅如此，连往后之事都有约定，既有相互再和平相处而凑合一生的想法，也有相互在感情上画一个句号的想法，只是谁都不想说出来。

在此期间，建军曾自书遗嘱，大概的内容便是陈川菊在部队购买的近200平方米住所归陈川菊的女儿薇薇，建军在公共汽车八场福利房改的利益和薛家的遗产份额归毛毛。建军不想将父母的遗产交付毛毛。这种做法，陈川菊也认同。

陈川菊已然将30万积蓄给了薇薇，卖公共汽车八场一居室的35万元给付毛毛。对夫妻俩的这种做法，建军心里也不是滋味。

在他将35万交付毛毛购房之际，曾经对毛毛说："毛毛，爸担心的是今后，我不相信戴惠的人品，你能写一张借条，说老爸借钱给你买房？"

"你真烦！愿给就给，不愿给算了！我这辈子都不会跟你一样离婚。大不了违约，违约费你出？"毛毛声音不大，但给建军的感觉是威胁。即使是威胁，他也不可能握住这35万去出违约费用！只当是最后一次对儿子的付出！

他知道这是危险的一步，无论对自己和陈川菊，都不公平。自己和陈川菊或许不会有晚年的安享。

但，"士可杀，不可辱"。这是建军的信条。

建军缺乏陈川菊的变通，有一身文人的臭毛病。建军曾经算过一笔账，自己离办理正式退休的时间不过两年，虽然目前只有 700 多元的离岗休养费，但扛两年之后，自己的退休金大约在 4000 元以上，因为公交集团公司曾在 1991 年给副科级以上干部上过补充养老保险。

他没有后顾之忧，他已将生死置之度外。大不了用一百多块钱租一间几平方米的地下室，和那些外地来京务工人员混在一起，再写一部长篇小说，抒发一下心中的感情而已。如果能再写一部长篇小说，也不会虚度这两年。更何况那个时候，北京企业工人的人均收入，也不过千余元。

建军内心的翻江倒海，藏着。作为他的妻子的陈川菊，没有意识到；他的女儿薇薇和他的儿子毛毛，也没有意识到。唯独还明白的肖老太太，不敢明言，只能告诫这个谁也把握不住的阿毛："阿毛，年轻时候的苦不叫苦，老了的苦才是苦。"

建军已经做了尸骨流落街头的心理准备，还怕苦吗？

建军管薛宜，陈川菊管飞飞。谁料到，格局大变！

陈川菊不满，在忍；薇薇也不满，虽然快到忍无可忍的地步，但她也在忍。想象不到的是，最忍不住的，居然是那个让建军最看不起的八旗子弟。

2008 年的清明是老三建民离世的第八个忌日。建国、吴云花、建军和陈川菊四人到凤凰山陵园扫墓。这是薛家第二代人为先逝的同辈人扫墓。是两个哥哥和两个嫂子为弟弟扫墓。

为建民扫墓，从未让第三代参与。

常规，或按迷信的说法，扫墓归来，当找一个人多的地方吃顿饭，找人多的地方，让阳气冲冲阴气。到哪吃饭？谁都不表态。鬼使神差，建军到了这不该来的地方，地点就在梅地亚饭店的北侧。那是建军既熟悉又曾经留恋的地方，更是建军伤感的旧地。

建国、吴云花和陈川菊到就近的农贸市场购物。建军在市场门口漫步等候。这里往东 50 米，曾是一家饺子店，在建军 21 周岁生日的那个深秋，他的瑜姐姐在这里给他过生日。一盘饺子，引出姐姐从未有过的断金裂帛的歌声。

疏枝立严窗，笑在百花前。奈何笑容难持久，春天反凋残。

残固不堪残，何须自寻烦。花落自有花开日，蓄芳待来年。

只是，《棠棣魂》虽然铸就，瑜姐姐却已魂归太虚。

他还想过，离开这个让他伤心的地方。他甚至想到固安去租一间民房，完成他一生的最后一个夙愿，就是出书，出版《棠棣魂》。他不能让自己在文学之林占据一席地位的梦，如泡影幻灭。

以前这家饭店的隔壁是一家超市，在十多年后，华丽转身为一家歌厅。小老板是建军在医疗器械厂当工人时的同一个车间的工友，姓舒，他的父亲好像是公安系统的一个处级干部。1977 年平反后，这个姓舒的工友便调走了，没想到他会在这里下海经商。

这家歌厅，建军和舒霞曾经来过几次，和歌厅的小老板聊过天。舒霞的谈吐和形象，给这个小老板留下很好的印象。况且，他们还都姓舒。

不知是这个小老板敬佩他们之间的恋人风度，还是错认为这是一对恩爱夫妻？他还记得那次与心怀不轨的一群流氓地痞相遇的事。

"大哥，好潇洒，能有个漂亮妹子陪着。"一个文身的壮汉子凑过来，"交个朋友？这是我们老大敬你的酒。"建军知道遇上麻烦，他不想和这种下三烂的人打交道，也知道示弱或回避不是处理此类麻烦的办法。

他让老板拿过两个大酒杯，这种杯子大约能盛三两多白酒。斟满，并请歌厅老板立即放一首曲子，《铁窗泪》。

建军和舒霞声情并茂合唱的一曲《铁窗泪》，让几个寻事的小混混目瞪口呆。

"兄弟，谢了！让你们老大过来。我们兄弟走一个！"建军坦然。要说打架，建军毕竟当过几年侦察兵，格斗是他的强项。但建军毕竟不再是工人身份，而是国企领导干部，更难得私下里偶尔和舒霞单独相处，他不想找麻烦。

建军的一曲《铁窗泪》，让这几个小流氓折服。"愁啊愁，愁就白了头。手里捧着窝窝头，菜里没有一滴油……"

建军对文学艺术是吃透的，对这首歌的作者迟志强多少也有些耳闻。更何况舒霞还添油加醋地说："我哥在少林寺出家八年，学少林武功。"

建军的气场让那几个小流氓找不到北。更何况舒霞也有律师资格，哪里会怕这几个东西？只不过毕竟是情人幽会，都不想惹出事端。

建军和舒霞的高冷和傲气，让这群小混混不敢放肆，反而巴结建军。"大哥，你啥事进去的?"

"打架，伤人了。"舒霞答。

"多少年?"

"十二年。"舒霞连眼睛都不转过去。

那群地痞不敢惹建军。但建军和舒霞的底细，那个从小就认识建军的舒老板是知道的。他有他的猜测，却从不询问。各有各的隐私，生意人绝不会陷进去。但他感谢建军和那个霞姐，轻易化解了在他的歌厅里即将发生的鸡飞狗跳的治安事件。

建军和舒霞落落大方而又不失缠绵的恋人风度，让这个阅人无数的小老板无所适从。这是陈年往事，而这往事又历历在目。

建军不自觉地又走进这家歌厅。在恍惚中，依然是那个小老板，建军却感到一阵心悸。

"建军哥，霞姐怎么没来?"那个小老板认得建军，也是记得舒霞的。

建军已经喝了不少的酒，步履不稳，明显已有醉意。"我在这里休息一会儿。"只记得那个小老板对建军尤为关照，好像还让一个女孩端过一杯茶水，但建军记不清了。

是"酒后失忆"？建军已经经历过很多次，其中最要命的，是有一次他连自己驾驶的桑塔纳都不知停放在哪里。直至第二天酒醒才明白过来。

往事，难得回忆。酒精的作用使建军昏昏沉沉地迷糊了很久。到底有多长时间，建军不知道。当他醒来之际，头疼得似要炸开。

那个曾经是建军工友的小老板，恭恭敬敬地将建军送上出租车，建军只记得那时已是暮色沉沉。这个小老板，比建军小个三四岁，也是相邻的公安部大院子弟，被分配到东方红医疗器械厂，是建军身处逆境中相遇的所谓"红五类"。

建军的失踪，不过几个小时，已然让陈川菊失魂落魄。

不消说建国对弟弟建军的惦念，也不消说陈川菊对建军的怨恨。建军几个小时的失踪，犹如一幕闹剧，建军在醉生梦死中导演了一幕大剧。这幕剧，是真实人性的渲染，也教育了导演这场丑剧的薛建军。

他有幸看到自己的每一个"亲人"的真实。

出租车驶离梅地亚饭店，已经略为清醒的建军对司机说道："去万丰路。"

出租车往南而行，随即向西，这是正常路线。建军依然头痛不止，便闭眼休息。

过了没多久，建军再睁眼，大吃一惊。出租车驶上了北四环的中关村二桥。建军问出租车司机："你知道万丰路在哪里吗？"

出租车司机笑呵呵地回答："大哥，你放心，我开出租十多年，您一会就到家了。"

只见司机在健翔桥又向南，转入西三环。建军又问："师傅，您知道这万丰路在什么位置？您知道吗？"

"知道，离解放军八一电影制片厂没多远。"出租车司机依然笑嘻嘻地对建军说。

建军当即骂道："你个黑司机，你以为老子喝点酒就糊涂？老子干了一辈子公交，今天怎么绕路，我陪你！"建军也是借着酒劲，豁出去跟这个"黑司机"玩一把。他知道，出租车都有行车仪，绕行是能反映出来的，这是证据。出租车司机也知道遇上扛头，怕脱不了身，立即打110。

在出警的民警面前，建军以滔滔不绝的口才，从职业道德谈起，讲到人应该讲诚信，将这个出租司机挖苦了一番。面对略有醉意的老者对这个黑司机的"教育"，出警的民警也觉得好笑。作为出警人员，需要平息事态，便通过建军的手机，拨通其亲属的电话，接电话的是陈川菊。

陈川菊接到电话，又惊，又恨，又喜。惊的是建军又在惹事，恨的是建军这几个小时的失联，喜的是建军终于有了着落。她在家，又不能走开，飞飞刚刚喝完奶，她怕飞飞溢奶。

"薇薇，让燕培开车，你们过去一趟，把你老爸接回来。"陈川菊硬着头皮，与女儿、女婿商量。

"都快10点了，明天还要上班。您打电话，让毛毛和小戴去接吧。"女婿老大地不满意，薇薇也在推辞。

看到女儿和女婿的表态，陈川菊硬着头皮，又给毛毛打电话，打了很多次，毛毛都不接，再打，便是关机。陈川菊抱着怀里的飞飞，几乎哭出声来，对薇薇斥道："那是你爸爸，你们都不去，就只有让我去吗？"

陈川菊对女儿的斥责，既有对丈夫建军的爱恨交集，也有对女儿女婿和儿子儿媳的爱恨交集。终于，女婿燕培在薇薇的授意下，带着一腔怒火，开车来到警员出警的地点。那个位置，不过距建军的家宅十分钟之内的车程。

女儿让女婿去接建军，带着对继父的一腔不满，女婿违心地去接建军，是带着建军对他不屑一顾的仇恨！

这无血缘家庭的真实，真实得可怕！

而那个没有验明血脉的毛毛，躲得一干二净！

也许，这就是根源？

正在建军咄咄逼人地教训那个"黑司机"的时候，但见燕培跳下车急匆匆地向自己跑过来，建军朝他摆了摆手，便转过脸要继续挖苦和教训那个司机。还未待他说出话来，只感觉到脑后一阵风袭来，女婿燕培竟然狠狠一拳打在他的太阳穴上。这一拳直打得建军身体旋转 360 度，一头跌倒在地上。建军还分明听到燕培的一声怒喝："你这个酒鬼！"

这一拳，打得建军猛醒，也把彼此的面纱扯得一干二净！这个面纱，又岂止是建军和这个女婿之间的面纱？

"混蛋！你小兔崽子敢给我下狠手？"建军被打得满眼金星，略缓了缓，从地上爬起来，挥手向燕培冲去，顺势便抢出横勾拳。几个警察冲过来制止，采用手臂反关节将建军制住，并问建军："不许动手，你服不服？"

建军冷笑，道："我当侦察兵的时候，你还不知道在哪儿呢。只不过你是警察，你跟我动手，我绝不会跟你动手。"那个警察似乎听得建军话里有话，急忙松手，笑颜相劝："都是一家人，回家有话好好说。"

建军哪里把这几个警察放在眼里，待再找那个燕培算账，燕培早已逃得无踪无影。

建军抽着烟，在黑漆漆的三环辅路茫然漫步。几个警察要开警车将他送回家，但他不想回家。他要想一想，在每个家人都被利益左右的格局里，哪里才是他的家。

他讨厌那几个警察开着警车跟着自己，好像自己是被警察控制的歹徒。

他突然走上主路，翻过一人多高的隔离带而去。

找到自己的，是老大建国。是陈川菊联系了大哥，她知道谁来都没用，除了大哥建国，建军谁的账都不会买。

建军从小就敬重老大，虽然有时候犯浑，却从不跟建国犯浑。这个六十年"一贯制"的思路依然有效。建军被哥哥建国押送回那个不知道是不是该称为"自己的家"的那个家。

一进家门，但见薇薇迎过来，对建军怒目而视，责问建军："你为什么打我老公？"

看了一眼怯怯躲在薇薇身后的燕培，建军眼里满是鄙夷。躲在女人身后，难得这个小白脸有这番心计。

"滚回去！你还不嫌乱？"陈川菊将薇薇推回他们的卧室。偌大的客厅里，只有四个人。建国、建军、吴云花和陈川菊。陈川菊无语，建国在责备弟弟。鉴于建军此时的心境，建国这个当哥哥的也不敢把话说得太重，吴云花更无语。

建军心烦意乱，又到厨房取出一瓶酒来，大口大口地喝着，陈川菊想夺回来，又不敢。

建军简单说了说当晚的情况，建国不置可否。而陈川菊却在质疑建军说谎，她不相信女婿会动手打建军。在她内心，虽对建军不满，毕竟一起生活了近二十年，建军说女婿动手打他，是什么居心？是离婚的借口，还是在报复？他要达到什么目的？

当初的建军，与诗书为伴，她喜欢他读书写作的样子，如今的建军，终日与酒为伴，醉生梦死，她也伤心。她知道，建军变了。过去，她能理解他，而现在她对他已经感到陌生。或许，燕培真的敢伤害建军？

建军只提出解决方案，或让燕培滚蛋，或让燕培写出书面检讨，并要在薛家自薛功寿之下范围内的大家族内部认错！建军满腔悲怨，当着哥嫂的面，用浓墨在客厅的墙上，奋笔疾书，写下十个大字。

"女婿打老丈人，千古奇谈！"

也正因为墙上的十个大字，让陈川菊望而生畏！他知道建军已经豁出去，已经下了狠心。

对建军的狠，陈川菊绝不赞同，更何况她的情感，偏重女儿。尽管薇薇也惹她生气，毕竟是亲生女儿。她不喜欢燕培没多大本事又牛哄哄的样子，动不动还要顶撞自己几句，但比起儿媳戴惠的居心不良，女婿还是比儿媳强些。

三天之后，女婿滚蛋了。心甘情愿跟女婿一块滚蛋的，还有那个叫了他二十多年爸爸的女儿。

唯独留下的，是只有一岁的外孙女飞飞。

"你是要赶尽杀绝？都走了，飞飞能给我留下吗？"陈川菊曾经铁着脸，问建军。

建军倒也坦然："既然不孝，自然赶走。飞飞才 1 岁，孩子没过错。"建军也为飞飞付出不少心血，哪里舍得？却不愿把话说满，那毕竟不是自己的血脉。

"你是好话说尽，坏事做绝。你编谎话，谁信？"陈川菊怒斥建军。

建军和陈川菊又重归冷战。又是一个新的家庭组合。

这个新的家庭组合里，有三个人。成员是建军、陈川菊和外孙女，1 岁的飞飞。

客厅里，雪白的墙上依然有那十个字——"女婿打老丈人，千古奇谈"，那是建军的恨怨。而陈川菊对建军已失去信任。她认定，建军会下决心离婚。建军不缺心眼，他是在为离婚做铺垫。

因为这十个大字，这个家，陈川菊不敢让任何同事和朋友光临。同样，她也不敢抹去，她知道，建军已然疯狂！

薇薇搬出去的岁月里，建军天天盼着女儿回来，他想跟女儿推心置腹地聊聊，既然女儿能跟燕培一块滚蛋，可见薇薇对燕培的感情付出。难道二十年的父女情，抵不过一年的夫妻情？

这是一个可笑的问题，但他盼着女儿。他承认，这个家庭几近崩溃，他也的确不该和舒霞有那一段情缘，长达十多年的情缘。但如果将舒霞放在一边，难道他们这一对再婚夫妻就能度过这一劫？

建军小心翼翼地唯恐伤害陈川菊。他在心中思忖，他们的婚姻中缺少什么东西？是妻子的善良？是妻子的温柔？是女人在男人面前的霸道？是缺乏相互的信任？或许还有这个毫无血缘关系的家庭中的利益再分配？

一周过去，一月过去。薇薇突然独自回到家里，建军和陈川菊都看得出女儿气色很不好，脸色发青，眼圈也有些黑。陈川菊欲留女儿在家吃顿饭，便转身下楼去超市买菜。建军终于有了一次和女儿单独说说话的机会。但是彼此相视许久，都没有话。突然，薇薇扑到建军怀里大哭。"爸，我知道你受委屈了。可是，我什么都不能说。"

建军明白，薇薇已经从燕培之处知道原委，却又担心让陈川菊知道。如果让老妈知道燕培下毒手打老爸，老妈不知会如何！

建军紧紧地抱着薇薇，他已经知道了女儿的苦衷。女儿担心陈川菊不明真相，会让父母矛盾激化而离异。或是陈川菊明白真相，再也容不下燕培。

已经30岁的女儿坐在自己的腿上抱着自己痛哭，让建军想起薇薇小时候对自己的依赖。片刻，建军推开女儿，独自到晾台点起一支烟来。当然，也端起了酒杯。

他庆幸，那个混蛋"魔障"终于对薇薇说了实话。莫非，这是家庭成员相处中必然的怪圈？一切都可以明了，薇薇已知真相，她不能说穿，怕自己的婚姻受到母亲的压迫而破裂。他长叹！

陈川菊蒙在鼓里，依然对建军咬牙切齿！

一年时光，瞬间即逝。建军并不相信，一年后陈川菊仍被蒙在鼓里。薇薇毕竟年轻，不可能把真实的情况对亲生母亲掩藏得那么久。只有一个可能，陈川菊已知真相，试图用建军喝多了，喝醉了，来做一个结案！没有人打过建军，是建军的幻觉。

这是一个疑问。为什么陈川菊期待的是建军的幻觉？

为什么将真实归于幻觉？

可惜，建军酒后曾有过多次幻觉，唯有这一次的真实，刻在脑海。

在这一年里，建军曾录下一部纪录片，题名为《飞飞和她的姥姥》。这是一部在飞飞1岁生日前后，记录下姥姥和飞飞的24小时的生活纪录片。它记录下陈川菊喂养飞飞的艰辛，也记录下小飞飞的纯真和可爱。建军的本意，是想在以后建军和陈川菊的离婚岁月里，给飞飞留下一点念想。

戴惠看到这段长达三小时的录像，曾问建军："爸，你能给薛宜也拍一部吗？"建军摇了摇头。他不想对儿媳做什么解释。只可惜，这段录像，到了毛毛和戴惠的手里，再也没有送还。

毛毛已经拿到了给他的35万元，买了一个三居室，计划里戴惠的父母一间，他和戴惠一间，另一间暂作书房兼两条狗的卧室。

每天从幼儿园接回薛宜的活儿，交给建军。有一次，建军坦言："老爸和你老妈并不融洽，我如果投奔你，怎么办？"

"那就和那两条狗住一块吧！"这是儿子毛毛的答复。

建军时常思索着一个问题，该不该投鼠忌器？岂止是忌器！心寒。

在这一年，建军几乎是天天泡在酒里，每天都将自己灌醉，求得一片心里的干净。在半醒半醉之间，以酒为媒，时常听一些凄凉的音乐，时常唱一些发自内心的歌曲或戏曲。而他唱得最多也最投入的，是越剧《算命》和《宝玉哭灵》。

那是他的心声。虽然与舒霞今生无缘，也不可能再续前缘，他爱她，他把她藏在心底。

客观讲，小飞飞在1岁前后的音乐启蒙，或始于此。陈川菊为了女儿和女婿的"光辉形象"，仍在咬牙坚持。她不能让女婿在薛家家族中做检讨，更不能让女婿留下书面文字，让建军留下铁证。

墙上的十个字，刻在建军的心头！而陈川菊也不可能去抹掉，要面子又强势的陈川菊，两难。在此期间的建军和陈川菊，高血压症都愈发严重。如果说陈川菊的病症多少有一些家族遗传因素，而建军则是因为时常在眼前浮现出燕培咬牙切齿地向自己挥出狠狠的一拳的幻觉。

建军给她的时间是有底线的，一年。一年之内，没有一个结果，必然离婚。不过是两败俱伤。陈川菊心里苦，是为了女儿和女婿的面子。她不敢告诉她远在重庆的姐姐和姐夫。而建军心里也苦，他不能将自己的苦告知父母，让年迈的父母为自己担心。

尽管他知道，哥哥建国会把这件事情告诉年迈的父母。老父亲已然痴呆，而老母亲的心态，连自己这个搞了一辈子文学创作的人也难明白。

文学，就是人学。

建军在老母亲的面前永远是被动的，是因为他对母亲的难以理解。

第十二章　天地间留下一份孝诚

　　夫妻不再同心，儿女形同陌路，建军和陈川菊心里都明白，唯一的共识，是关爱飞飞，两个心思各异的再婚夫妻，即使分手也都对这个 1 岁的孩子倾注满腔的爱。陈川菊当然要善待隔辈的骨肉，而建军与众人不同的个性、爱飞飞的心态让常人觉得不可思议。

　　但建军明白，薇薇不是自己的骨肉，小飞飞也不是。建军不知道还能扛多久。他下定决心，要通过离婚的方式求得自身尊严。他更难过的是父母的衰老。当时，老父亲薛功瑾已 84 岁，老母亲肖淑兰已 82 岁。母亲身体尚好，老父亲已经看得出下世的光景。或许，熬不过三个月，还是半年？

　　他心里明白，事隔一年，陈川菊不可能仍不知道自己被狠狠打倒在地的真相。如果在这个家庭里，连这个真相都被掩藏，谈何婚姻？谈何夫妻？谈何父女？

　　他是为自身的尊严而拼，拼出真实，否则连命都不想要。

　　让 82 岁的老母亲去照顾 84 岁的老父亲，建军不知落过多少泪。他不能指望哥哥，毕竟，老大建国的家，是嫂子说了算。在中国传统社会中，老大就是老大，老二和老大在家族中的地位差得太远。他甚至不知天高地厚地想承担起老大的责任，只可惜，自己的屁股都没擦干净。他一生要强，却又欲哭无泪。

在这一年里，建军时常独自回木樨地探望父母。他知道，父亲的生命即将走到尽头。

几年来，曾请过很多家政服务人员，都不理想。尽管一再提高薪酬，却仍然招聘不来服务一个濒危老人的家政人员。怎么办？

老大建国在回避，吴云花是绝不会把公公婆婆接回去照料的。

建军要尽快解决离婚问题，回家照顾父母，尽管他曾经被患有老年痴呆、一度不认识自己的父亲赶出来。他对燕培的书面认错，已不做奢望。老父亲，已经熬不起岁月。

就在建军被女婿燕培打的一年之后，建军拨通了重庆的军线，军线的那一头是陈川菊姐姐的女儿家。

他坦然说明了自己决定离婚的理由。如果在这个生活了二十多年的家里居然没有一个人去为他正视事实，他在这个家里算什么东西？这个家他不能再留恋。

接这个电话的，是陈川菊姐姐的女婿，这个女婿，也曾经是正团级干部，是颇有名气的医学博士。

"姨父，你是不是当时喝高了，记不清？我知道喝高了，是有记忆障碍的。"

建军大怒，道："我也是当了多年的领导干部，发表过几十万字的文学作品的人！你以为我是无赖？"建军摔了电话，在这个物欲横流的社会里，建军下定决心，宁可光屁股滚蛋。

这个家已不是自己的家。他一夜未寐。

第二天晨起，建军早已收拾好行装。所谓行装，不过是自己的身份证、医保卡、退休金卡和他的衣物。其他的，他一样也没有带。

去向，建军早已想过，他暂不能回木樨地陪伴父母，他已经联系了一间地下室，就在附近的一个小区。150元一个月，和一个河北的年轻人合租。他不想乞求任何人，他要靠自己，渡过难关。倘若渡不过去，死了也认命。

当然，他和陈川菊已然缘尽，他不会告诉她。

建军站起身，想最后看一眼这个他曾经付出全部心血的巢。电视、立柜、沙发、床、电脑和那个书桌，还有一堆未曾来得及整理完毕的手稿。

"这一切，今天都结束了。"他只觉得眼前一黑，天旋地转，一下子歪在门口，瘫坐在地上。陈川菊一直在注视着建军的一举一动，见状赶忙将建军拽起，测量血压，高低压分别是160和96mmHg！

"你不能走，会出事的，你血压太高了！"陈川菊一反往日的冷漠。

"那就缓一缓再走，先休息一下。"建军去意已决，只觉得头昏昏，意沉沉，处于半醒半昏沉状态，躺在客厅的地板上。

朦胧中，建军听到电话响起，只听得陈川菊和四川老姐夫、姐姐通话，通话究竟有多长时间，建军已不知道。他恍惚中记得陈川菊发了脾气，说了一句话："搞清楚了，燕培是打建军了，你们不要再管！"

建军在昏睡的下意识里，明白陈川菊对所有陈家的亲戚，都在瞒，而如今她已瞒不下去。也许，瞒不下去的理由，是良心发现，或是不忍心用建军的命去成全女儿女婿的脸面。她的心里，多少还有对建军的留恋。况且，女婿对建军下毒手，陈川菊在半年前已经听女儿说过。

大错铸就，她不忍心再让女儿为这个酒鬼毁掉一生。她在拖，拖垮建军的意志，她想不到建军如此顽强。一瞬间，反而是陈川菊崩溃了。

"你不能走！明天我们再谈一谈！"陈川菊在挽留。而此时建军也的确行动不得，眼里也淌下泪花，建军也分明看到陈川菊淌下的泪水。

夜色沉寂，建军又一次端起酒杯，道："一年啦，终于能澄清真相。"其实真相陈川菊早就清楚，她希望的是建军不清楚。

在这一年的时间里，唯有这一晚，建军将泪水和酒水一同咽下，陈川菊没有阻拦，他们达成妥协。妥协，无非是各退一步。

建军有太多的毛病，但也有超越常人的品质。

陈川菊是为了婚姻续存而让一步，建军是为父母安享晚年而让一步。各退一步，陈川菊要挽回燕培的面子，无非是给女儿薇薇留下面子，她绝不会让她的女婿给薛家留下把柄。

而建军也想尽快了结，他想要尽孝，或是将父母接到自己身边。在这一年，他太清楚父母的生活状况，他必须为父母尽孝，他已经意识到他的兄嫂对风烛残年的父母无动于衷！

在为父母养老和送终的事情上，他根本不会理会那个巧舌如簧的嫂子，虽然吴云花也为照顾薛家的老父母做过一些事情，但那毕竟不过是表面文章，做给研究所里的同事们看。吴云花在十多年前，恨她亲生父亲不死，对此建军就有看法。更何况，如果哥哥建国有意外，嫂子在法律上也没有对自己父母亲的赡养义务。

两人终于谈妥，建军和陈川菊难得双双来到木樨地，请老父母到家里住。近 200 平方米的住宅，还加得下两个老人。父亲已糊涂，母亲也终于同意。回到家里，建军和陈川菊忙着安置两个老人，陈川菊负责准备床上用品和其他日用品，建军负责两个老人的住处。书房原本有床，让老太太住，而老父亲则被安置在大客厅的一侧，便于夜间照料。

此时的薛功瑾不仅仅是严重的痴呆，还有狂躁性精神疾病，常常半夜里喘不过气来，随时都有可能一口气上不来而离世。建军的心是沉痛的。已经快 60 岁的建军，独自将放在 b2 层地下室的一张床架和一个席梦思床垫拖上楼来，直累得脸色发白，嘴唇发紫，心率骤快，心口疼。他不指望儿子和女儿，更不会指望儿媳和女婿。

他曾经问薇薇："燕培对我下狠手的事，他跟他爸爸妈妈坦白了没有？"

"坦白了。"薇薇答。

"他父母有什么说法？"建军追问。

"没说什么。只讲了一句，让他别招惹你。"薇薇再答。

建军摇摇头，对亲家的这种表态，他极度不满，既然薇薇说到这个程度，他心里有数，却又不想再说什么。毕竟，他们是薇薇的公婆，薇薇与自己尚且没有血缘，还能指望不相干的"亲家"？

陈川菊要照顾 1 岁多的飞飞，体力活儿只有自己去扛。"儿女双全"的他，已经不再对儿女抱什么期求。各自成婚的儿女，在需要他们的时候，都很少回家，建军即使接回两位老人，这个家的格局只不过调整为太姥爷和太姥姥，姥爷和姥姥，再加上一个外孙女飞飞。

建军将父母从木樨地的老宅接过来养老，当时大家庭任何成员都没有反对。下一代似乎是觉得事不关己，而老大建国事后却提出异议。

老大建国质问建军："你们把老头老太太接过来，老邻居怎么想？我是老大！"建军勉强笑笑，并不作声，但他心里明白，想反驳却未曾说出口——"你有勇气接父母到你们家养老吗？"

"权利和义务是对等的。"老大建国多次说过这样的话，这个话，本没错，父亲曾经说过这样的话。过去研究所曾分配过一间位于东城区交道口的平房，已经给了老三建民，木樨地的房留给老大和老二，但都没有立书面遗嘱。

或许是建国担心父母由建军赡养，既失了他的面子，也会给今后的遗产继承留下不确定性？建军没有考虑过这些，他相信老大的人品，也相信兄弟情分。哥哥建国不过是嫂子的传声筒。

与此同时，陈川菊收到一封家书，是信息迟滞的四川老姐夫寄来的。这信，是分别写给陈川菊和建军的。写给建军的那一封信里，无非是痛骂建军无情无义，还坦然道："军区医院的经济适用房，是分给陈川菊的，没有你的份！"

这封信，建军是在整理床铺时，无意中在陈川菊的枕下发现的。建军正在看的时候，陈川菊一把夺去信件，道："陈年烂谷子的事，看它干吗？"

四代同堂的大家庭，如果往外延伸到姻亲，远远近近，不下数百人。一个家族存在不同成员的利益，又派生出不同亲人的利益需求。仅薛家自薛功瑾父亲这一支，从宁海到宁波，到上海，直至北京，包括姻亲在内的有上百人。对他们而言，亲情虽还在，但各有各的心思。

2010 年的春节，是薛功瑾度过的最后一个春节，这也是建军最煎熬的一个春节。这一天，各路亲友来到建军的家里，应邀吃一顿全家人的春节团圆饭。老父母在建军家养老，各路亲友也自然应该在这里齐聚。

这顿饭，让年近花甲的建军和陈川菊，进行了一场空前绝后的忙碌。那时老父亲已不可能出行，也没有今天时兴的外卖，十七个要吃饭的，整整两桌。从策划、采购、搞卫生、摆桌椅、备酒菜直至厨房里的事务，没有人搭一把手。

父母当然是上座，哥嫂一家四口不能怠慢，薇薇和燕培带外孙女在一旁嬉笑，毛毛一家三口外加戴惠的父母，还有弟弟的儿子亮亮。16 盘热菜，8 盘凉菜，酒水饮料，主食和汤。既是配菜员，又是服务员，更是厨师的建军和陈川菊，累得腰都直不起来。

终于众人都吃得酒足饭饱，建军张罗照一张"全家福"，因为在内心里，他认准这是父亲的最后一次家宴。建军找这个，找那个，要将众人聚拢起来，却个个都难得聚拢！老母亲和毛毛一家五口照个合影后拂袖而去，称道："太累，不照了。"

酒足饭饱，自然要各回各家！更让建军出乎意料的是，老大一家四口和毛毛一家五口，以及亮亮，都分别和老太太道别，而建军和陈川菊忙于收拾厨房的事宜，居然没有一个人来打个招呼！夕阳西下，春节期间夜幕来临得格外早。

建军将午餐的锅碗瓢盆收拾完毕，偌大的房间鸦雀无声。老母亲抱着"小黑"坐在晾台上观望着远处的暮色，老父亲躺在床上昏睡，陈川菊一边抱着飞飞喂奶，一边在沉思。这是怎样一幅亲人们春节聚会之后，刻在建军脑海中的画卷？

墙角，是两包点心和几斤表皮已经发皱了的苹果，不知道是谁送来的。

刚过正月初五，老母亲便将建军和陈川菊唤来，开门见山道："阿毛，明天把我们送回去，我住不惯。"

老太太口气很硬，容不得建军分辩。建军隐约感觉到，或许是那个还不是遗产的产权房，让自己处于众矢之的。

"妈，你回去怎么办？一个80多岁的人，去照顾另一个80多岁的人？我们都退休了，管你们。再说，你也需要我们照顾啊。"建军情真意切。陈川菊怀里抱着小飞飞也一再挽留。

"你们不要再管了，我有办法。什么办法，你们不用问。"老太太铁嘴钢牙！

事已至此，建军也只能随母亲的意旨办。他不能为赡养父母而强行扣留父母。准确地说，是失落。失落，出乎意料，也完全打破了当初与陈川菊相互妥协的初衷。

此刻，他倒觉得这个放牛娃出身的陈川菊，虽然和自己同床异梦，但人品远在哥嫂之上。因为在他们的协商中，建军明确提出，木樨地的房产，由薛家商定，和陈川菊无关。之所以这样表态，是想多少为毛毛留下一点回旋的余地。

而陈川菊也赞同这个意见。

这个偌大的空荡荡的家归于平静。依旧是隔辈一家三口。

正月十五刚过，老大建国打来的电话让建军震惊："老二，老头儿住院了。"

"啊？怎么回事？"建军连连追问。

老大建国倒坦然："和老妈商量过了，老头的病也好不了，送养老院让人笑话，宁海的亲戚也会说闲话。吴云花联系了老年医院，已经住进去了，办手续时是我签的字。"建军这才明白老妈为什么非要离开，原来早与哥嫂商定好。什么时候商定的？建军什么都不知道。

第二天是公休，陈川菊叫薇薇一早接走飞飞，便随建军到西山脚下的老年医院。这家医院，距建军家一个半小时车程。

医院里设了两道门禁，看管森严，建军和陈川菊每经过那些患者的身旁，都会有患者给建军和陈川菊伸出大拇指，让建军不解。来到父亲的病房前，却看到父亲的双手和双脚都被布条牢牢地捆在床上。

莫非这就是为了保护病人，而采取的对病人的"行为限制"？看到建军和陈川菊到来，老父亲被捆的手脚都在挣扎。老父亲一脸惊恐，拉着建军的手，连连呼喊着："我要回家，我要回家！"

建军和陈川菊安抚父亲的情绪，又拿出带来的食品一一交代。而父亲如饿狼般吞吃的景象，让建军和陈川菊都心酸。

"爸，我接你回去！"听到建军的话，老父亲频频点头，他有时糊涂，此刻又似乎认识建军。此时，建军和陈川菊才明白，为什么那么多病人都在向自己伸出大拇指。

这是社会的悲哀！建军与医护人员交涉，要带走老父亲，却遭到拒绝。接收老父亲入院的一切手续齐全，建军无权带走！

建军长叹！叹的是母亲和哥嫂把事情做绝了，甚至将"捆绑老父亲"的权力都交给了医院。在回程的路上，陈川菊也禁不住流泪。"建军，还是商量一下，先把那个护工换了？"

第二天，建军再到老年医院，父亲因发烧已住进危重症病房。而一切病情的处置，医院只认可老大建国，因为老大是签字的家属。这，让建军束手无策。

他一次又一次来到老年医院，当那个主治医生也劝他放弃的时候，他的回答让那个40多岁的女医生都很伤感。"我现在还有父亲，如果一松手，我就再也没有父亲了。"

可以说，连两岁的小飞飞到老年医院的次数都比建国和吴云花多。

每次建军和陈川菊带飞飞去老年医院，都是轮番探望，二人中总会留下一个人照看飞飞。而不懂得什么叫生死的飞飞，每次都是在危重病房外，坐在她的婴儿车上，唱着许许多多的儿歌，时常还会发问。"太爷病病好了没？我也要去看太爷！"

飞飞对太爷好，或许是因为太爷对她的保护。在老父亲到建军这里养老的第二天晚上，毛毛和戴惠领着比飞飞大6个月的儿子薛宜也来到这里。毛毛近来除了需要建军和陈川菊照看孩子时联络外，其余时间很少和建军联系，更何况是幼儿园寒假期间，不需要建军去幼儿园接薛宜，他可以将孩子交给在京的岳父母照料。

当两岁多的薛宜将飞飞拽倒在地时，老年痴呆的父亲两眼怒视着薛宜，弯下腰将小飞飞扶起来，他只知道小飞飞是这个家里的人。这一幕，也被戴惠看得清清楚楚，她怒目而视这个薛家的已然痴呆的太爷，却没有说一句话。

戴惠有她心里的算盘。利益，是最高准则。

小飞飞的童真，不知道是否能让哥哥建国和嫂子吴云花惭愧，更不知道会让太姥有什么感想？小飞飞的童真，似乎让建军暂时忘记苦痛的回忆，他爱这个乖巧的小娃娃。

他的心头产生了一个奇思怪想。在对所有的亲人都失去信任、期待和情感上的企求后，他能不能把这个和自己没有血缘关系的孩子，视作情感上唯一的寄托？

从建军的家，到老年医院，建军从刚开始隔几天去一次，到两个月后的每天探视。

老大建国还需要几个月才退休，吴云花虽退休仍在返聘，陈川菊要照顾飞飞。往医院跑，舍我其谁？建军心甘情愿。但是家人对即将辞世的老父亲，态度相当冷淡，建军看在眼里，记在心上，想着自己到了这一步，恐怕还不如老爸。

2010 年 5 月 5 日凌晨 5 点 5 分，薛功瑾的心脏停止跳动。

来到老父亲逝世的病床前的是建国和吴云花，建军和陈川菊。他们在老父亲的遗体前站立许久，表情肃穆，而相同的一点，是这四个人都没有哭，连一滴眼泪都没有。一切都在按程序办。建国和建军平静地办理死亡证明，结清住院费用，去往太平间存放遗体，联系火化事宜并提前预约安葬。

这种平静，让医护人员都感到震惊和意外。

更让人意外的是，自从老父亲住院以后，老母亲虽然也曾经和建军来到重症监护室的医生办公室，却婉拒进入病房，她没有最后去看一眼结婚六十多年的丈夫。而老父亲的遗体送别和骨灰安葬，老母亲都没有参与。

老父亲去世之后，建军常常到木樨地探望独居的老母亲。随着老母亲搬迁到公安部第四研究所两室一厅的新房，与哥哥为邻，建军的心里才踏实下来。

在老父亲丧事办妥不久，毛毛的岳父母因事又回湖北。他们隔两个月就回去一段时间，已成常态。建军又继续日复一日地承担起到幼儿园接薛宜的任务。小飞飞仍处在姥姥和姥爷每天 24 小时的呵护之中。

建军和陈川菊都明白，在现实生活中，他们已经成为自己这一对儿女不花钱的保姆，是自掏腰包的厨师兼专车司机。这是中国式退休老人艰辛的日常生活，他们像一根蜡烛，一点一点地燃烧着有限的生命。

一件意外发生，打破了平静，也让建军不能再继续这种"自身奉献"的燃烧。事情起因在毛毛的岳母。9 月的北京秋高气爽，毛毛的岳父母又回到女儿女婿的三居室里。

一个公休日，建军接起电话，电话里只听得毛毛的岳母在喊："老薛，我把薛宜送过来啦，就在你家楼下，快过来接！"

建军急忙下楼，刚扶住婴儿车，毛毛的岳母便转身急匆匆而去。莫不是毛毛家里发生了什么事？建军将小薛宜带回家，安置在飞飞画板的旁边，然后赶紧拨通了毛毛的手机。"毛毛，你家里有什么事吗？薛宜现在在我这里……"

未等他把话说完，毛毛便打断说："我们有几个朋友聚一聚，回家晚，你照看吧。"

与子女通话时，往往让建军心里有按捺不住的一股气，好像这就是代沟所表现出的通话方式。

问："你在哪儿呢？"答："我在外边呢。"

问："今天晚饭回不回家吃？"答："我正忙呢，再联系。"

诸如此类的交流，让建军很厌烦。

建军将薛宜放在沙发前的塑胶地上，这是一块大约 4 平方米的区域，是建军专门开辟出来让孙儿辈玩耍的地方，有积木，有气球，还有各种玩具。恰值薇薇回家来给飞飞送奶，便一起和建军陪着两个孩子。

"爸，小薛宜今天啥时过来的?"薇薇随口问道。

"他姥姥可能有啥急事，刚送过来。"建军也随口答着。

"不会吧? 我刚才路过街心公园回家，还见到他姥姥跳广场舞，本来想打个招呼，隔着几个人，也就算了。"薇薇说者无心，建军听者有意。

天色已经昏暗下来，远处隐约传来广场舞曲。建军只说是下楼走一走，让薇薇帮着陈川菊照看两个孩子，然后就直奔街心广场。建军看得真切，这个平日里眼珠子滴溜乱转的老太太，此刻被几个老男人簇拥着，正在聚精会神地学着舞步。

建军看到这一幕，心底生出不尽感叹!

"我答应过让我爸妈享福，绝不能让我妈累着。"联想到戴惠曾经类似于宣言的表白，建军不禁自怜，也为陈川菊与自己的同病相怜而感到失落。在建军卖掉自己名下的房产而将房款无保留地交给毛毛时，他的确有心去改善毛毛的住房条件，希望能够让他已经退休的岳父母在北京安居。

而这一幕，让建军感慨。"人人都在追求享受，难道我和陈川菊就不应该享受生活吗?"

他有一种受欺骗的感觉。他怀疑，毛毛和戴惠在离家出走之后，又削尖脑袋回归这个家庭的动机。他有一种不祥之感，自己已经被毛毛和戴惠卖了，还在为他们数钱。他们回归这个家，是为了复仇。

不幸的是，建军的不祥之感，半个月后被证实。

回到家里，建军一言不发，半斤酒下肚，他已然是一个被自己灌醉的建军。

晨起，又是一天。在这个家里，只有建军和陈川菊，还有一个小飞飞。两个人照顾一个孩子的状况，在建军和陈川菊的眼里，已经是难得的安逸。

"你昨天怎么了，见酒就那么亲?"陈川菊发泄着不满，而建军也不想做解释。

毛毛是不是自己的血脉还没有证据，他曾经一遍又一遍地计算过贺梅的预产期，总觉得对不上日子。况且当时的情况也不允许自己去证实，但是现在他已经到了该做决断的时候了。

上午 10 点建军给毛毛打电话，毛毛没有接听。中午 12 点，建军给毛毛的手机上发去一条信息。"我身体状况不好。去幼儿园接小薛宜的事情，你们自己安排吧。"

晚上 5 点，建军终于接到毛毛的来电，他气势汹汹地质问建军："你为什么不去接薛宜！他是不是你的孙子？"

建军倒平静。现在，薛宜是孙子，还是自己是孙子？他已经不想再整明白了。

连着几天，建军都没有去幼儿园接薛宜，这也让陈川菊感到意外。夫妻间虽有妥协，但夫妻间的交流仍是空白。曾经的相互妥协，涉及的内容和薛宜没有一毛钱的关系。

陈川菊被蒙在鼓里。她多次给毛毛和戴惠打电话，却始终是忙音，她意识到建军和儿子、儿媳又有了新的问题。就连十一放假七天，他们也毫无音讯。

"又出什么问题了？"陈川菊追问建军。

"你把他们叫回来问问，不就清楚了！"在小事明白、大事糊涂的陈川菊面前，建军不想多说废话。好在儿子毛毛和儿媳戴惠，终于雄赳赳地找上门来兴师问罪！

"你为什么不去幼儿园接薛宜？"

"你知道别的孩子都被接走了，薛宜都急哭了吗？"

"薛宜是你的孙子，你为什么不管？"

质问、指责铺天而来，显然，他们是要讨一个说法。陈川菊愕然，却又在旁笑脸相劝。建军倒显得轻松，他抱起小飞飞，让飞飞站在自己的膝上，道："姥爷教你一首诗，姥爷念一句，你跟着念一句，好不好？"小飞飞连连点头。

世人都说神仙好，唯有儿孙忘不了。

痴心父母古来多，孝顺儿孙谁见了？

世人都说神仙好，唯有……

建军已经在内心放弃了别有用心的毛毛和戴惠，他再也不想理会毛毛和戴惠的各种表演，一曲《好了歌》，建军觉得足够，足够让他们明白。

"你别装糊涂，我让你这辈子见不到你孙子！你信吗？"戴惠终于指着建军的鼻子破口大骂，毛毛立即起身隔在建军和戴惠之间！

"你滚过来，把话说请楚！"建军坐在地上抱着飞飞，一时间不能起身。待建军起身将飞飞抛在陈川菊的怀里，赶出门去，已是在楼层的电梯内。建军一把抓住戴惠的衣领，道："给我滚回去，把话说清楚！"

毛毛却按住建军的手，手臂抵住建军的咽咙，让建军喘不过气来！孰近孰远，尽在此时此刻建军的心头！

该散场了，这是建军此时的心情。陈川菊似乎还不明白，仍在责怪。"你又喝多了，别惹事，怎么喝点酒你就要闹出点事！"

这是陈川菊的偏见，无论在任何场合，她都说过这样的话。可以说从结婚到今天，她从未真正理解过这个敢爱敢恨，以文学为毕生追求的建军。

社会层级上，她是军队副师职，他是地方科级干部，差得太远。而真正的差异在于文化层次上的差距。这是解释建军与陈川菊、舒霞之间关系的佐证。之所以走到今天，是一个放牛娃从未嫌弃过一个工人，而那个文学作者同样存在着对放牛娃的敬重。

而此时此刻，建军想的却是把事情挑得愈大愈好，这是陈川菊绝对没有想到的。陈川菊唯恐事态严重，而建军早就想通过事态的放大，断掉毛毛和自己所谓的父子关系。这也许是几个月后，老太太意图放弃与建军母子之情的根本。即便如此，建军也认为，自己的处置并没有错。

建军追到自己出资给毛毛购买的新居后报警，并以戴惠漫骂为由要求道歉。

戴惠以揭发建军曾与舒霞不正当关系为由，将建军骂得一钱不值。陈川菊却一再向警察道歉，表示建军喝多了，今后一定会约束建军。而建军却将警察接警后的询问记录收起，作为父子感情决裂的佐证。

毛毛最终也有表态。从派出所出来，警察让毛毛送建军和陈川菊回家，途中毛毛突然一脚刹车，险些使陈川菊的额头从后排座碰撞到前风挡上。

建军冷眼问道："你有病吧?"

毛毛看了看建军，道："我看到一条狗。"

陈川菊知道，毛毛这个话，是说给建军听的，陈川菊也有火，却不能介入这个父子之争。究竟是不是血缘上的父子? 不管是与不是，陈川菊知道，自己绝不能介入。

事情闹大，越大越好，自然无法周旋。彻底决裂，很正常。建军达到目的，谅陈川菊也不会再原谅毛毛。

曾经担心的投鼠忌器，已不再"忌器"，于是就有了明确的指向。彻底决裂，建军从来没有这么轻松，他甚至有些快慰。

第十三章　失去最后一根稻草的众叛亲离

建军已下决心和毛毛彻底决裂。虽然在毛毛刚刚 11 个月时，自己便开始养育他，父子俩共同度过"相依为命"的岁月，这一点上看毛毛是不是自己的亲骨肉似乎已无关紧要，但父子之情早已荡然无存，还有留恋的必要吗？

建军已经和那个弄不清楚是否和自己有血缘关系的儿子，画了一个句号。毛毛血盆大口张开，一口一口地撕咬着建军，他早已将建军咬得遍体伤痕。相比较之下，当初继女薇薇还能有扑在建军怀里大哭一场的茫然，显然，建军感情的天平应当偏向薇薇身上多一些。

建军已然和毛毛决裂。从未过问薛功瑾生死的老太太，曾经不止一次问建军："你下决心啦？"

而每次，建军都会断然回复："我没有这个儿子！"

此时此刻，建军历来对母亲的恐惧和依赖，也已经终止。从小承受的母爱让他惶恐，他感到在母亲和父亲如同陌路的六十年婚姻中，他感情上的天平已然倒向逝去的父亲。

"我不和他葬在一起！"这是母亲曾经一遍又一遍说过的话。

老大建国和吴云花都听见过，老二建军和陈川菊也听见过。别人不曾多言，大儿媳吴云花却跳出来表态："老爸老妈结婚六十年，哪能让他们分葬异处？"

这是薛家的事，准确地说是老大建国和建军的家事，轮不着儿媳说三道四，即使吴云花说的是对的，但她的表态，仍让建军反感，他对她的反感源于吴云花对她的父亲临终的表现。

那时，吴云花的父亲曾经向女儿和女婿讨水喝，但老人家患有老年痴呆，会把屎尿不自觉地抹在墙上，多喝水，也意味着多屎多尿，谁来收拾？吴云花居然控制着她的老父亲的饮水量！

当她的亲生父亲奄奄一息之际，她曾问弟妹陈川菊："现在，是不是该送到医院，填写死亡证明书？"

而从事临床工作多年的陈川菊坦言："应该是的。"

她的弟妹毕竟是做了二十年的临床工作。而到了医院，经过抢救，几泡尿下来，老人家又活了过来。为此，吴云花埋怨陈川菊的临床经验不足，这也曾经让陈川菊很尴尬。

也许就是因为嫂子没有善待其父亲，让建军不能将父母的临终照料交给哥哥建国。

父亲的去世给建军留下的伤痛，老大建国不会理解，因为他的心没有那么重。是建国超脱，还是建军不够超脱？

从来都认为老大就是老大的建军，此刻已经明白，老大未必就是自己心目中传统的老大，那个在传统意义中，"除了老爸，就是长兄"的老大。

在建军下决心和毛毛决裂的那一段时间，薛家一切风平浪静。已经年过花甲的建军和陈川菊，已经心如死水。北京电视台科教频道播放着一档"调解"的节目，很多调解内容与房产相关，无非就是兄弟姐妹之间的利益相争。

"你把薇薇赶走了，毛毛拿走35万，薇薇的利益怎么保证，你就不想做公证？"这是陈川菊的心愿，用公证，作为对女儿的补偿，作为保证女儿今后利益的法律依据。

而建军作为一个将生死都看透的人，自然应允。他想到一句话，"赤条条来去无牵挂"。

他和她，分别拨通北京司法局遗嘱库的电话，报上姓名、身份证号等候。此时此刻，能够在遗嘱库留下遗嘱的时间，已经排到了一年之后。

建军也没闲着，他在回去看望老太太的时候，提出要将自己的户口迁回木樨地。他的本意太清楚，或许是和陈川菊虽做一时权宜的妥协，却又没有共度白头的把握，或许是能够和陈川菊共度百年，又要控制住不能让毛毛和戴惠卷土重来。

老太太自然明白，不阴不阳地说："我老了，你们想怎么办就怎么办。"

月坛派出所的户籍底账里，仍能反馈出建军户籍的变化。一般情况下，办理户籍需要户主同意，老太太作为户主虽然不肯同行，但独自办理迁移的顺利超出建军的想象。

此时此刻的建军，像个没头的苍蝇，不知道向北还是向南，向东还是向西。

老一辈和第二辈仍深陷于惶惑之中，但绝不影响第三代的情绪。

女儿和女婿要置换新车，第一次置换是薇薇与燕培结婚的当年。那是燕培和前妻离婚时唯一划归他的财产，第 6 个年头的国产派力奥，已经不能满足他们对美好生活的享受。因为燕培和薇薇没有能力交全款，便通过贷款方式，购买了一辆日产飞度。

第二次的置换新车，发生在建军和陈川菊的婚姻仍不稳定的时候。日产飞度，仍嫌低档，薇薇和燕培又用建军的车加价置换成速腾，也许感觉开速腾有面子。当然，陈川菊绝不能让她的女儿女婿吃亏，建军也没有多说。

自然而然，飞度甩给建军。薇薇坦言，"飞度是自动挡，让老爸开车轻松些。"

薇薇的"好意"，建军领受。其间却冒出一件让建军和陈川菊之间产生老大的不愉快的事情，但建军从未谈起，他不想谈，因为这是一道谁也不愿去解开的题！

去永辉超市买菜，刚刚驶出存车区域，飞度再也点不着火。车上有陈川菊和飞飞。

已经上幼儿园中班的飞飞叫道："姥爷，是不是没油啦？没油就不能走啦！"

建军对飞飞道："姥爷前几天刚加的油，是满箱的。"

陈川菊不满，沉着脸，道："连3岁多的孩子都知道没油，你能干点什么，你猪脑子？放在这吧，让燕培下班后来办吧。"

这种骂，建军经历得太多。陈川菊甚至在大庭广众之下也这样骂。建军的态度是忍。当然，建军心理上有所准备，他想，今后或许会"各走各的路"。

车停在路旁，建军坐在驾驶位，一时也没有更好的办法。陈川菊和飞飞自行回家。此时，建军却发现一张高速路收费单据。这张收费单据，足可以说明行驶的里程，耗尽了整箱汽油。

建军此时才恍然大悟，原先的派力奥满箱汽油指针是向上，而飞度满箱汽油的指针是向下。燕培这几天曾跑过高速远程，用尽了满箱油，却未曾和建军说过一句！自己虽是十多年的驾龄，因为对车型不熟悉，冒了傻气！

他不想按陈川菊所言，因为自己的失误，欠燕培这个人情。此时的陈川菊，虽然常常与牛哄哄的女婿闹出言语上的不愉快，但毕竟在她的心目中，建军不过是个遭人厌烦的酒鬼，在今后的人生中，或许这个女婿比这个酒鬼更重要。事到如今，建军更不可能让毛毛来给自己的失误擦屁股。他只有唯一的选择。

他打通了老大建国的手机，说明情况。建国一听，问明建军的准确位置，便道："你等着，我现在去找你！"

十多分钟，建国开车到达。建军知道，老大是开快车赶过来的。建国取出拖车的牵引绳，却没想到飞度车前保险杠曾经被撞，牵引绳已经穿不过去。鉴于国家对汽油售卖的严格控制，现在唯一的办法，就是推着飞度车到半里多地外的加油站加油！

老大建国让建军上车控制方向盘，他在车后奋力推车。虽说飞度是小型家用车，毕竟这两兄弟都已年过六旬。这是一段上坡路，建军下车，一边掌控方向，一边使出百分之二百的力气推车。他知道哥哥身体不好，自己能多使出一点力气，哥哥就会轻松一点。

半里多地的推车，让这两个年逾六旬的亲兄弟累得脸色煞白。而老大建国在将车差不多推到加油站时，一直扶着车身，都快累得站不住了。他知道，老大建国也在付出全力。这个付出全力推车的老大，让建军眼眶有些发红。

"衣服破，尚可缝，手足断，安可续?"这是中国的传统老话。无非是重视兄弟情的意思。这句老话，不过是建军的推崇，这年头，在重大利益面前，又有谁能靠得住?

"换了没?"这是那些下海经商捞了第一桶金的暴发户，在生意场相见时常常调侃的问候。那时的建军在市场开发部，免不了要和那些生意人打交道。所谓的换，是指是否换了一个情人，甚至是指是否直接换了老婆。

建军目前的处境，虽然表面上已经度过这次婚姻危机，但彼此的不信任依然存在，他信任自己的哥哥，要强于陈川菊。而对这种心态，陈川菊也不回避，她要用司法公证书来保证自己和女儿的利益。

兄弟俩推着没油的飞度。这个上坡路段仅仅数百米，但已使两个年逾花甲的兄弟竭尽全力!

"老大，咱们找个茶室，坐一会儿。"看着哥哥嘴唇仍是发紫，建军想让建国休息一会儿再走。但是让哥哥回"那个家"休息一下，建军没想过。自己和陈川菊不过是相互妥协，此时此刻的建军，并不把那里当作"自己的家"。或许是建国不想参与弟弟建军的家事，或许是瞒着吴云花给建军救急，建国急于回去。

这一段往事，建军从未与陈川菊提起。同样，这一段故事，饶舌的吴云花也从不曾谈到过。唯一的推理结论是，建国也从未与吴云花提起。建国对弟弟的付出，或许不想告诉她。

各家有各家难念的经。永远担任家庭生活中的配角，也必有苦衷。这就是自己的婚姻，这就是自己的哥哥的婚姻。

建军虽然和陈川菊互有谅解，彼此仍有隔阂。陈川菊不知道这个"祖孙三代的一家"能维持多久，建军的梦里也常常出现舒霞的身影。

好在这个"祖孙三代的一家"日常的生活归于平静，每个人也有了明确分工。每天建军开车送飞飞到军区幼儿园，陈川菊照顾飞飞的日常起居，而飞飞的学前教育，由建军承担。飞飞跟着建军学歌谣、唱童歌、讲故事，甚至是算算术，称建军为姥爷老师，这也诱发建军用自己的方法去培养小飞飞的想法。

甚至小飞飞的牙牙学语，最先叫出的，不是和她最亲近的姥姥，也不是她没有尽到责任和义务的爸爸妈妈，是姥爷。"姥爷"两个字，是小飞飞挺着小肚皮一个字一个字地蹦出来的。但建军依然在苦闷，深陷在感情的旋涡。

有一次看望老母亲，他看到老母亲两室一厅的房间里，其中一间作为卧室，另一间堆满杂物。"妈，这是什么东西？怎么堆得那么乱？"

肖老太太的目光躲闪着："是别人的，你不用管。"

恰值老大建国从隔壁家里过来看望老太太，端着一盘饺子。闻得建军与母亲的对话，老大建国放下饺子，急忙地转身告辞，回自己的房间。

建军心中一沉。他知道，老太太和老大都有事瞒着自己。什么事？必然和毛毛有关。回到家，建军打开电脑，打出三个字，"阿黛拉"。这是戴惠的网名。戴惠几年前就开始在她的博客里或发上几张照片，或写上几句文字，其中也不难看到毛毛和戴惠的一些生活轨迹。毛毛曾向建军提到过这个博客和网名，只是建军当时并不曾在意。

打开博客，建军震惊。通过博客表露出的信息，显示毛毛和戴惠已携薛宜移居瑞典，并在瑞典投资开了一家店，还取得了在瑞典长期居住的资格。建军此时才明白过来，自己给毛毛投资的35万打了水漂。当时总价不足百万的那个三居室升值数倍，卖房所得的500万，成为毛毛出国去淘金的原始资本。博客里还有戴惠的几张侧身的大肚子裸体照片，无非是表明戴惠又怀上第二胎。

更让建军震惊的是，戴惠在数月前的短文里将建军骂得狗血淋头。什么没有人性恶毒拆散夫妻，什么品质不良包养情妇，什么将孙子扔在幼儿园给3岁的薛宜留下永久的心理创伤，等等。

建军震怒！这个怒，不仅指向毛毛和戴惠，也指向老太太和老大建国。在建军看来，所谓移居瑞典不过是已经毫无情分的毛毛和戴惠卖房后的携款逃离，逃到国外，而老太太和老大建国明明知道事情的真相，却在刻意对建军隐瞒！建军站起身，一拳砸在书桌上，只觉得眼前一黑……

"中风"——医学上又称作脑卒中。待建军醒来，已是在301医院的病床上。他的手臂正在输液，是溶血剂。而身边陪伴他的，是半年前曾经将离婚提上人生议程的陈川菊。

抢救及时，脑卒中缓解，第三天出院。当建军站起身，却感觉左腿不听使唤，从病床到病房门口走了几步，就如同两条腿踩在棉花上，每一步都很吃力。他走上了艰难的康复之路。

与陈川菊几年来的同床异梦，让他的感情的天平偏向年迈的父母和老大建国。在父亲病故之后，他更珍惜与母亲和哥哥的情分。但他绝对没有想到，自己被母亲视作眼中钉，视为不孝之子。而他却仍然选择对母亲隐瞒病情，唯恐老母亲为自己担心。

而此刻，陈川菊也彻底放弃了她曾经全身心养育过的继子，为建军抱不平。在建军艰难的康复之路上，全程陪伴的是陈川菊。每天早晨她都要乘医院的班车去送飞飞上幼儿园，然后又要陪建军到军区下设的康复医院，或针灸，或理疗，或按摩，或是作高强度康复训练。而这些治疗费用，多数又不在公费医疗报销的范围内。

下午陈川菊又要步行半个小时到幼儿园，接飞飞乘班车返回。她的辛苦，建军心里有数。

更难得的是，陈川菊依旧按照建军以往探望老太太的规律，每周都会买些食品和补品，替建军去探视老太太。不必讳言，陈川菊也会向婆婆倒苦水，更会说一些毛毛对建军的伤害。她太清楚，对毛毛和戴惠的所作所为，建军有太多的迁就，以至最终被毛毛和戴惠所伤。

虽然在薛家的儿媳里面，老太太最看好陈川菊，但由于建军和陈川菊几年来的吵吵闹闹，她也有自己的想法。更何况亮亮被赶出家门直至后来患白血病而亡，毛毛和戴惠携重孙子薛宜远涉重洋，都被老太太认为是建军的赶尽杀绝。

她希望儿孙们未必有出息，吃两口咸菜窝头，平安就好。她反感儿子建军的做法，她不能迁怒于儿媳陈川菊，但心里显然对陈川菊仍有看法，觉得她的强势，是引发与儿子激烈冲突的重要因素。

在建军年轻的时候，老太太便觉得老二建军的性情刚烈，但她没想到在自己风烛残年的时候，建军闹出了这么大的动静。84 岁的她，只期求一个平静的晚年。

就在陈川菊去看望老太太的第二天上午，陈川菊将飞飞送到幼儿园后返回家里刚刚坐下时，敲门声响起。既没有提前来过电话，也没有在昨天对陈川菊说过只言片语，肖老太太已经站立在门口。陈川菊又惊又喜："妈，您怎么来了？这么大岁数，一个人乘公交？太危险啦。"

肖老太太倒平静："我来看看阿毛。"

建军坐在沙发上，用两只手撑起身子，却又有些艰难，起身不得，便又坐下。建军示意老母亲坐下，又示意陈川菊沏茶。老母亲到来，建军喜出望外，作为儿子，虽然已值花甲之年，但再大也是儿子，他也想跟老妈聊聊天，说说心里话。

没想到老太太看了一眼建军，便从兜里取出 500 元，放在建军面前，转身对陈川菊道："我只是来看看他，我回去了！"

说罢，老太太转身便走。老太太的这种举动，让陈川菊惶恐："妈，您坐一会儿，坐一会儿。"

建军欲起身，又哪里站得起来？眼看老母亲已推门而去，只顾得叫陈川菊跟着老母亲，千万别出什么意外。

陈川菊跟定老太太，直将老太太送到 66 路车站。66 路公交直达公安部第四研究所的南门，上了车就多少也能放心。陈川菊是佩服这个老太太的，耳不聋，眼不瞎，思维敏捷，甚至身体状况也远远优于同龄人。

就此，建军由衷叹道："我在 21 岁写《棠棣魂》这本书时，只求能再有三年的寿命，来完成这本书的创作，没想到父母的基因让我活到今天！"

老太太的造访，让陈川菊百思不得其解，她的情商远不如建军。"建军，老妈要来看你，却连坐都不坐，什么话都不说，扔下 500 元就走？"

建军叹道："这是老太太赏赐我的分手费。老太太连在她原先养的那条狗死的时候，都在狗的衣服里留下 100 元钱。我在老太太的心目中，比狗强多啦。"

老太太在得知建军脑卒中之际，虽说是看望儿子，却没跟儿子说一句话，仅仅是扔下 500 元钱，便转身而去，对此建军耿耿于怀。

陈川菊见建军阴阳怪气，也不便多问。

建军的康复，靠的是建军超越常人的顽强，也有赖于陈川菊对建军的呵护。或许，陈川菊是为失去前夫李作而伤感，而唯恐建军也离去，使得她对建军有更多的包容和迁就。她是传统女人，她知道已不可能夺回自己曾经在建军心目中的位置，又恰恰因为她是传统的女人，也不会丧失她在建军心中的位置。

细想起来，建军心里也难做判断。虽然退休多年，却总也抹不去那个影子。

《棠棣魂》，在网络世界被划归为草根文学的作品，当时已成为知名网站原创文学作品点击率的第一名。他曾经心中的最重，随着时代的变迁，三十八年后，既然被时代所接受，那么也可能会被出版社出版。建军出书的心愿，陈川菊看在眼里，却不敢承诺。

都说家和万事兴，经过几年的夫妻争斗后，作为掌管家庭财务的陈川菊终于说出一句话："家里，只剩两万元存款。"

当初的数十万到如今只有两万？建军相信陈川菊说的是实话。给毛毛35万，给薇薇的也不会太少。在儿女和两对亲家眼里，建军和陈川菊是摇钱树，是冤大头。更何况还有更深一个层次的考量，那就是存款已经转移，自然是转移到薇薇名下。

建军无言。自己没有考虑过退路，陈川菊也不会。只是彼此太了解，彼此的性情又太相像。如果是一个温柔贤惠的女人，或者明言是一个示弱的女人，到不了这一步。到了山穷水尽，陈川菊的示弱显得有些晚，毕竟对于他们两个苦心经营的家，损失巨大。

建军和陈川菊都明白，这个家，要从头开始。建军的想法，是从家里开始，而陈川菊，将感情寄托在毫无渊源的一个军区医院的女职员身上。

这个女职工姓白，也是"文化大革命"前的一名大学毕业生，为了爱情，情愿放弃干部身份，追随她心中的偶像。这原本可以理解，但她的那个偶像，窃取"非典"病理的实验成果，逃往国外，说穿了，就是出卖国内的科技成果。对这种人，建军恨之入骨。可笑的是陈川菊居然与这位比她大几岁、彼此间过去毫无关系的白女士成为莫逆之交！

建军不明白陈川菊到底有着什么样的"三观"。

"三观"的帽子有点大。在建军眼里，陈川菊的思路，依然是农村女娃的思路，有他欣赏的一面，也有他不能容忍的一面。陈川菊虽为副师级军队干部，却远远没有达到拥有这个级别干部的文化层次和认识水准。

建军也意识到，她相处的朋友，多数文化程度不高，有卖菜的，有收破烂的，还有军队的职工，甚至是社区的清洁工。

社会金字塔的理论，小飞飞都能明白，而这个副师级干部的陈川菊却糊涂。通常建军和女儿聊天的话题更融洽。薇薇和陈川菊聊天时，偶尔发点小脾气："妈，你会不会聊天？"

这是小棉袄的作用。在职场，薇薇有她的母亲没有体验过的历程，她佩服老爸的才华，觉得迷倒了一大片闺蜜的老爸才是真正的男人，她与陈川菊虽有血缘关系，但她更愿意和老爸在一起，和老爸聊天可以听到老爸的许多教诲，而这些教诲，老妈不会说，也理解不了。

这位姓白的女士应邀到家里来，谈话间连连追问建军："听说你们前一段时间要闹离婚，究竟是为什么？"其实这句话已将陈川菊出卖了。可以理解为，陈川菊对这个姓白的"汉奸婆"的信任，远远超过她对建军的信任！一直在寻求夫妻间矛盾能够缓解的建军，却遭到一个"汉奸婆"不知趣的追问。

"地球是方的还是圆的？煤球是白的还是黑的？"建军已经没有道理和陈川菊表述。如果那个姓白的"汉奸婆"说什么，陈川菊绝对信任，那么表示家庭话语权不在丈夫，也不在女儿女婿，当然更不会在已经被建军放弃的儿子和儿媳，而是落在旁人手里。建军觉得陈川菊真的是疯了。这个疯，是她的思维方式出了问题。

说这个姓白的女人是"汉奸婆"，一点也不过分。她的丈夫本是部队副军职的技术干部，却将军队科研成果偷盗到国外，为此受到单位的追查，并被停发了两年的工资。建军痛恨历史上的汉奸，也鄙视当今的"汉奸"，自然对这个"汉奸婆"有天生的排斥。

"我太累了，什么也不想管了。"这是陈川菊的心里话。建军看着陈川菊失神而又疲惫的眼睛，虽有怨恨，却也怜惜，他的心态是复杂的。

时值美国1999年发生次贷危机，股票行情巨跌。薇薇手中有十余万元的股票投入，建军几次让她退出来，薇薇却说，"爸，不行，退出来就亏了。"

几次催促，都没有作用。建军已然明白，这个家，已然不是过去的那个家，他的话，在薇薇眼里，不值分毫。几个月之后，薇薇又问建军："爸，跌到底了，怎么办？"

建军没好气，道："怎么办？趴着！"

这就是一个家庭"家和万事兴"的负面缩影。

建军已经明白，年近六旬的自己，在薛家的大家族里曾经是中流砥柱的自己，已经沦为一个被边缘化的成员。或许是在父母纠结一生的情感纠葛里，自己站错了队？或许是因为自己曾经对母亲权威的挑战？或许是自己的存在，影响到家族成员的潜在利益？

　　而自己和陈川菊这个再婚的家庭，在二十多年后，随着各自儿女的成家立业，在经济利益的相搏中，也已经千疮百孔。

　　此时此刻，建军实实在在地一无所有。在计划生育的那个年代，三口之家是常态，即父母加一个孩子。三十年后，建军和陈川菊，再加上一个天真可爱的小外孙女飞飞，依然是三口之家。

　　建军咬咬牙，接过陈川菊递过来的仅有的两万元存款凭证，只说了一句话："把飞飞当女儿养！"

　　陈川菊愕然。

第十四章　将外孙女当女儿养

建军的表态出乎陈川菊的意料。

几年里焦头烂额的纷争，让陈川菊也显得苍老了许多。女儿女婿已经被建军赶出家门，儿子和儿媳也被建军轰了出去，真不知自己这几十年的岁月里，为谁辛苦为谁忙？

好歹，身边还有一个小飞飞，那是自己的骨肉。

在那段时间里，女婿燕培的妈也曾不知好歹——雄赳赳地质问陈川菊："你们把我儿子和儿媳赶出来，怎么不一块把小飞飞也赶出来？小飞飞姓燕，我们燕家就是吃糠咽菜，也能养活他！"

当时的那个亲家母，并不知道他儿子出手打伤了老丈人，颇有兴师问罪之态。

此时陈川菊的姐姐和姐夫，远在四川，却不明白这个最能干又最有主意的妹妹家里究竟发生了什么，对陈川菊也有微词和不满。

和建军的处境相同，陈川菊也是四面楚歌。同为天涯沦落人，更何况毕竟也做了二十多年的夫妻。建军扶着沙发的靠背，吃力地站起身，道："三十年功名尘与土，八千里路云和月。……待重头收拾旧山河——"

这就是一场闹剧的尾声，是新的"一家三口"的起点，也是建军和陈川菊谁都不曾想到的尾声和起点。陈川菊并不知道建军信口念出的"宋词"的出处，但她感觉到，真正能依靠的，也许就是这个似乎并没有把她真正放在心里的这个男人。但她仍心有余悸，她不会完全信任他。在她的眼里，他只不过就是一个酒鬼。

其间，建军办了几件事。

首先是将自己的户口调回来，他对母亲和哥哥再无所求。将户口调回来，是为了解决自己到社区医院进行脑卒中康复的报销费用问题。当初，之所以把户口迁到老太太那里，只是想给自己留一条后路，更重要的是要控制住薛家遗产的纷争。现在户口上有老太太、毛毛、亮亮和毛毛的儿子，这不免让人担心。

而现在的他，已经没有心思再去管薛家家族的事情了。倘若老太太有个意外，留没留遗嘱，自己能不能得到遗产，无关紧要。人人都跟乌鸡眼似的夺食，让建军心寒。

建军打电话给老大建国，说明自己的想法。建军脑卒中之后的一年里，建国从未曾登门。头天晚上打的电话，第二天上午，建国和吴云花便来到建军家里，嘘寒问暖，吴云花的关心让建军感到肉麻，浑身直起鸡皮疙瘩。建国取走了建军的身份证和万丰路18号院陈川菊的户口本。

在建国和吴云花取走户口本和身份证的第二天，建国和吴云花没有提前打电话，却面带喜色，突然敲开建军的家门。"办妥了！"

建军腿脚不便，自然又是陈川菊做了一顿像样的饭菜。兄嫂吃饱喝足，当然舒坦，乘兴而来，满意而归。建军迁走户口退出纷争的态度，让吴云花的心情好了很多天。建军的户口迁出不久，老大的户口又迁了进去，这是后话。

建军办的第二件事，是和陈川菊办理遗嘱公证。在公证处，建军和陈川菊分别就近200平方米的房产做出明确表示，属于自己名下的部分归薇薇所有。建军还特意加上一笔，今后自己名下的新增财产，均归薇薇所有。实际上已经明确，如有归于自己的遗产，仍归女儿。他剥夺了毛毛的继承权。

建军的表述让自己在感情上和毛毛画上句号，尽管不可能再做亲缘鉴定。建军的这个决定，也源于毛毛的表现，建军对毛毛的现在和将来都不认可。

建军办的第三件事，是房产登记。在公证遗嘱后不久，万丰路18号院住房面临产权登记。在产权登记书上，建军未与陈川菊商量，便填写了表格，表格上是建军的笔迹。产权人，陈川菊。共有人，陈薇薇。陈川菊占1%的份额，陈薇薇占99%的份额。

对于建军的填写，陈川菊不解。你的呢？是不是薇薇占得太多？

建军坦然，给薇薇多些，是为了以后少交遗产税。"你有百分之一，就有我的百分之零点五！你还怕薇薇把我赶走？"建军对女儿虽不满，但他仍信任女儿，女儿和心底的那个她在性情上有太多的相似。关键是女儿的人品，薇薇从小就真诚和善良。

建军办的第四件事，是准备出版《棠棣魂》。由于种种原因，原计划三个月就可以出版，却一直拖了八个月。

好在结局令建军满意，这本书在一年后得以公开销售，且成为业界瞩目的畅销书。之后不久，建军又出版了一本文集《一年只有十二天》。建军在出版了两部作品之后，很快加入了北京丰台作家协会，跻身为作家协会的一员。

在这短短的一年里，建军计划要办的事情件件如愿，而且家里的经济状况也有所好转。既有支出，又有收入，好歹也留下约10万元的存款，能够应付意外开支。建军很快就可以办理正式退休了，正式退休的退休费不会太低，家庭危机已然有了最终的结果，可以说建军度过了最危难的时期。而这段过往，却如梦魇，改变了他的性情。

他好像对什么都不在乎了。他永远是那副看不出喜怒哀乐的表情，即使在陈川菊认为非常可笑的事情上，建军也无动于衷。好在脑卒中的后遗症有了很大的改善，对此陈川菊的心里是宽慰的。

但陈川菊并不担心建军会患上心理疾病，虽然她很少看到他对自己有一丝的笑容，但在小飞飞的面前，他的笑容有如飞飞的笑容般天真。他会和飞飞趴在地上一起玩积木，蹲在地上和飞飞一起画画，还会抱着飞飞一起唱儿歌，每天临睡前，飞飞都会钻到姥爷的被窝里，缠着姥爷老师讲一个故事。

建军的几步棋，让陈川菊动情，她对建军有太复杂的评价。她知道建军的心里还是有自己的，但此时此刻的爱，已明显有别于往日的夫妻之爱。

建军真正的爱，早已给了与自己毫无血缘关系的小飞飞，那是他下一步的人生规划。三口之家，他承担起父亲的角色，陈川菊在承担母亲的责任。可悲，可叹，可笑。

他们共同见证着飞飞一天天的成长，也获得心底的欣慰和满足。

在小飞飞的眼里，姥爷是属于自己一个人的老师。从上幼儿园中班开始，她好像就明白了姥姥和姥爷的分工：生活上的照顾归姥姥，学习和玩找姥爷。话还没说利索的娃娃，常蹦出几个字，"姥爷爸爸"，"姥姥妈妈"。

薇薇不是自己的骨肉，毛毛或许也不是自己的骨肉，他们姐弟俩都未曾有一个完整而快乐的童年，建军要让飞飞有一个完整而快乐的童年。可以说，建军对飞飞无论是情感的付出、精力的付出还是经济的付出，都是真诚的。之所以说是真诚的，是因为他对飞飞的爱既不克扣，也不铺张，他给予飞飞必备的良好的物质，也关注她身心和品质的培养。

轮滑、滑冰、骑自行车、游泳、珠心算，这些学龄前孩子们常常学的东西，飞飞样样都会，这让建军获得不小的成就感。更难得的是飞飞的情商高得超出自己的想象。

幼儿园开展学前教育，课程无非是小学低年级的，要求家长们陪同和辅导。这是建军的管辖范围，自然由建军负责。陪同的家长，几乎都是些年轻的爸爸妈妈，满教室里，唯有建军两鬓斑白。

这长达半年的学前教育对建军来说是艰难的，他每天都要陪着飞飞听一个半小时的课，上课结束后，建军极为吃力地站起身，腰像折了一般，腿脚也挪不了步，许久才能恢复过来。毕竟，建军还有脑卒中的后遗症。

每逢此时，飞飞都会用她肉嘟嘟的小手帮助姥爷轻轻地捶着腰。四年后，她把这段学习情景写进她的作文里。在那篇作文里，她还写道，"要好好学习，报答姥爷对她的期待和教诲。"看到这篇满分作文，建军分外高兴，这是小飞飞对建军的回报。

飞飞该上小学了。她的户口在她爷爷奶奶名下租赁的旧平房里，自然要到户口所在地报名。而那间名为城市中心的平房，不过是一个大杂院。当初只因为那个位置靠近市中心，几度被列入拆迁计划，才将飞飞的户口落在那里。

这间平房，有正式租赁房一间，约 9 平方米，接出来一块违建，加上厨房厕所，总面积 18 平方米。冬天没暖气，夏天没空调，无论冬夏都要出院门上公共厕所。

飞飞的爷爷奶奶不愧为皇城根的老北京，语言表达能力极强。"你们要是不带，我们带！"

这种掷地有声的承诺，让建军这个搞了一辈子语言和文字的工作者自愧不如。其前提是建军和陈川菊不带，但倘若陈川菊和建军不带，恐怕还会有另一番说辞！

燕培说得更干脆，他向陈川菊表白："妈，我已经找施工队重新装修过，还买了两个电热暖气。不过薇薇从小就在军队大院里长大的，住那个环境，我怕委屈了薇薇。"

——怕让媳妇受委屈，不怕让谁受委屈？

陈川菊心里也矛盾。飞飞刚出生就被羊水呛了，出生后没几分钟，就被送进急救箱。这幸好还是及时发现，否则会因缺氧致使大脑受损，甚至丢了小命。为了这个唯一的隔辈亲骨肉，陈川菊几年里没有睡过一个安稳觉。一开始大家谁都不敢给飞飞喂水喂奶，所有的一切都是陈川菊小心翼翼地在做。

薇薇和燕培被赶出去以后，陈川菊每逢喂奶喂水时，建军都极为担心。倘若再呛一口，出现意外，谁知道会出现什么局面。陈川菊或许会成为那些既不愿出力，又不愿承担责任的享乐主义者们的"众矢之的"。

从小飞飞出生的那一天起，陈川菊就是超级月嫂兼超级保姆，也替代了飞飞母亲的角色。建军明白，如果没有陈川菊，小飞飞不会有今天的聪明和健康。而此时，与小飞飞毫无血缘关系的建军却无言。无言，自然也不乏自知之明。

生活和居住条件极差，谁去陪伴飞飞读书？陈川菊犯难。

人人都要享受，六年多来，陈川菊身心俱疲，也感到力不从心。更重要的是，为了自己的隔辈骨肉，自己能豁出来，但建军呢？如果自己去陪读，建军的选择呢？

她没有理由要求建军一块去为飞飞陪读。建军虽说当过兵，能吃苦，也经历过艰难的岁月，但他毕竟也是在公安部宿舍长大的，去犹如贫民窟的地方生活，使不得。

她没有权力让建军为这个与他毫无血缘的娃娃做出牺牲。更何况惹恼了建军，天晓得他又会做出另一番什么选择，或分居，或者干脆离去。

建军已经不再是过去的建军，一旦出现矛盾，出状况也不过是分分钟的事。

"我不下地狱，谁下地狱？我们一块下地狱，去陪读吧。"建军话语声很轻，陈川菊感受到建军毁灭自己的潜在心绪。

电视里是北京一台播出的养生保健的节目。漂亮的主持人总是在以邻家女儿的身份，告诫叔叔阿姨们要如何如何地长命百岁，意图将"长生不老的秘诀"昭告天下。陈川菊也是主持人的粉丝。

或许陈川菊是深受她的职业的影响，建军就从未受这些长寿秘诀的诱惑，他有他对生死的认知。从命运来说，他应该已经死过几次了。少年时代从三层楼房的脚手架上跌下来，捡回一条命；"文化大革命"时期打架，又捡回了一条命；当兵在息峰执行任务时摔倒险些落下陡壁，又捡了一条命。

他有几条命，又该过几个坎？他不在乎，只要活得自在。他已经将生死置之度外，他在寻求一个超脱的境界。

是佛门？是道教？还是空想社会主义？

毕竟，他置身于现实。现实的悲凉，让他失落。他在寻求一个更高的境界，那是陈川菊根本不可能理解的。

他累了，死去才是解脱。他每天喝酒，而且每天至少喝半斤以上的高度酒，他在寻求一种醉生梦死的境界，他几次有过身体飘飘然的感受，准确地讲是飘飘然的享受，醒来却头痛欲裂。或许，不再醒来，才能结束这不尽的噩梦？

在薇薇刚刚结婚之际，建军曾催促她和燕培到她亲生父亲李作的坟前祭拜。他本想在薇薇成家之后，让薇薇对亲生父亲李作有一个说法。也想把自己二十多年前对薇薇的承诺，借她的真实情感，向她的亲生父亲表白。同为当过兵的军人，同为战友，建军和陈川菊已经尽心尽力，把你的女儿养大成人。建军希望薇薇认祖归宗，并对这个已经支离破碎的再婚家庭，有一个阶段性的评价和总结。

薇薇虽然已经回乡祭拜自己的父亲，却并不想去湖北孝感归宗。对养育自己的继父，她不是说割舍便能割舍的。在自己的亲生母亲和继父之间权衡：妈，是自己的亲妈；而在她的心目中，这个养育自己二十多年的继父，从她7岁起，就是她感情上谁也替代不了的父亲。虽为继父，感情上超越亲生的父亲。取舍，就那么难？

再婚的家庭，既有血缘之间的牵绊，也有情感取舍的纷争！

建军和陈川菊住进了那间旧平房，那间小飞飞爷爷名下的租赁房。夏日白天暑热，阳光透过屋顶上的玻璃，能晒掉一层皮。冬日里室温最低时只有6摄氏度，刚刚炒熟的热菜瞬间冰凉。头顶上由水蒸气凝结的水珠，一滴滴地落在他们祖孙三人吃饭的茶几上。房间太小，已经再也容不下一个饭桌。

更何况室内不时会爬出老鼠和蟑螂，或是什么不曾见过也叫不出名字的虫子。有一次深夜，建军觉得脸上痒，开灯观看，只见一只一寸多长的虫子在床上爬，建军忙用纸巾将它盖住，又使劲用双手搓了搓，才将纸巾扔在洗手池里。建军从未谈及此事，他不想让小飞飞生活在一个让她害怕的环境里。

　　每逢周日下午，建军和陈川菊带着小飞飞来到这里，每逢周五下午，建军和陈川菊又带着小飞飞回到万丰路的那个大房子里。每个周五，都是小飞飞最快乐的期盼，因为她可以回到自己熟悉的生活环境，那里有她幼儿园的小朋友，更有她喜爱的玩具和上幼儿园时期的甜蜜回忆。

　　建军承担起爸爸的义务和责任，陈川菊承担起妈妈的义务和责任，小飞飞在"姥姥妈妈"和"姥爷爸爸"的呵护和教育中成长。

　　一年级，小飞飞的学习成绩在班里名列前茅；二年级，首批加入少先队；三年级是少先队一道杠；四、五年级是中队学习委员。小飞飞一天天地进步，建军在她身上倾注着全部心血。小飞飞，交上了一份让这个毫无血缘关系的姥爷老师欣慰的答卷。这也是让建军继续生活下去的重要动力，他还想多辅导飞飞几年。

　　建军的经验是，每逢寒暑假，都要求飞飞预习下一个学期的课程，让飞飞对下一个学期的知识点有一个大概的了解。

　　这个时期，他的身份只有两个，既是飞飞的好朋友，也是飞飞严厉的家庭教师！

第十五章　空巢，岂止一家的失落

　　人生混得好不好？工资收入多不多？老婆漂亮不漂亮？房子、票子、车子、儿子，乃至孙子，都是在这个不可思议的年代里，人们之间相互攀比的依据，甚至长寿也能成为左邻右舍嫉妒的资本。这是世俗的人们在竞争中迈不过去的坎。

　　吴云花深陷其中。吴云花的深陷其中，也深刻地影响老大建国的判断。说起来，建国的入党、提干，直至副处级退休，多少有吴云花潜在的作用。毕竟他们夫妻同在一个单位，或夫携妻，或妻携夫，也正常。而建国如《家》《春》《秋》里的老大的品质和性情，貌似顾全薛家大家族利益的大局，也不乏吴云花在背后的策划和指挥。

　　人人都会给吴云花唱赞歌，是因为她在这个研究所里的地位。能爬到警监的位置，难得。偏偏这个仕途一帆风顺的吴云花，在与亲人的相处中，与建军的处境相似。

　　她，也是吴家兄弟姐妹中的众矢之的。她是在任何亲友之间都要拔尖的，这或许是她的硬伤。

　　她不止一次给建军下马威，要体现她在薛家说一不二的地位。或许老大建国买账，建军却绝不买账。多少次叔嫂之间的不愉快，就源于根深蒂固的潜在观念。建军可以在兄弟之间退一步，但对于吴云花的咄咄逼人，建军不会退半步！还是那句话，兄弟情分要比夫妻的情分更重要。老大建国训斥他个底朝天，他接受。如果吴云花出言不逊，他绝不容！

吴云花曾煞费苦心地成立起一个亲友团。这个亲友团包括她的大哥夫妻、二哥夫妻、建军夫妻以及她的亲家夫妻。自然，这个团体的核心就是吴云花。隔个三五个星期要聚一聚，吃吃饭，爬爬山，偶尔再到外边的 KTV 轻松一下，也不失为找乐的情趣。但这个"亲友团"屡次发生状况。

首先是吴云花与她的大哥闹起矛盾，大哥退出亲友团；没多久吴云花和她的二哥又起纠纷，二哥也退出亲友团；那个时期，建军和陈川菊为家庭琐事闹到几乎要分崩离析的程度，自然也不会参与亲友团的活动。但让建军不解的是，吴云花作为吴家最小的妹妹，纵然使性子，霸道些，怎么会和她的两个哥哥都闹僵了呢？具体什么缘由，令人费解。

建国夫妻和建军夫妻也曾经四人结伴，有过为数不多的几次自驾游。吴云花也赞赏这两个已年逾花甲的兄弟的情谊，想到自己与两个哥哥之间的关系，她对薛家兄弟颇为羡慕，甚至妒忌，更有几分伤感。

让建军和陈川菊吃惊的是老大建国的亲家那两口子，倒真真正正地离了婚。女婿季霄的父亲叫季军，副军职退休；母亲叫历妮，正师职退休。就建军往日对他们夫妻的观察看来，只感觉历妮言谈举止乖张，虽然她的父亲属军队高级干部，曾担任某军区司令员，她却全无大家闺秀的教养，看来小时候就被惯出公主脾气。季军比较注重面子，祖籍甘肃，出身贫寒，且属于思想新潮的活跃分子。

季军当初对历妮的追求，后来已演变成对历妮的嫌弃。更何况退休后半年在北京生活，半年在兰州生活，早已将家劈成两半。兰州有一个叫纪晓燕的女人，他的心在那个女人身上。吴云花曾向建军和陈川菊谈起这个女人，毫不隐藏她对这个女人的好感甚至崇拜。原因之一，是这个女人很漂亮，气质和模样有些像影星刘晓庆；原因之二是这个女人有魄力，投资房地产业，身价上亿。就季军的婚变，吴云花为自己的外孙平平高兴。

平平有了一个身价上亿的新奶奶。

季军和历妮夫妻间长期感情不和，甚至将他们的矛盾多次暴露在亲友团所有长辈们面前，让他们的儿子季霄十分尴尬。

在陈川菊看来，是季军忘恩负义，他当初追求历妮，只不过是借助历妮父亲的军内地位往上爬，将历妮作为利用的工具，功利性太强。建军也有同感。此后，建军和陈川菊都断绝了和季军的联系。而陈川菊和历妮近十年里虽然联系不多，仍会在春节相互问候。建军每逢年节，也会提醒陈川菊，给历妮发一个微信。

季军在和历妮离婚后，很快和纪晓燕结婚。纪晓燕还邀请建国和吴云花到海南住了一段时间，海南有她的房子。让建军不理解的是，兄嫂居然欣然应邀。其实，建军更明白，嫂子吴云花几十年都在替哥哥建国拿主意。真不知糊涂的吴云花究竟是怎么想的。

季军再婚后不久，儿子季霄辞去在京一家外企部门经理的工作，跳槽到上海的一家外企任副总经理。表面上是为了前途发展再攀升一个格局，但实际上是对家庭变故的逃避。即使在节假日里回到北京，他也不过在母亲历妮那里吃上一顿饭，在岳父母家里吃上一顿饭便急匆匆地离去。

女婿季霄和女儿薛宁的心隔得远了，地域隔得远了。他们的婚姻走向，是吴云花最担心的事情。更何况从海南回来不久，她便和季军失联了，当然也和那个身价上亿的纪晓燕失联了。季霄辞去在北京蛮不错的工作去上海，莫非是季军的刻意操作？吴云花一头雾水。建国本不是一家之主，对季军颇有微词，倒也坦然，儿女之事，听天由命。

身为一家之主的吴云花，惶惶然。

吴云花向陈川菊吹嘘的那个纪晓燕的神话，就此闭嘴。此时此刻，自以为在薛氏家族中"排名第一"的她，才理解弟媳陈川菊曾有的艰难和困惑，才有些许的惭愧，才明白她的应变能力远不如弟妹。她甚至不明白，这个四川农村娃出身的陈川菊，怎么能和那个"五毒俱全"的建军混到今天？

建军与陈川菊在私下里也谈及此事，陈川菊坚决反对建军发表对侄女薛宁和侄女婿季霄婚姻的任何见解，叮嘱建军尤其不要在兄嫂面前提起。建军明白表示："我可以不谈，但可以明确说，我不看好。如果薛宁换作薇薇，'魔障'换作季霄，我会建议离婚。长痛不如短痛，难道非要耗着？俗话说，男人四十一枝花，女人四十豆腐渣，耗十年，把宁宁耗成豆腐渣？"

在判断力上，夫妻间不尽相同。建军以古论今，往往对现实社会的残酷看得更深刻。

陈川菊在心底里爱这个又抽烟，又喝酒，又有些花花肠子的男人，却又怕建军变脸，因为他是自己的男人。风风雨雨，她和这个酒鬼兼烟鬼共度三十年。4月23号，是他们的结婚30周年纪念日。这个酒鬼兼烟鬼带她走进一家首饰店，为她买了一枚戒指。

建军是有感情的，但又不是轻易动感情的人。然而有一幅漫画让他沉思良久。一对老夫妻，坐在露天的长椅上，刚刚吵完架。老男人怒火冲天，老女人也怒火未消。天上下着雨，老男人撑起一把伞，为老女人遮风避雨，而老男人任风雨打在身上。这是一种什么样的情？

在建军看来，绝不是爱情。是迁就、包容、隐忍。

而这个属于他们的30周年结婚纪念日，谁都不会记起。甚至连薇薇也不会记得，也只有他们俩还能够记得。

吴云花对季军的怒火按捺不住，终于爆发出来。在与季军和富婆纪晓燕失联后不久，女儿薛宁便哭哭啼啼地找吴云花商量，要卖掉位于望京的婚房。女儿要卖婚房？这让吴云花和建国大吃一惊，当即细问缘由。

据薛宁讲，老公公季军和新婆婆纪晓燕参与了一宗非法倒卖地产的交易，正在被检察院立案侦查。目前已经用全部资产去赔偿，仍有缺口约1000万元，想让薛宁卖房去补上这个窟窿。房本的产权人是薛宁，房子面积近百平方米，差不多也正好能卖出这1000万元。丈夫季霄也极力让薛宁卖房，救救他的老爸。

这件事太过重大，薛宁哪敢做主，季霄又救父心切，步步紧逼，这便诱发了小夫妻的不合。当薛宁谈及此事，吴云花勃然大怒："这季军想发财想疯了吧？这是我买的房，是让你结婚用的，不是去替他还债的！"

平日里极少动怒的建国也怒斥女儿薛宁。在这件事情上，往日霸道的吴云花和往日从不霸道的建国，态度都极为强硬。

夹在父母和丈夫之间的薛宁，心神不定。不多日，季霄便离开北京，开始了小夫妻聚少离多的日子。自然，小平平便完全甩给了建国和吴云花。

建军和陈川菊在家庭内部苦斗不休的阶段，吴云花曾经戏言，要看建军和陈川菊的笑话。苦斗几年，斗出个建军和陈川菊老两口带飞飞的结果。而建国和吴云花心高气傲，在和亲家父母百般周旋数年之后，也只能承担起养育平平的重任。面对女儿的婚姻前景，吴云花更担心。

薛家两兄弟性情截然不同，而晚年的生活，何等相似！

也有些不尽相似的，飞飞的优秀，让吴云花常常埋怨建国："你怎么就不能跟建军学学，多管管平平的智力开发！每周都上了不少课外补习班，钱也花了不少，怎么咱们平平就不如飞飞？"

不过，生气也罢，平和也罢，日子总要过，比完儿子比孙子，吴云花也确实累。坦率地讲，建军用在飞飞身上的心思，的确比老大建国用在平平身上的心思要多得多。建军已经没有了那些人情俗事的往来，小飞飞是他情感唯一能够寄托的地方。

饭菜总要吃的。建军每周都开车和陈川菊到四环外的一家永辉超市购物，已经成为规律。这家超市规模很大，离建军工作过的公共汽车八场不远。他们偶尔也和八场退休下来的老职工相遇。只不过，那时是领导和被领导的关系，现在都是退休的老同事之间的关系。即使认出来，也不过点点头，相互问个好，客气一番。

秋季中的某一日，又进超市。惯例是陈川菊直奔肉类和蔬菜，建军奔向水产和海鲜，然后在收款台附近聚齐。

虽然超市规模大，人也多，毕竟来过多次，很熟悉。建军用略微近视的眼睛正在挑选螃蟹，只感觉对面也在挑选螃蟹的一个女人在观望自己。建军没有在意，却见这个女人疾步走过来，一把握住建军的手臂，几乎是喊出声来："你是小薛！"

建军一愣，回转身来，也不禁应声唤道："你是冯丽！"

他们相互握着对方的手臂，许久没有松开。倒是身旁过往的顾客在观望他们的意外相逢，让他们多少有些不好意思。

能够称薛建军为"小薛"的人，为数不多。当初老八场车间的老金书记和老文主任，一直称建军为小薛，毕竟他们都是老一辈，比建军年长二十多岁。在这个超市里，将建军唤作小薛的冯丽，也已经鬓发花白。距建军和冯丽在"前门大碗茶"的相见，已经有将近二十年的光景。用得上一句老话，光阴似箭，日月如梭。

"小薛，你变化太大，我都不敢认了。"冯丽由衷而言。他们随意走到超市入口处的一家餐饮店坐下，那里清静些。

言语之中，建军了解到冯丽的儿子小雷也已成家，孙子由她的亲家照料，已经上小学五年级了。目前她和丈夫仍在公共汽车八场宿舍居住。

冯丽也问起毛毛的现况，毕竟她作为幼儿园的老师，带过毛毛四年。谈到这里，建军伤感，却掩藏下真实的思绪，只道："毛毛早就出国去了瑞典，在那里做生意。还好。"

冯丽连连称赞："这孩子，聪明，太像你！"

然而就是这短短十几分钟，冯丽却告诉建军一个意想不到的消息："舒霞死了！"

"她，怎么？……"建军一时有些茫然。

冯丽却极为平静，拂了拂已经花白的头发，坦然道："我曾经在心里也喜欢过你，后来我才听说你们的关系。舒霞在两年前独自去五台山，归来途中，在山路上出了车祸，车辆翻下悬崖。难道，你不知道？"

这让建军震惊，震惊之余他又陷入沉思。"莫非自己和舒霞曾经成为人们之间隐隐的传说?"

冯丽还特意提到当年八场幼儿园的所长小赵，一辈子未婚，至今还是独身一人。

两人的交谈，从相见的愉悦转入伤感。冯丽叹道："转眼四十年，奔70岁啦，都该放下了。"

与冯丽的意外相逢，虽然欣喜，但已经没有了二十年前临别拥抱的激情。将二十年前的刻骨记忆放到一边，只是一个男人和女人曾经有过牵挂。建军彻夜未眠。

听到"舒霞死了"这四个字，建军心里阵阵绞痛，却又不能在陈川菊面前表露出来。她真的死了？建军一次又一次地在心灵深处回忆起已经有近十年未见过的小妹妹，空留下回忆。

他和她，十多年的爱，绝不仅仅是性方面的相互满足，还有更深刻的内涵。这个爱，不是陈川菊能给予的。这是彼此之间认可的精神领域的融合，之所以这种畸形的爱未曾掀起波澜，是因为建军和舒霞都在竭力避免伤害对方，但却是在重重地伤害着自己。

舒霞佩服她的陈姐姐，她有自己的爱的底线。她绝不会计自己对建军的爱，影响到建军和陈姐姐的家庭。无性的婚姻长达三十年，这是舒霞感情上的死穴。舒霞已去，建军茫然。他不可能去还舒霞的梦，只有把她记在心底，或者希冀来生能够再相逢。

而对于冯丽，他好像欠她一份情，但毕竟时过境迁，他不可能再去还。而那个幼儿园所长小赵，更让建军唏嘘。"村里有个姑娘叫小芳"，或许小赵所长就是那个永远的小芳？

"舒霞在五台山出了车祸，莫非她已皈依佛门？她为什么一个人独自去五台山？"建军的泪只能悄悄地流，因为身边还有妻子在熟睡，他不能把自己心底的东西拿到台面上来。建军知道舒霞的手机号和家里的电话，但他不可能去拨通。任心中翻江倒海，只能把疑惑压在自己的心底。

他知道她的母亲田师傅葬在佛山灵园，她又葬在哪里？不会有人告诉他。对本来就不再留恋人生的建军而言，舒霞之死，倒让他又少了一份牵挂。他想到早晚都会在"奈何桥"上与舒霞相逢。

他在内心的最深处告诉舒霞："小霞，等着我。我们还会相遇。"

因为这个舒霞，他做过许多离奇的梦。甚至在梦中，他也会喊出舒霞的名字。

高速路上，已到泰安地界。老大建国和老二建军驶离高速路，在泰安县城的一家宾馆住下。这是兄弟俩从北京出发到宁海，又从宁海返回北京的最后一处投宿地。明天的这个时辰，已经各自到家，从出京到返京，兄弟俩已是第七天在外住宿，第八天也就结束了这个旅程。

因为是建国的卧车，以建国开车为主。行程中由建军代驾两个多小时，让建国休息，其他一应事务都由建军处置。

泰安，泰山脚下。兄弟俩在这家宾馆邻近的饭馆就餐。已过饭点，更何况这家饭馆并不在县城中心区域，紧邻高速路，显得有些冷清。或许是当地的风俗，饭馆里没有餐桌，只有几张茶几摆在饭厅里。兄弟俩坐着小板凳，在茶几上就餐，这也是兄弟俩在异乡就餐的一种体验。

这种体验，让建军想起父亲和功良叔叔各自坐在一个小马扎上目光相顾的瞬间。他们的照片是建军在爸爸和叔叔不经意间偷拍的，连随行的小毛妹妹也不知道。此时此刻，建国和建军也犹如此态，都是亲兄弟，且都已步入暮年。建军此时联想到老父亲临终的凄凉境况，觉得自己作为家庭成员，却不能在家庭内部起到应有的作用，有满满的无奈、伤心和愧疚。

"老大，明天就到家了，难得最后一次兄弟俩单独相聚。"建军心中也沉重，不知和老大说些什么好。他将服务员叫过来，道："小妹妹，我们老兄弟俩难得在一起，你帮我们照一张相，好吗？"

在泰安的这张照片，太像父亲和功良叔叔临终前的最后一张照片，连老大建国都意识到了。同为暮年的两兄弟坐着小板凳相视而无言。

"老二，宁海的事情都办完了，只剩下老太太房产的事情啦。我想把老太太的房子留下来，我给你补20万？30万？当然，100万，也可以商量。"

"是老妈的意思，还是嫂子的意思？"建军淡淡地问。

"谁的意思都不是，是我和你商量。"建国在观望建军的神态。建国提出这个问题，让建军感到有些突然。这些天日程安排很紧，建军只是忙于应酬乡情，也忙于将一路行程权作旅游行程，自然也要做好旅游的必备功课。更何况嫂子在老母亲那里打小报告，让老母亲隔着千里地域，在电话里把两个儿子都痛斥一番，让建军极为不悦。

"老太太还在，以后再谈吧。老太太留遗嘱，按遗嘱办，没留遗嘱，老太太百年以后再说。再说，老太太身体还好好的，现在谈这些也没什么意思。"听得建军的回答，建国好半天没有说话。

坦率地讲，第二代四个人几次同行的旅游，也去过不少地方，威海、开封、太原等。其间，也曾经谈到老父亲薛功瑾名下的这处房产。这处房产，二居室，90 多平方米。在建军的心目中，无论从兄弟情分还是今后使用方便的角度看，建军都有心想把这个紧邻老大建国的住宅让给哥哥。或许以后让侄女宁宁小家庭单住，十年八年以后，也便于照顾隔壁年迈的兄嫂。这个想法，建军从未向任何人表达过。

在建军看来，谈遗产为时过早。老父亲已逝，纵有千般思绪和不满，已成往事矣。老太太是亲妈，母亲还在，首先要考虑为母亲尽孝，虽然目前老太太自理没有问题，谁知道明天又如何？建军更担心老母亲的身体，而不是遗产。

如果，仅仅是如果，吴云花的煽风点火引发老妈的高血压，一旦出现意外，建军自然是个浑人。建军回避哥哥建国的问话，也有"骑驴看账本"的味道。更何况老父亲临终时，他对兄嫂不那么尽心也有成见。唯一能够谅解的理由，是自己办理了离岗休养，理应承担更多一些。

虽然建军回避了哥哥建国关于父母亲遗产的问话，但有一点，建军有这样一个底线，就是他不会让今后落到自己头上的薛家遗产落到毛毛和戴惠的手里。他对他们，已彻底失望。

对于生老病死，建军也看得透彻，建军在心里也有把这个房产归哥哥的想法，但老太太没走，孝老，是前提。更何况，老妈虽然现在安好，90 多岁的人，如果明天倒在床上，建军倒想再看一次吴云花的表现。也许，自己还活着，只要还有一口气，就是对老妈的保障，也是对吴云花的警示，让她不敢太张狂！

但现在谈遗产，让建军心寒。其实，在当今这个年代，丁克家庭并不多，失独的家庭也有限。只不过空巢老人，似成为普遍的社会现象。90多岁的老妈是空巢老人，老大建国和吴云花是空巢老人，自己和陈川菊也是空巢老人，女婿燕培的父母也是，还有季霄的老妈，等等。何其多也！

年轻的一代，在为自己争取幸福和快乐而奋斗，或许也会为了自己的好生活，有如红军长征后的"还乡团"一般，回来狠狠地咬上一口。

"老二，你考虑一下，老爸老妈的房产，咱们以后再说。"建国也明智。

相邻的房产，就地域讲，每平方米升值到近10万元。就市价而言，估价800万元已经不过分了。建国是按照吴云花的思路来试探一下建军的态度。其实兄嫂在老母亲住在这里的第一天起，就有这个念头。

老父亲在宁海的老宅已办理完所有的手续，兄弟俩回到北京，向老太太汇报，交差。看着这两个头发都有些花白的儿子，肖老太太也放心了。

不久，第一批拆迁款到位，老太太自作主张，两个儿子各拿20万，剩下6万，另行处置。老太太交代给老大建国，3万给福妹，还有3万给绿妹。老太太知道福妹病危，还特意让建国"速办"，争取能让福妹在活着的时候，见到她的大嫂送给她的这份心意。

老大建国历来忠厚老实，谨奉母命。

建军还有更深一层的不满，就是在老太太的户籍本上，又多了一个女孩的名字——薛雪。

毫无疑问，薛雪就是戴惠在博客上反馈出来的那个孕儿。这个女婴如何上的户口？显然，老太太和老大建国都曾经刻意隐瞒了这一段。联想到自己临出发去宁海时，建军让老太太提前准备好户口本，老太太表示不用管，她和老大准备好就好了。显然在瞒，这个瞒是针对自己的。

随他去吧！这是建军的无奈，他不可能去和自己的母亲争辩，只有忍了！或许老母亲仍在迁怒自己？他知道，他没有拿到自己和毛毛的血缘报告鉴定，一切都和母亲无从谈起，而想将这份报告拿到手，已经不可能了。这就是建军认定老母亲可能会留下遗嘱的原因，也是建军不愿和老大建国谈及遗嘱的原因。

建军对建国是迁就的，是弟弟对哥哥的迁就。听起来有些反常，一般多是哥哥对弟弟的迁就。

彼此迁就，的确如此。建军中风，导致他行为的协调能力已经非常糟糕。他有时候看着一些年轻人活泼的身影，会联想到自己 16 岁时当侦察兵的风采，联想到自己曾经在数万人的局体育运动会上得过跳高和跳远这两个项目的亚军和第三名。

建军已经感受到自己行动能力受限的悲哀，在半年前自己没有能力走下北京周口店猿人遗址的下山阶梯，扶着下山路旁的围栏而大哭时，悲从心中来，老了，完了！

老大的不知浅深的童心，让老二建军感到可怕。建国常常驾车和吴云花往来于威海和北京之间，常常独自驾车，而吴云花却认为正常而无动于衷。对于长途驾车行驶的危险性，兄和嫂，一个是不知天高地厚，一个是浑然不懂！

老大建国不服老的心态，让建军担心。在兄弟俩去往宁海的途中，他们曾经在江苏的一个景点逗留，照了几张相。老大竟然将背包忘记，丢在景点，十多分钟后才想起来。好在是清晨，人很少，那个背包还丢在湖边的路旁。背包里，是办理爷爷房产拆迁的所有文件。也就从那个时候起，老二建军开始负责保管老大的背包。

对于老大的不服老，建军曾经狠狠地敲打过哥哥。也就是那之后，建军不再让老大开车单飞。甚至，他还蛮横地要求自己的哥哥在没有备用驾驶员时不得独自开车出北京市郊。他知道这个要求只是空中的浮云，吴云花才是他们家里各项事务的主导。

很多次，建军都是违心地跟随老大建国去自驾游。这种违心，缘于建军对哥哥的不放心。建军多年从事公交的运营管理，知道事故就在一瞬间，他听到的和看到的太多。哥哥奔70的年纪，本应当有自知而不知。建军除了违心跟随，别无良策。

其实，建军的违心相伴，建国并没有意识到。建军在内心，也怨老大建国。自己的身体状况已经糟透了，还要和哥哥这个老顽童操心相伴。每日晨起，头昏昏然，总要糊涂几个小时。也曾就医，结论是脑供血不足更兼肺栓塞三期。建军知道，自己不会长久。但每当想起已经出版的《棠棣魂》，又觉得很欣慰。

人过留名，雁过留声，建军已经做到了。建军已经在中国乃至世界的文坛占据了一席之地，《棠棣魂》一书的文化交流，已到海外。

吴云花在建军和陈川菊面前极为自豪，她自豪的是置办了威海和海南的两处房产。面对吴云花的这种自豪，建军和陈川菊都不会附和。购买那两处房产，不过是吴云花满足虚荣心的行为。自己的哥哥建国，跟着吴云花的思路，走得太远，自己又能如何？

"仁义礼智信"，这是建军的想法和追求。老大建国对建军说的最扎心的一句话，建军仍难以忘却——"《棠棣魂》出版了，你也进了作家协会，这本书，这个作家协会的会员证，能当饭吃吗？"

老大变了，这是建军的想法。

给福妹和绿妹的6万元拆迁款，老大建国和吴云花都有不满，都认为给得太多了。兄弟之间倒没有议论过这件事，吴云花却几次和陈川菊私下谈及此事，埋怨老太太要自己的面子。

凡涉及婆家之事，陈川菊历来不多嘴，嫂子对婆婆不满，那就任由吴云花发泄，她也绝对不会表态和附和。这是她一个出身农村的女孩"不改初衷"的传统品质。

没隔几天，老太太和吴云花都分别接到薛绿妹的电话，无非是感谢大嫂肖淑兰和薛家的长孙薛建国、长孙媳吴云花，能够将拆迁款中的3万元赠予自己。

小姑绿妹的话，尤为让人动情："大嫂嫂，我长到今天，我爸爸妈妈都没有给过我那么多钱！"

建军在宁海没有给任何人留下通信方式，就连和自己谈得来的小毛也如此。建军的考虑：自己还能活几天？今天相见叙亲情，几多真假都在里边。自己如有缘再回故乡，又何必招摇？只是，他觉得自己的"大限"已经离得不太远了。

说实在的，建军和嫂子吴云花四十年来都处于一种不冷不热的叔嫂状态：不即不离，相互既有暗斗，又有妥协。说到底是兄弟情制约了这叔嫂之间的矛盾激化，吴云花偶尔也会表现出对建军的关切。

那是在十多年前亲友团从宁海返京的途中。建国、吴云花和建军、陈川菊同乘一辆卧车，老大建国在开车。刚刚驾驶了数百公里，建军也有些睡意。

"阿毛，来，侧过身，躺在我腿上。"吴云花欲将建军的身子扳过来躺下。躺在嫂子的怀里睡觉，毕竟有失体统，况且叔嫂之间还有隔阂。但能够说出这句话，也是吴云花对建军难得的关切。建军摇摇头。

好也罢，坏也罢，恩仇分明，这就是建军的性情。对嫂子吴云花，建军是看扁了的。多少次薛家的聚会，都是建军安排。理由只有一个，紫竹院地区没有餐厅。所以，一切薛家的聚会，都由建军去联系和落实。北京紫竹院地区没有餐厅的这个说法，建国也妻唱夫随。

建军曾对陈川菊道："她吴家的亲戚在紫竹院地区订个年夜饭，从来没有问题，怎么薛家订个饭就那么难？我想把老太太 90 大寿订在紫竹大酒店，就离老太太住处往北 300 多米，也让老太太明白明白。"

"你别胡闹，这一下你们兄弟俩不就闹僵啦？你这么做，他们的面子就丢尽了。还是咱们就近联系吧。"每逢老太太的寿诞，每逢春节，一大家子的事，都是由建军张罗。只是，任何形式或者是任何理由的薛家聚会，人已经越来越少了。陈川菊常常指责建军："你的思路怪怪的，总是和别人不一样。"

十多年前，家里的聚会都要摆上两桌，人满满的。或是季霄的父母，或是戴惠的父母，或是燕培的父母也会来凑个热闹，再加上那时健在的老父亲和侄儿亮亮。而今薛老爷子和建民、亮亮都已经走了；毛毛一家和建军闹翻脸，去了国外；建国和吴云花跟亲家不合，几年都没有来往；薇薇的老公公刚刚去世，婆婆的精神状态还没缓过来。

如今，满打满算超不过十个。更何况季霄常年在外，连小夫妻之间一年见面也不过几天。难怪老太太不住地叨念，这人越来越少啦。不过她也知道，两个儿子和两个儿媳能围着她转，也该知足了。

这种家族范围的人际状态，几年来相对稳定，也让这个大家族的生活平静了很多年。有的成员，有巨大变化，而有的成员，在熬日子。当然，首先的变化是肖老太太作为长者，虽能生活自理，也感到力不从心。其次，薛家的儿子和儿媳也是近 70 岁的年纪，都承担着养育外孙或外孙女的任务，都努力，身体大不如前。

老大建国每天都会去隔壁探视老太太，老二建军每周都会去看望老妈。吴云花也会偶尔带着小平平去老太太那里，而建军每次看望老妈，陈川菊都会提前备好婆婆爱吃的东西。

谈到薛家目前的第三代，宁宁为自己婚姻的前景而长期焦虑。毛毛是不是属于薛家的第三代暂且不说，何况也已经去了国外。他的所有信息，只有老太太和老大清楚，建军不知道，也不想知道。毛毛当上富翁，和他没有一毛钱的关系，他乞讨要饭，建军也不会再收留他。

老太太曾私下里很认真地问建军："阿毛，如果毛毛回来，你怎么想，怎么办？"

建军坦言："我不认识他。"建军语调平和，他对毛毛没有抱任何希望。

建军明知，毛毛和老太太，和老大都有联系。在他看来，且不说亲缘鉴定，毛毛和老太太、老大的联系，有着强烈的目的性，不过是为了老父亲留下的价值近千万的房产。

知子莫如父，知女莫如母。老太太也知道自己这个儿子的脾气，叹道："阿毛，我跟张秀萍也多次谈过家里的难念的经。张秀萍也给我拿出一个主意。我想弄明白一个问题，这处房子的归属，你想怎么办？都说百年，谁知道又能活几天?"

建军无言。老太太的想法,在建国和建军心里都是个谜。从替老父亲打过那场官司,建军在排队上,已经排在老父亲那里。他知道在小时候,老妈是最疼爱他的,那场替老爸打的官司,让老母亲对他耿耿于怀。

"阿毛,我不想多说。这间房子,还是给建国吧。你们兄弟俩找一家公司,估价,然后再一人一半,让老大把钱补给你。"建军不知道老太太说的是真是假,只是做了一个表态,这个表态,是真心的,"妈,我向你承诺,先保证孝字为先。我和建国如有利益纷争,毕竟兄弟情在,我会大退一步!"至于建军会退到哪儿,建军没有明说。

建军不知道兄嫂的胃口。老太太知道这个谁也把握不住的阿毛,毕竟也有担当。她心里有数,点到这个程度,阿毛会明白。

第二代管第四代,在薛家兄弟俩各自的家庭里成为常态。

第四代的孩子不用多说,飞飞是班里的中队委,平平在班里也是让老师喜欢的好学生。习惯"相互比较"的吴云花,却总是在责怪建国:"你怎么就不像建军。再多管管平平的智力开发。"

而让建军最宽慰的,是继女。薇薇从一个最普通、最底层的柜员做起,经主管科员,到所长助理,如今已经成为交通银行的支行行长。薇薇的进步让建军意外,更让建军欣慰。而那个八旗子弟的燕培,应了建军当初的预判,没什么出息。虽然没有进步,在女儿和女婿的二人世界里,也知道疼薇薇,薇薇在二人世界里,常常耍点公主脾气,燕培也能包容。

建军曾经问过女儿:"你对你的婚姻满意度是多少?"

薇薇答:"90%。"薇薇的答复,让建军意外。找了这么一个既没出息,又痛下毒手敢打老丈人的东西,居然满意度在90%?

薇薇笑道:"我的亲爱的老爸,现在的社会,不抽烟、不喝酒、不吸毒,能够踏实上班的人,有几个?"在谈到燕培的问题时,薇薇坦言,燕培脾气太大,人品不错,要不是性格上的浮躁,脾气不好,早就爬上去了。

建军却直言不讳:"是老北京八旗子弟的狗脾气,制约了燕培的发展。

敢打老丈人，也不是好鸟。只不过为你这个小家，我忍了，翻过这篇。"

"爸，您还记得这事？都十多年啦。燕培现在也挺尊重您和老妈的。"

建军冷笑，却无言。他不想说什么，但他知道，如果真的有那么一天，他根本不会指望女婿，也指望不上女儿。在病床上，能够给自己倒一口水喝的，是陈川菊。

薇薇毕竟是湖北九头鸟的种。九头鸟太聪明，九头鸟当然也包括戴惠。只不过，聪明的女儿和不择手段的戴惠，在情感的范畴，有太多不同的表现。

薇薇在填写入党申请书的时候曾经问建军："爸，直系亲属怎么填？我是应该填湖北，还是浙江？我的档案里有没有湖北孝感的东西？"

"没有。具体怎么填，你自己考虑。"建军不表态。建军和陈川菊都是党员，都填写过入党申请书，也知道入党申请书是人生的一份至关重要的档案材料。薇薇的意思很明确。薇薇答道："我对小时候的事，记不清了，还是填老爸的。只说生下来，因为是女孩，就随了妈妈的姓。"

这个瞬间，建军记忆深刻。薇薇长大了。她完成了一个女孩到一个女人的脱胎换骨，也真正悟出在人世间，她的妈妈一辈子也没有悟出的东西。可以说，建军和女儿的共同语言，更多一些。

建军看着女儿已经长出的鬓间白发，脑海中又浮现出舒霞每一次相见时的笑容，尽管有时候是舒霞违心装出来的。近三十年相识，那时候意气风发的她，尸骨在哪里？又有谁会料到她的离去？对于舒霞离去的痛，建军只能不动声色。

2018 年上半年，是陈川菊最为忙碌的时段，就在那个时段，大姐和老姐夫相继去世。在不到半年的时间里，她四次独自飞往重庆。女儿女婿要上班，小飞飞要上学，建军每天晨起因脑供血不足，都要糊涂一个多小时才明白过来。她独自去重庆，也不放心建军和小飞飞。

大姐和老姐夫在重庆的生存状况，已经成为陈川菊的一块心病。大姐老两口单独居住，一直是老姐夫照顾大姐，近两年老姐夫身体状况也很不好，他们从市中心的家宅里搬出来，双双住到养老院里。四次报病危，陈川菊四次独自去往重庆。

第一次单独去重庆，是陈川菊最纠结的。

"你早晨糊里糊涂的，让薇薇回来住一个礼拜，早上照顾你们？"陈川菊觉得还是女儿回来，会让建军接受。建军坚决反对，"薇薇刚刚提职当上支行的行长，总不能让她上班迟到。"

"让燕培早上过来，照顾你们，然后送飞飞上学，他再去上班？"建军也坚决反对。这个反对的理由，他不会说出来。内心里，翁婿之间已经谈不上什么感情，一切，不过是妥协之后的退一步。彼此多了些客气，建军在内心里，在感情上，都不会对他有什么期待。

"小飞飞怎么办？"陈川菊又急又恼。

"我扛着，大不了早起两小时。"建军也淡定。陈川菊叹了一口气，"随你吧。"

陈川菊住在与大姐和老姐夫的养老院相邻的旅店，便于随时照顾。每天早上六点半和下午小飞飞放学前她会给建军打电话。她担心小飞飞上学迟到，担心小飞飞放学时，建军不能按时去接她。

而每天早晨六点半，建军都会给小飞飞做好早餐，每天下午都会按时接回小飞飞，照顾好飞飞的晚饭和学业。一周后，因为大姐病情稳定了一些，陈川菊回京。

"建军，你每天早晨几点起床？"陈川菊问。

"有时候4点多，也许3点多？"建军的回答淡淡的。从建军淡淡的回答中，陈川菊感觉到这一个多星期里建军的不容易。她看到这个烟鬼加酒鬼的担当。

随之便是陈川菊第二次去重庆，她的大姐再次报病危，待她赶到重庆，大姐已经归西。陈川菊料理完大姐的后事，又和妹妹将老姐夫送到南充，安排在妹妹家里过渡一下。

人老了，不免遭人嫌。大姐和老姐夫唯一的女婿也还尽心，身为博士的女婿该办的事都办了，心也尽到了。如果让陈川菊说句公道话，大姐和老姐夫的这个博士女婿的毛病，和自己的女婿燕培有相似之处，只是屁话多，老姐夫也不爱听。

陈川菊怕老姐夫太过孤独，让妹妹和妹夫陪一段时间。对于妹夫，陈川菊是了解的。毕竟妹夫是老姐夫在部队里提拔起来的，转业后的十多年，在南充市委任组织部部长，都说这个妹夫和建军的关系是烟友加酒友，和建军的性情有几分相似，为人也实在。

本打算让老姐夫在南充过渡一段时间，待小飞飞暑期放假再把他接到北京来，让老姐夫到他曾经工作过的 301 医院去看看。没承想，老姐夫因身体不适，返回重庆，后被确诊为胰腺癌。这个消息，让陈川菊震惊。没奈何，她只好第三次返回重庆。在照料半个月之后，又担心建军和小飞飞，返回北京。第四次再飞重庆，她抱着奄奄一息的老姐夫，老姐夫在她的怀里永远离开了这个世界。

陈川菊父母早逝，大姐和老姐夫在她的一生中给予她如父母般的关爱，他们的离去对陈川菊而言是一个感情上的重大打击。她回到北京，扯着建军的衣袖，泪流不止，道："我只有一个妹妹了。"

陈川菊是拿得起放得下的女人，对于陈川菊情绪上的失控，建军能够理解。但他心里也有一番苦楚，"你终于知道你只有一个亲妹妹，殊不知我也只有一个亲哥哥。"

相互理解，谈何容易！

就在那段时间，建军曾经将飞飞的两张照片发给哥哥建国。一张是小飞飞四年级期末的学生手册，手册里小飞飞门门功课优秀，被评为"三好学生"；一张是小飞飞穿着校服，戴着"两道杠"坐在书桌前的学习照。发照片这个举动居然惹恼了陈川菊。

"你发飞飞的照片干什么？有必要发给他们吗？咱们过咱们的日子，他们的心里会有飞飞吗？"陈川菊之怒，让建军无法理解。如果再退下去，倒不如退得更彻底。

建军不想和陈川菊吵闹，忍了忍，咬着牙说："我错了！"

他不想吵架，在此时此刻，建军的脑海里又出现了一个念头：一个有社会责任感的作家，应当充分去揭露这个社会的种种矛盾，自己所经历的、所承受的种种，不正是反映现代人思想和生活的典型题材吗？曾经心灰意冷的他，将全部的希望和情感都孤注一掷地放在飞飞的身上，而面对陈川菊的霸道，他感到自己已经完全失去了自我，自己已经失去了自己的人生！

陈川菊霸道的挑战，挑战了一个男人的底线。

建军的文学创作欲望被彻底地激发出来！

他不想再吵闹，他要找一个清静的地方，用再创作出一部长篇小说的方式，证明自己无愧年轻时的文学梦，无愧自己身为作家协会会员的社会担当。同时，他也再一次失去了对陈川菊的信任。他似乎感觉到，该分手了！

用上夫妻之间吵架的经典台词——"你妈是妈，我妈就不是妈吗？"

几天的时间里，建军都在查询距北京较近的地区的出租房价格。他知道，找一个低租金又离北京不太远的地方安置下来，自己的退休金足够。他也知道，写一部长篇小说要付出的艰辛。

这个艰辛，也许会以婚姻甚至是生命作为代价。但是，他无悔。这是一种信念的力量。即使在人才济济的北京，作家协会的会员也不过万分之一，更何况作协会员多集中在大专院校。虽然只有七年时间坐在教室里，他对自己的创作也是自信的。如果放弃写作，意味着自己不过是一个靠吃退休金活着的行尸走肉。而更多的悲愤，是自己的创作年华，自离岗休养起，已经浪费了整整十年。

建军将离家出走，他把要与陈川菊暂时分居的想法告诉女儿薇薇，并告诉薇薇，小飞飞的学习习惯已经养成，他对于飞飞的学习已然放心。言谈之间，谈及未能确认毛毛的DNA，不禁老泪纵横。建军离家出走去写长篇小说的想法，让薇薇震惊，更震惊的是陈川菊。

最终，是小飞飞的眼泪挽留了建军，让建军心软了。

这个插曲，让陈川菊心里明白，建军不是她能够控制的，在建军的心里，自己的分量甚至不如飞飞。建军就是在那一天，开始了《天凉好个秋》这部长篇小说的创作。也就是从那一天起，建军的生活规律被彻底打破。

建军坦言，"我在拼命，再拼出一部长篇小说。这部小说，是自己内心涌出的真实。这个真实，是留给小飞飞的。"他的写作时间极为规律。每天下午从学校接回飞飞，他都会和飞飞有一番学习上的交流，直至飞飞晚上10点进入梦乡。看着小飞飞安然入睡，建军的大脑变成一片空白，那是建军驰骋思维的时光。建军常常写作至凌晨。第二天，建军到中午才醒过来。迷糊两个小时，又到该接小飞飞回家的时候。

陈川菊的脾气越来越坏，建军每天挨骂的次数也越来越多。陈川菊依旧照顾建军的生活，但彼此间爱情的成分荡然无存，亲情的显现更多了一些。

小飞飞对姥姥和姥爷情感上的依赖，是薇薇和燕培替代不了的。建军说过坦言，"在你们的女儿最需要你们的时候，你们陪伴飞飞了吗？这是你们永远也补不上的一节课。怎么补，下一节补，如果补不上，再下一节去补。或许要等到小飞飞今后为人妻为人母时，你们才能有机会补上。"

建军已有厌世的心态。他的哥哥建国，他的妻子陈川菊，还有他的女儿薇薇，莫非都没察觉？

老太太问建军："我听老大讲，你老去寺庙？不能一味信这一套，知道不？"

女儿薇薇却说："爸，你有什么想法，一定要跟我说！"

都说女儿是妈妈的小棉袄，女儿是爸爸的小情人。这个毫无血缘关系的继女，成为继父的暖女。没有血缘关系的女儿，偶尔给他的一个亲吻，也让他非常满足。而女儿给他的亲吻，又让他不知所措。毕竟，她太像她，他心里始终不曾忘记过。

晚年的建军，已经知道不应该企求什么爱情了，将自己的爱和被爱，都纳入亲情。而自己和陈川菊的相处，犹如左手牵右手，毫无知觉。

这种感悟，究竟是幸，还是不幸？

亲情自然是不会错的，他和陈川菊已然是亲情。在断掉自己与舒霞的退路时，他也知道对自己和舒霞意味着什么。他的脑海中时时浮现出舒霞的身影。

什么叫亲情？已经被岁月淡化的亲情又有什么意义？

他曾经深爱过川菊，也爱着舒霞。岁月随风飘去，已然只是过去的梦。

已然是过去的梦，让他想到如果他也躺在病床上，喘那么最后的几口气，谁会给他端过来一口水？绝不会是那个女婿，同样也不会是那个女儿。俗话说久病床前无孝子，那个恶狠狠地将自己打倒在地的女婿不会是孝子，而那个叫了自己六十年"爸爸"的女儿，在那个难忘的深夜，不分青红皂白地指责自己——"你为什么打我老公"的吼声仍在耳畔。

而陈川菊的企求，将现实中发生的事情归于建军的幻觉，仿佛一切都没发生过。

这一切，都历历在目。他希望自己活着的时候能够自理，若不能自理，倒不如死得干脆些，绝不能拖泥带水。

第十六章　肖老太太面对的一盘散沙

对于陈川菊而言，一辈子都在医院工作，临床多年，生生死死，见得太多。而面对亲姐姐和老姐夫的离世，陈川菊有些失了方寸。毕竟长姐如母，而老姐夫待她恩重如父。她 15 岁到北京，老姐夫身为军队高级干部的秘书，她的入伍事宜都是老姐夫代办的。

她能够熬到副师职退休，既有她兢兢业业的一面，也仰仗老姐夫当年将她特招入伍，给她打下根基。大姐和老姐夫在不到几个月里相继去世，也让她更为伤感。

依旧是建国每天都会到老太太这里请安，只是这个请安，老太太难得和老大建国说上几句话。更何况建国明白，老太太多少也有点怕建军的浑劲，老太太打小就喜欢老二，这是他童年的记忆。

每周建军都要给老妈打一个电话报平安，在半个月之内必去看望。或许是因为建军和陈川菊十多年对肖老太太付出的日复一日的孝心，或许是因为老太太为自己在建军最危难时扔下 500 块钱的绝情而愧疚，老太太此时和建军的家常话更多一些。

谈的内容，依旧是《红楼梦》里的《葬花词》，依旧是那个弯弯小河上的小船，依旧是日寇飞机的轰炸，依旧是 1949 年上海弄堂里如梦的一晚。建军在认真地听，母亲在认真地讲。而母亲却从未和哥哥讲述过这些。

《罗汉钱》，这是一部提倡男女婚姻自由的经典作品。老太太在 1959 年公安部科技实验厂的迎春晚会上演唱过，赢得雷鸣般的掌声。母亲不过是实验厂的临时工，她挑战了老父亲的底线。

她也曾想过离婚，但她不敢，也不可能。薛功瑾在公安部实验厂的大功匠的身份，是客观存在的。她也有过想入非非的"罗汉钱梦"，不过也只是个梦。婚姻自由虽然自新中国成立初期已倡导多年，但那是几十年之后女人的梦。可以说，老妈的意识形态过于超前，这是老妈人生中的悲哀。

在注重政治形态的北京，老妈追求的爱情，敌不过政治的需求。或许在新中国成立初期的大上海，老妈的小资情结能够站稳脚跟。这是老妈当初不到北京的另一番选择。如果老妈 1958 年不带哥哥建国和弟弟建民随父亲奉调进京——哥哥和弟弟，还有妈，命运又将如何？

女人，为了孩子，如飞蛾扑火！

时至 2019 年夏，据一些报刊统计，北京的离婚率近 50%！真离还是假离，建军不知道；这个统计是否准确，建军也不知道。起码，在很大程度上是因为房产纠纷。如果让自己和陈川菊离婚，自己也会同意，而不会设置任何障碍。建军深受《红楼梦》的影响，活着就活着，死了也不过枯骨一堆。还可以借用当年"红卫兵"的一句格言——"活着干，死了算"。

为了房产而结婚，或离婚，每个人都为了利益最大化做足了功课。

这种社会氛围，不仅是建军一个人的体会。房价暴涨十倍，数十倍，房产成为亲情、爱情和友情的矛盾焦点。

面对一生的坎坷，面对母亲曾经在自己脑卒中时要放弃自己的绝情，面对如今"左手牵右手"的麻木，他已然从不妄议国事，发展到不妄议家事。

老太太感觉到老二比过去乖多了，脾气也好多了，也意识到建军面子上的话多了，但几乎不谈真情实感。建军的宗旨，无非是五千年的"孝"字，这在他的血液里起主导作用。

老妈在，家就在。这是老大建国说过的话。建军最欣赏这句话，毕竟这是人间真谛。在老母亲搬到哥哥家隔壁的十多年间，建国坚持每天类似的请安，让建军佩服哥哥，十年如一日，能做到这一点，不容易。

建国对霸道的吴云花偶尔也有脾气。建军对那个貌似没有主见的哥哥的评价，并不准确。其实，老大建国有底线，也有主见。他在大家族的长子长孙的特殊位置上，小小翼翼地违心地追求平衡。他在维系家族的平衡，宁可自己受委屈。这点修养，建军明白，但建军做不到。

老二建军对老太太的不满，敢说出来，老大建国对老太太的不满，从未表露。陈川菊不愿参与薛家的事务，此时的吴云花欲挑战婆婆的权威，又怕和建军彻底闹翻。

虽然95岁的高龄，但老太太思维敏捷，也知道这个家里真正能办事的人是建军。在办事能力上，老太太知道处理难办的那些事，离不开建军。陪伴她十多年的那只小狗"小黑"，已经到了生命的尽头，如何处置，是当务之急。

现在的这个小黑，实际上是第二个小黑。第一个小黑，是毛毛和戴惠送给老太太的。那时的毛毛和戴惠，为了回到建军和陈川菊的身边，费尽心机。在1997年建军离岗休养时，老爷子还健在，只是已开始糊涂。第一只小黑送到老太太身边，无非是要讨老太太的欢心，也是他们盘算的第一步。

有老太太在，建军会听老太太的。正因为如此，毛毛和戴惠才能够回到建军和陈川菊的家，也才有可能与姐姐薇薇和安居在这里的燕培做一番"啃老的较量"。这个较量，无非是狗与狗的哄抢，比谁能在啃老上表现得更出色。

第一局，毛毛和戴惠赢了。那只小黑死了，是被车撞死的。毛毛和戴惠马上又送上一只才满月的小黑，这可以说是第二代小黑。

第二局，毛毛和戴惠输了。明明是想以舒霞为导火索，将建军赶出薛家，妄图确立他们在薛家的主导地位，却遭到薛家全体成员的声讨。他们步入婚姻的殿堂，是凄凉的，也足以让他们对建军产生刻骨的仇恨。

第三局，毛毛和戴惠卷走了卖房款项去了瑞典，将家里腾下来的各类物品寄存在老太太居住的二居室里，足足占据了其中的一间。那只刚刚满月的小黑，已陪伴老太太整整十年。老太太看到这只狗，自然也不会忘记毛毛。这第三局，还是建军输了？

"你以为我不想告诉你吗？东西堆满一车，老太太让我帮着从楼下搬上来！老太太的脾气你不是不知道，你都不敢较劲，我当老大的，更不能对着干。"老大建国也发牢骚。也许，无论是老大建国还是老二建军，对老太太的妥协、迁就、忍让，都助长了老太太的自以为是。

莫非，建国和建军，都错了？

吴云花更干脆，在一次为薛功瑾扫墓的途中，她提起老太太的住房，想听听陈川菊的表态。当时老大建国开车，老二建军在副驾驶位。

"你知道我们和老太太的住房是什么性质？是生产用房。只能继承，不能出售。市场房价虽然高，我们的房不值钱。名义上是经济适用房，要处理，必须原价卖给第四研究所。单价5000元，撑死40多万，还不如宁海的房子。"

大家都知道，吴云花惦记这个房产，从未断过念想。

吴云花滔滔不绝。陈川菊无语，建军无语，建国也无语。

扫墓归来，回到家里。陈川菊也不傻，自然明白吴云花特意谈起老太太房产的用意。她问建军："嫂子车上说了半天，我不便搭腔。你怎么看？怎么一句话都没有？"

"都是屁话。老大也一句话没说。连老大都觉得她太贪了，还用我表态吗？既然成为经济适用房，土地使用性质必然要做变更。"建军面无表情。几年来，除去对飞飞，他有欢悦，有笑容；面对其他所有人，几乎都是面无表情。

扫墓归家的吴云花，也在气势汹汹地责问建国同样的问题。"我说了半天，你怎么一句话都没有？"

建国也坦言："房产市值近千万，你总说每平方米5000元，让我怎么表态？如果兄弟间谈及遗产继承，你想给他补偿30万买下房产，他用100万补偿给你买下房产，你怎么表态？我也想留下这套房，但不能太过分。你别总以为老二浑，跟老三似的。老二讲亲情，有担当，该浑的时候他比谁都浑，该理智的时候，他一点都不糊涂。"

吴云花知道建国说的不假。无言。心底，却恨老太太不死。老太太健在，不会有结果。

只是老太太还健在，且不糊涂，第二代和第三代都将老太太高高地供奉起来。作为第四代的飞飞和安安，更是在建国和建军的言传身教中，对太姥姥有一种发自内心的崇拜。因为太姥姥是姥爷的妈妈，而且还隔了好几辈，这个家是四辈人，四世同堂。

10 岁的飞飞和 7 岁的安安，不懂人情冷暖。侄女宁宁却对叔叔建军抱有不满，无非是因为建军叔叔不把自己的妈放在眼里。在她的眼里，叔叔建军也不过是几十年社会的混混儿，"连老爸都是靠着老妈爬到副处级的职位，薛建军凭什么对老妈指指点点？又凭什么总要老爸听他的？"更何况她自己和季霄的婚姻也处于似离非离的地步，更有一股无名火沉重地压在心头。

这几年建军的家里倒还平静。建军曾在客厅问薇薇："你爷爷已经走了，他的遗产让你继承，你接受吗？"

"什么，湖北孝感？我不回去。"薇薇断然否定。

"我说的是北京的爷爷。"建军注视薇薇的眼睛。

"爸，我奶奶还在。奶奶怎么啦？"薇薇追问，反倒让建军一时无法作答。愣了愣，遂道："奶奶没事，毕竟都 90 多了。我说的是爷爷奶奶在公安部四所的那套产权房。毛毛惦记着，宁宁也惦记着。你的态度——？"

"爸，你不用说了，我明白。谁去争，我都不会去争。"薇薇倒平静，陈川菊从厨房疾步过来喝道："建军，你们薛家的事，别拿到这里跟薇薇谈，薇薇姓陈，不姓薛。"

陈川菊的表态，让建军和薇薇没法再谈下去。岂止是不能再谈下去，分明是提醒建军，薇薇和你们薛家没有任何关系。建军冷冰冰地看了陈川菊一眼，寒到骨头里。

薛家十年前曾经的貌似繁华，已经消退。曾经各自的小算盘都摆上了桌面，人人心里跟明镜似的。之所以还能在传统节假日里凑在一张桌上，多少有赖于建国和建军对母亲的孝，也有赖于流淌在建国和建军血液里的兄弟情。

老太太面对人越来越少的节假日里的大家庭聚餐，话也越来越少。晚辈们都把她供养起来，可是身体一年不如一年的她，也分明感觉到这是近年来，一场又一场散沙似的聚会，想说点什么，又不知道说些什么。她已经没有能力去影响任何一个晚辈。

相比较，老太太自我感觉还行。比起同龄人，也知足。更何况老太太的长寿成为下一辈人的榜样。面对一个又一个逝去的晚生，面对一个又一个靠轮椅生存的晚辈，她自豪且骄傲。她对自己有自信，活过 100 年。准确地讲，95 岁的她，离自己的最低目标仅仅还有五年。

而建军却在思索，老太太高龄且能够生活自理是福分。自己未来的五年又如何？或许是在轮椅上，或许是躺在病房里。或许，活不过五年？如果真的不能自理，倒不如体面地死去。

尊严，比性命更重要。

老太太、老大、吴云花、陈川菊，都不会理解。他们都梦想自己能再多活个三十年或五十年，乃至突破人类生存的极限。

世人皆醉，唯我独醒。而酒鬼建军不过是在这个歌舞升平的社会里，推崇"人要有尊严地死去"的异类。

长寿秘诀和暴富秘诀，充斥在社会的每一个角落，成为时尚和追求。

老太太的小黑在垂危之中，也在坚强而努力地活着，充分见证了"好死不如赖活着"这句话。它脱肛严重，爬行的每一步，都有血迹拖在地板上。两年前，"小黑"就险些病死，老太太花费了数万元救治它，很长一段时间都要往返于家和宠物医院之间，而每天在这条路上步行往返 3 公里，险些把这个当时已 90 多岁的老太太也送到黄泉路上。

老太太花费数万元挽救小黑的生命，未曾和任何人说起。老大建国也不曾知晓，只感觉老太太那几日有些不正常。无意中发现的一份缴费单据，让建国明白过来。当然，他的第一反应就是打电话。

"老二，老太太跟狗较上劲啦，狗病了，老太太的心思都在狗上，身体状况和精神状况都特别不好。"建军在电话的那一头，通过视频，看得出哥哥建国的焦虑。

"随意吧。按老太太的意见办。"但建军仍有想法。一条狗，老太太看得那么重，那么老爸连条狗都不如？

十年前，建军曾经驾车和老太太驶往西山，过戒台寺。把第一条小狗葬于潭柘寺旁边的松林，那条狗的陪葬品，是老太太的 100 元。

尽管如此，建军还是担心，老妈对小狗的心思过重，一旦小狗死掉，老太太能否承受？好在这个小狗最终又慢慢好起来，看似还能陪老妈过几年。这是建国和建军的心愿。

两个年近七旬的儿子，多次劝老太太放弃小黑狗，却毫无效果。老太太有她的主见。

陈川菊不满。"老太太怎么想的，都这个岁数了，还不知道照顾自己，反而去照顾狗狗？"

吴云花更不满。"这狗连肠子都带血，弄得臭烘烘的，以后怎么住人？"

两个儿子劝老太太不要再继续养狗，两个儿媳也在劝阻。劝和劝阻的原因各有不同。终于老太太的小黑熬到生命的尽头。老太太陪伴小黑度过了最后一个夜晚，从深夜陪伴到凌晨。十多年来，难得老太太第一次主动将两个儿子都唤到身边。

"你们找个好地方，去好好埋掉吧。"老太太一脸的肃穆，看得出失落和伤感。建国怎么想，建军不知道。毕竟老太太对这条朝夕相伴十二年的小黑，有割舍不断的情感。或许，因为这条小黑狗是毛毛给她抱来的，老太太在潜意识里，有对远在异国他乡的毛毛割舍不断的牵挂？

已经死去的小黑，被老太太包裹得很严实，建国和建军都不想拆开。"七九河开"，西郊山路旁，兄弟俩吃力地在冻土上挖出一个深坑。整个"葬狗"的过程被建军用手机录了下来，又传给建国。建国问："埋条狗，有什么好录的？"建军笑道："回去向老太太汇报，省得老太太不放心，以为咱们把这狗扔到哪个臭水沟里了。"

如今，建国和建军埋葬的是陪伴老太太的第二条狗，不知这条被包裹得很严密的狗，又有多少"陪葬品"。建军想，或许不会低于老太太在自己脑卒中时，甩给自己的 500 元。

建军在埋葬第一只狗时，曾说："我比这条狗强多啦！"而现在埋葬这个陪伴老太太十多年的狗，他自我调侃道："我可能还不如这条狗。"

建军对老太太的担心有些多余。老太太对小黑之死，自然是痛心的，但很快她就将情绪调整过来，偶尔还能下楼在社区的花园里独自散步，和认识她的晚辈聊聊天。当然，能够认识她并聊聊天的晚辈，至少也是 70 岁的人了。

每逢五一、十一、春节和元旦举行家庭聚会的惯例，已有十年。聚餐的地点多数是在老太太那个两居室里。慢慢地，参与聚餐的只剩下老太太、建国、建军、吴云花和陈川菊。这十年，这个大家庭是平静的，就如同建军的小家庭这十年的平静。

老太太常常自言自语："这人，都到哪儿去了？"

此时此刻，第二代这四个人，谁都不会应声。

即使第一代和第二代这五个人还能坐在一起，也改变不了老太太面临的这个大家庭已然是一盘散沙的结局。即使建军心血来潮，偶尔订个包间，将大家庭聚会安排在餐厅，也能从言谈举止上，分辨出大家庭每一个成员之间的感情上的亲疏。自然，建国和建军对老太太是最亲的，而老太太对每个人似乎都很亲，又不那么亲。

其实老大建国和老二建军最明白，吴云花和陈川菊也不糊涂。但谁都避而不谈。

建军有时极为理智，有时又极为意气用事。陈川菊与建军再婚三十多年，对他的评价是，"好的时候比好人还好，坏的时候比坏人还坏"。他的思绪一眨眼就不知道跳到哪里去了。建军极为推崇《红楼梦》这部巨著，但他的谬论也着实太多。

"你知道五千年文明和进步的推动力是什么？是权、钱、色和子孙。权、钱、色是个人当世的贪欲，而子孙是个人延续自身生命的本能。追求越多的权、钱、色，越能体现出这个人在阶级社会或阶层社会中的地位。面对小利益，亲友之间很容易各退一步，而大利益往往成为大家过不去的坎，也难怪有些皇子抱怨出生在帝王家。"

每逢建军喝两口二锅头，总有谬论。陈川菊便起身要去做家务，她不想听建军的醉话，偏偏建军又示意她坐下。"你知道为什么现在的亲情愈来愈淡，而且集中在房产继承上？很重要的原因是房产升值，成为天价！假设一个人月收入5000元，一年收入为6万，十年为60万，一百年为600万。要连续工作二百年，才买得起房。价值和使用价值严重不符，这是社会和亲情不能稳定的因素。"

陈川菊听了几句，道："屁话多！我刷碗去了。"望着陈川菊离去，建军深感夫妻交流上的障碍。尽管建军说的是"屁话"，陈川菊也明白这话有几分道理。建军看到陈川菊离去，也转身到晾台的沙发上坐下，点起一支烟来。本想借题发挥，听一听陈川菊关于继承父母房产的想法，陈川菊却总在回避。

虽说老父亲已去世快十年了，对属于老父亲的那部分遗产未做分割，但实际的继承权已经开始有了较量。老大建国在吹风，吹的是吴云花的风。吴云花在吹风，吹的是这个房产属生产用地，不值钱的风。说穿了不过想在父母都离世之后，拿出几十万元"意思一下"，而给自己留下近千万元的房产。

房产价值的巨大数额，让建军也有思考。这个思考，有点难。难点在谁都不知道老太太在想些什么，又想做些什么。毛毛卖房后的"携款潜逃"，已经彻底断了父子或根本就不是父子的情分，但建军明白，老太太和老大建国，甚至薛宁，和毛毛都有密切来往，当今网络的神奇和进步，让人惊叹。

而他们与毛毛的密切来往，都瞒着建军和陈川菊。在这点上，建军似乎已经被踢出这个大家庭的中心位置，或者叫被边缘化。老太太和建国、建军之间虽然母子或兄弟情分还在，但彼此都隔了一层，已经缺乏信任。

在大家庭的牌局上，老太太会打出什么牌，谁都不知道。但是建军隐约地感觉到，老太太对两个儿子都不信任，既指望着两个儿子在她病倒时能够对她全力照顾，拿房产作为诱饵，让两个儿子围在她身边，也想着将房产赠予毛毛和戴惠。老太太在玩走钢丝的游戏！

倘若如此，老母亲的自私，到了极点。

瞬间，建军意识到老父亲六十年情感生活的悲凉！他在反省，不只是反省自己，还在反省六十多年前，随父亲从上海搬迁到北京的这个家。一切虽已成往事，老父亲的严厉仍历历在目。自己也挨过老父亲的打，而此刻是自己该打。母亲对老大、老二和老三的爱，是抗衡父亲的筹码，借助儿子来实现对丈夫的抗衡。尤其是母亲对弟弟老三和侄儿亮亮的溺爱，是再明显不过的一个牌路。想到这里，建军欲哭无泪。

由此及彼，建军联想到陈川菊的三姐妹。在他和陈川菊结婚后的三十多年里，他深切感受到这三姐妹之间的深情。建军对陈川菊说："你们三姐妹没有重大利益的分歧。你们姐妹都在十多岁就离开了那个偏远的山村，各自走上入伍的征程，那个贫穷的山村，也没有什么财产值得挂念。这种没有利益之争的相处，保留下亲人和亲人之间原始的爱，这个爱是真诚的。"

而今，建军和老大建国面临重大利益的分割，不是她们三姐妹所面对的。在建军的思路里，是该退让。退！大步地退！退到哪一步又恰如其分？况且，退到哪一步，能让吴云花和陈川菊都能够接受？

临近五一，老大又在筹划开车出游，说是宁宁要带着平平去上海找季霄，这几天闲着没事，约建军和陈川菊一起出游。听到老大建国和吴云花约自己同行，建军就有一肚子的气。

很多次外出都不愉快。最明显的是前几年到威海。老大建国在威海置下了一个两居室。陈川菊从到威海的第一天，直至二十天后的返京，都是一行六个人的"保姆"。她曾在37℃的高温天气，独自在厨房里忙碌。汗水滴透衣衫，吴云花却将抽油烟机仅有的一点风源断掉。而当每个人都洗完澡，陈川菊还要清洗浴室。

更让建军看不过去的是，他们让已经三年级的小飞飞指导即将上学的平平学习。而每当平平答不出 10 以内的加减法时，吴云花却批评起小飞飞。建军难以理解吴云花的思维方式，莫非平平算不出算术题，要让小飞飞去承担责任？

小飞飞在威海的近二十天里，每天早晨的第一件事，便是自行完成老师留下的作业，随即便是完成"姥爷老师"布下的任务——预习下一个学期的学习内容。再下一步，便是早上 10 点多，头脑已经清醒过来的姥爷老师，会给她检查作业和讲解预习。

吴云花对平平失望的怒火，也曾发泄到老大建国的头上。"你看看飞飞写的硬笔书法！你能不能学学建军，好好管管平平？"哥嫂也偶有让建军看到的矛盾和口舌之争，历来吴云花占上风，这让当弟弟的建军非常不爽。

半年前，老大建国曾经约建军去河南。建军担心老大的身体状况，一再建议在近郊走一走，而老大建国执意去河南，说如建军不去，仍和吴云花二人同行。建军总不能让近七旬的哥哥独自驾车近千公里，只得违心答应下来。此行留下的后遗症是建军半年来的剧咳不止，建军的肺慢阻已达 3 级，每天晨起脑供血不足的症状愈加严重。建军虽然不迷信鬼神，但总觉得半年来的剧咳不止，似与参观秦陵地宫的浊气有关。

而此时此刻，老大建国和吴云花又在筹划出游，这让建军有苦难言。依然是建军自我的道德绑架，但是建军选择的是离北京不远的河北易水湖。路程近些，老太太身体稍有不适，他们也能立即返京。好在薇薇在京，即使有意外，薇薇能承担起来。说实话，如果老太太有意外，建军对薇薇有足够的信任。如今薇薇的能力和主见，绝不逊于吴云花和陈川菊。

这又是一次违心的旅程。也是年近七旬的兄弟，最后一次同行旅游。这次同行，让建军感受到生离死别的惊骇。

易水湖，数千年来，吟诵着不朽的诗篇。这是荆轲刺秦王的出发地。

"风萧萧兮易水寒，壮士一去兮不复还。"

更何况，建军的处女作就是《棠棣魂》，取材于聂荣聂政的传说，灵感也源于郭沫若先生笔下的《棠棣之花》。

聂政和荆轲，都是战国时期的著名侠客，都是悲剧性人物。提起易水，自然让人们感到悲凉。

也许被吴云花丑化为"吃喝嫖赌抽"的建军，或将成为所有薛氏家族成员甚至是宁海薛氏大家族的指责对象。建军心目中有个唯一的红颜知己，莫非就要被世俗征讨？

建军只想说，爱一个人，并不是一件容易的事。忘却，是绝不可能的事。真正爱一个女人，他会把对她的记忆带到棺材里。但是，他仍然要面对他的妻。这个妻，霸道到要灭杀他的魂灵，这个妻，又在关照他的起居和生活。他的心极度惶恐。

高速路上，仍是第二代的四个人，只是后排座位的中间，多了一个飞飞。行程早已安排好，清晨出发，两个小时到易水湖景区。晚上就近住宿，第二天再参观荆轲塔，返回途中就餐。这个安排不紧张，路程不远。

也可以算作常规的出游。和往日的常规出游相似，建国开车，建军在副驾驶位，陈川菊历来话不多。随着车轮的转动，吴云花的嘴巴也随之忙碌。取过飞飞双肩随行的背包，打开包将小吃取出来。又要说，又要吃，也真难为她。从老太太房产的不值钱，扯到女婿季霄对女儿的深情厚爱，从王家兄妹的亲如手足，又谈到对女儿婚姻前景的担心。

陈川菊只是附和着，建国开车无语，建军虽面无表情，心里却在冷笑，这一堆废话，哪一句是真，哪一句是假？

已经五年级的飞飞，坐在吴云花和陈川菊的中间，听着大姥姥的言谈，一脸的惶然。途中休息时，飞飞偷偷地问陈川菊："姥姥，大姥姥怎么那么能吃啊，她把我背包里的零食都快吃光了。"

陈川菊只是笑笑，她不可能当着天真的小飞飞的面去评价飞飞的长辈，飞飞虽然快一米四八的个头，毕竟还是一个孩子的心智。她拍了拍飞飞的肩头，道："有美食，大家都应该一起分享。在学校，你不是这样做的吗?"

易水湖景区，人山人海。因为五一期间免高速费的政策，这个偏僻的旅游景区的游客数量已经远远超出了景区的接待能力，景区内外一片混乱。

数千人购买了景区船票，在验票入口处挤做一团。

第十七章　千古易水的惊魂

易水湖景区的入口，数千人在排队，几只游艇往来于景区入口和主游览区之间，远远不能满足当日旅游者们的需求。秩序混乱，远远超出游客们的想象，建国和建军兄弟俩，让吴云花和陈川菊在前面，随着人流的裹挟，一点一点地蹭向验票口。

烈日和高温之下的煎熬，人们的情绪都有些愤怒，耳边和眼前，不时看到或听到人们不堪拥挤的争吵和谩骂。已经被人流裹挟，也不可能再退出这个被裹挟的人流，让建军倒吸了一口凉气。在随时有可能出现踩踏事故的状态下，建国和建军将吴云花和陈川菊、飞飞护在前面，一次又一次抵御后边人群的涌动。

最为拥挤的是检票口，建国和建军已经被人流挤断开，吴云花和陈川菊、飞飞已经通过验票。此时，同行的人有可能会因为验票而走散，此时的建军早已失去往日的恭让，示意哥哥建国随自己在人群中强行冲过去。

建军后悔，悔的是自己居然选中了易水湖这么不堪的旅游地，当然心里也在暗骂当地旅游部门的无能和不作为。冲过验票口，又是近一个小时在烈日下的排队，等待登船。这哪里是什么出来放松游览，简直是自找罪受！

待一行五人上船，建军才稍稍安心，但见建国的外衣都已被汗水浸透了。此时此刻乘舟于易水之上，让建军心底泛起阵阵凉意。

"老大，身体行吗？"建军问建国。建军虽有过中风，毕竟已经多年。这几年来自我感觉恢复得还好，哥哥建国从未吃过什么苦，起码在意志力上比自己差得多。在乘船之前的浮桥上，虽然是建国一直在搀扶着自己，建军却明显感到哥哥脚下的不稳。

"没事。"建国淡淡一笑。

上岸，到达中心岛景区。一片骄阳似火，难得有一点点的阴凉之处都被如潮的游人占据着。没奈何，一行五人便找了路旁的一处凳子坐下来。建国和吴云花撑起一把伞遮阳，建军撑起另一把伞给自己和陈川菊、飞飞遮阳。

已经是中午一点多，自然都先就餐。置身于人山人海的山路上，此情此景，游兴皆无。建军站在山路的石阶上撑着伞，照顾陈川菊和飞飞用餐，建国坐在石座上撑着伞，照顾吴云花用餐。建军远眺潇潇易水，既有感怀荆轲刺秦王的悲壮，更有聂荣聂政俱往矣的思古之幽情。

同为当年的刺客，出现两个不同的文学创作的版本。建军取出手机，录下易水，也以易水为背景，录下在骄阳下就餐的哥、嫂、妻子和小飞飞。他在录像中信口念道："这就是风萧萧兮易水寒，壮士一去兮不复还的地方。"

建军近年来胃口极差，在进餐中不过是喝了几口水，在陈川菊的强制下，再勉强喝了一点酸奶。不过哥嫂和陈川菊、飞飞食欲极佳，是他值得欣慰的事。37℃的高温，太热，身体要紧，几人当下议定，略在易水湖景区走走即返回。

老大建国已然沿石梯而上，建军示意陈川菊照顾飞飞，便去追哥哥建国。却见哥哥建国已经登上十多层阶梯，面无表情地扶着路旁的栏杆，满身是汗，面色惨白。待建军走到近前，建军分明听到建国吃力地说："老二，我不行了！"

本以为追上老大建国只是为防止走散，但哥哥这一句话让他惊心。他知道，哥哥的性情，从来不开"愚人节"的玩笑。建军见旁边有一片阴凉，便将哥哥扶了过去。没承想，刚到那里，建国身子一歪，便倒了下来。事出突然，建军扶着建国的臂膀，建国已经半躺在地上。陈川菊冲了过来，和建军一左一右地扶住建国。

"大哥！大哥！"陈川菊急切呼唤，只见老大建国毫无反应，牙关紧咬，面无血色，嘴唇发紫。"快，救心丸！救心丸！"

建军忙从腰间取下腰兜，甩在地上，将随身携带的急救药盒取出来，把速效救心丸递到陈川菊手里，陈川菊扳开大哥建国咬紧的牙关，将速效救心凡塞进他的嘴里。建军和陈川菊一左一右，都在摸着建国的手腕，为建国把脉。建军隐隐摸到建国似有似无的脉动，而陈川菊却没有摸到。

"不许睡觉！坚持！把眼睛睁开！"建军连连吼叫。事发突然，建军和陈川菊相视，谁都没有说话。陈川菊还在摸脉搏，在观察心脏状况。

建军对手足无措的吴云花道："嫂子，快去，看景区有没有医务站？"

"医务站在哪？我找谁？"吴云花已经乱了方寸。陈川菊将建国胸前的衣扣解开，腰带松开，示意吴云花扶住老大的身后。她将近处的保安人员唤来，并让保安和景区负责人联系。不多时，几个警察和保安带着担架赶到。警察的想法是由保安人员抬担架下山，再开警车将患者送至就近的镇卫生院。建军和陈川菊略商议，陈川菊坚决反对此时用担架将建国送下山，并明确要求就近的医疗机构速到现场抢救。

陈川菊的理由是病情不明，大哥需要静缓，贸然用担架抬下去的颠簸，是大忌。陈川菊说到这里，建军已然明白。薇薇的生父是脑溢血突发，院务部的战友心急如焚，背起李作跑到抢救室，方法不当，这是陈川菊永久的痛。

老大建国的意外昏迷，让建军揪心。莫非继老父亲离世之后，又一个亲人要离去？三兄弟，莫非上天仅仅留下自己于人世？又如何向90多岁老妈交代？他心如刀绞，又不能有任何表露。

建军既然和陈川菊的意见一致，况且陈川菊就是医务人员，建军没有再和吴云花做更多的解释和说明。他自作主张，和警方交涉，请求警方迅速联系医务抢救人员到现场。警方积极照办。其间，也有自称是医生的游客关心，让建军加大对患者速效救心丸的剂量，也让建军感动。

"喂，快摸，有一点！"建军示意陈川菊。陈川菊也在号脉，又迅速将五粒速效救心丸塞进老大建国的嘴里。十分钟以后，但见建国深深地吐出一口气来，建军和陈川菊看见建国吐出一口气，稍许放心。建军知道，自己的哥哥命不该绝，从鬼门关回来了！

湖面上飞速驶来一只快艇。快艇上有两名穿白色工作服的人。这两名医护人员拨开人群快步冲过来。吸氧，测血压，此时的血压为低压 40，高压 70。但不管如何，老大建国发紫的嘴唇，颜色已经缓解一些。又过了半个多小时，建国的状况明显好转，在警察的安排下，一行人乘快艇返回验票处，又随出诊医生乘急救车到镇卫生院观察治疗。到卫生院，建国的心电图已正常，血压也恢复到低压 60，高压 100 的程度。

"怎么办？还要观察吗？"吴云花凑过来问陈川菊。

"目前看，不会有危险，捡回一条命。发作太突然，还是有问题，应当全面检查一下才好。"陈川菊仍心有余悸。

"嫂子，去结清医药费用。立即返京。"建军表态。

建军驾车，速返北京，只为了离开那里，回到医疗条件较好的北京，毕竟那个山沟沟的镇卫生院和北京的医疗资源不能相提并论。令人意外且惊喜的是，建军驾车经京石高速到达北京时，老大建国的精神状态已明显恢复。

易水惊魂，把同行的人都吓得不轻，刚刚好转一些的老大建国却调侃道："你们知道什么是利用公共资源？警车开道，救护车横行，让你们体验一下。"

"刚缓过来，差点把命搭上，就别牛啦。"建军道。建军开车，不多时已进五环路段，心才略略踏实。

"找个地方吃饭，都又累又饿的。"建军道。吴云花和陈川菊都表示赞同。那个饿极了的小飞飞欢呼雀跃，连连呼喊："吃大餐啰！"

一行五人走进离建军家不远的天外天烤鸭店，在餐桌上，建军和陈川菊依然惊魂未定。甩开腮帮子的是吴云花和飞飞。毕竟一场大难，建国虽然笑语不断，但那是做给弟弟建军看的。老大建国没吃两口，建军和陈川菊也不过喝了几口疙瘩汤。

在吃饭时，建军给老太太打了个电话。在兄弟俩去宁海的那个阶段，兄弟俩都会在天黑下来之前，给老太太报个平安，省得老太太惦念。

"建国，听川菊讲，五棵松大集换了个地方，明天去？"吴云花在示意建国。

"行，明天。上午还是下午？"建国问。听得老大建国的答复，建军差点把鼻子气歪了，心里凄凉，没想到哥哥刚从鬼门关转了一圈，就这么甘心当妻奴。

吃罢饭，建国执意自己开车回去。二十分钟后，建军打通了老大建国家里的电话，接电话的正是建国，建军才放下心来。

这一日的易水惊魂，让建军和陈川菊都一宿未眠。

"幸亏你带着速效救心丸。你告诉大哥，以后随身必备。再有，去年就昏倒过，该好好查查。"陈川菊心有余悸。

而建军对吴云花的放肆，嘴上没有说破，心里更是耿耿于怀！

人的生死，不过在一口气之间！喘过这口气，便活着，喘不过来，便是阴阳两隔。建国在易水，虽然是逃过命运的一劫，建军却有着沉重的心理压力，他似乎更看透了生命的脆弱以及生命存在的不确定性。

他后悔，自责，竟然推荐了这么一个"壮士一去兮不复还"的不吉利景点，幸亏老大建国命大！

顽强和脆弱，这是生命的两重性。

此时的建军已经入魔，全身心投入那部《天凉好个秋》的小说创作。每天晚上 8 点开始写作，或许到半夜，或许到凌晨。因为心脑血管方面的病和长年酒精中毒的缘故，他很少能够在中午以前清醒过来。烟和酒陪伴着他的思绪，他的创作灵感，多年来都是借助酒精的作用。

飞飞偷偷看过姥爷的平板电脑，也随时向陈川菊汇报，"姥姥，姥爷已经写了有 10 万字啦"。另外按照妈妈的要求，小飞飞每天清晨都会把姥爷在夜里写的东西发送到妈妈的邮箱里。这是薇薇嘱咐她的。

"飞飞，姥爷写的东西很重要，一定要保存下来。发到妈妈的邮箱里，就丢不了啦。"薇薇知道年迈的父亲是用心血在记录着不曾忘却的往事。陈川菊也曾经看过建军的手稿，她知道，建军是在借文学创作，回顾坎坷的一生，抒发自己的情怀。

往事历历在目，薇薇的心中也有委屈。眼前的这个父亲，毕竟不是亲生的父亲。在十年前家庭矛盾激化的时候，她也曾受到继父严厉的指责。这个委屈，她藏在心里。

"小飞飞，姥爷是了不起的人。他是你的姥爷，更是你的老师。你一辈子都不能忘记他。"

"我知道，姥爷是作家。姥姥，你知道吗？作家特别了不起。我就随姥爷，我特别爱学习。"这是小飞飞的话。但是，无论是与建军度过夫妻岁月三十五年的陈川菊，还是喊自己爸爸三十五年的女儿薇薇，都在谈及人类遗传基因时惶惶然。

"小飞飞，你的基因来自谁？"建军曾笑着问飞飞。

"像姥爷！是姥爷的基因。"每次，都是薇薇快人快语。建军知道女儿想隐藏一段历史。

近几个月来，建军时常感到心口一阵阵疼痛。他隐隐感觉到，时间不多了，起码，要拼出来初稿！如果拼出初稿，即使有意外查出癌症什么的，有几个月的时间进行修改也足够。

尽管如此，身心疲惫的建军又不得不考虑一个涉及薛家的重大问题，就是老父亲和老母亲那套房产的继承问题。当然，绝不是建军为自己的利益做铺垫，而是公证上的难点。

讲还是不讲？建军犹豫了很久。

按照现行的法律，法定继承人应当是建国、建军和建民三人。建民去世，建民之子亮亮为代位继承人。但如何证明亮亮已经病故？亮亮的死，死亡证明书在哪里？更何况亮亮的婚姻状况如何，是否有子女？只有通过建民的前妻小惠来做证明。

建国和建军都拿不出来相应的法律文书，更不可能让小惠配合做遗产继承公证。

怎么办？唯有老太太留下遗嘱，跳过这一层，直接分配房产。建军放下平板电脑，沉思良久。他知道，如果能够说通老太太，立下遗嘱，薛家子孙自然遵照老太太的意见办。无非是兄弟之间，建军让一步，寻求能够让吴云花占够了便宜，陈川菊也能认可的办法。

说不通老太太，那这套房产就可能成为薛家子孙的矛盾焦点。都跟乌眼鸡似的瞄着，建军也烦。如果老太太不留遗嘱，第二代解决不了，第三代处理起来更难。建军把这个意思告诉哥哥建国，建国也认同。只是涉及让老太太立遗嘱的事情，会惹到老太太的痛处。老太太的最低目标还有五年，这五年，你们就等不了？

建国不敢去碰老太太的钉子。

"算了，我去说。我明天上午 10 点去看老太太，你也过来听听吧。别叫嫂子，薛家的事，咱们兄弟俩和老太太说。"建军的这个意思，建国也赞成。

第二天上午，不到 10 点，建军便来到老太太的家里，和老太太谈到涉及房产的一些现行政策，并希望老太太能够留下遗嘱，作为日后继承的公证材料。尤其谈到亮亮作为代位继承人的时候，建军断言小惠将是障碍，小惠绝不会配合继承公证，这将成为日后过不去的一道坎。

在建军向老太太讲述继承遗产常识的时候，老大建国也过来旁听。老太太也明白了建军说这番话的意思。

听完建军的话，头脑清楚的肖老太太对建国和建军说道："我想明确表达两点。第一，这个两居室的房产，已经更名在我的名下。这个房子，我拥有百分之百的产权，我说了算。曾经建国垫付过十多万的尾款，我也早已还给建国。第二，毛毛和戴惠的两个孩子的户口，是我同意迁入的。你们兄弟二人无权将毛毛和戴惠的两个孩子的户口迁出去。"

听到这里，建军生疑。老父亲没有留下遗嘱，法定继承的程序尚未实施，怎么就能将房产更名到老太太的名下？建军不知情，老大建国知情吗？或许，是老大建国迎合老太太，不仅自己写下放弃继承父亲遗产份额的书面承诺，还替自己写下放弃继承父亲遗产份额的书面材料？

老太太在两个儿子面前的强硬表态，让历来听话的建国一言不发，也让历来不那么听话的建军难以理解。在建军的心里，禁不住画上一个问号，莫非老太太瞒着两个儿子，早已立下遗嘱？

如果这个问号成立，老太太的遗嘱必定早已到了毛毛的手里！建军不想让90多岁的老妈尴尬，更不想刺激自己高龄的母亲，他若无其事。自己在这个家族里的被边缘化，再一次让他失望，就如同十年前自己患脑卒中时的感受！

第二天，建国打来电话，说老太太明确拒绝写遗嘱，还说涉及房产继承的事情，老太太让建国和建军去找小惠交涉。建军闻言，不免长叹。

薛家，完了！建国和建军对母亲"孝"的迁就，让老太太为所欲为。这个已然不再繁华的大家族，四分五裂。四世同堂，即使维持下去，不过是表象。

如果不是河北易水的惊魂，如果不是感悟生命的脆弱，如果不是兄弟情分的深厚，如果不是源于对母亲"百折不挠"的孝，建军绝不会提出让母亲写遗嘱。这个念头刚刚冒出来，就被老太太一棍子打回去。

建军在发给哥哥建国的微信里曾经写道："老妈和老爸的婚姻，是一个错误的婚姻。这个错误的婚姻，将深刻地影响到第三代乃至第四代。我作为儿子，无权评判父母的对与错，我只能沉默。"

面对建军在微信里说到的这个沉重的话题，建国并没有回应。

半个月之后，建国又给建军来了微信，道："易水没玩好，让你和川菊、云花都挺扫兴的。你挑地方，补一回？要不，报个旅游团去日本？"

建军愕然。半个小时之后，建军终于发过去这么一段话，"我的身体状况极差，已经不能再考虑随团旅游。你们的行程，自行安排"。

这个回复，其实就是建军对哥哥邀请的拒绝，他以后再也不会去迁就建

257

国，易水之游是亲兄弟最后一次同行。这个没有回应，是哥哥比自己把家事看得更透？

迁就得太多了。建军对哥哥的迁就太多，建国对弟弟的迁就也太多。迁就，就是情，这是近七十年的情感的总结。建军在十年前，曾经收到建国发来的一张照片，那张照片大约是 1953 年在上海照相馆照的。

1 岁多的建军抱着一个皮球，依偎着 3 岁的小哥哥建国。那是老大带老二，老二带老三的年代。老三从没有让老二带过，倒是建军依稀记得小时候追随老大，却跌进弄堂的排水沟里，是老大把自己拉上来的。兄弟情深。

如今，建军真的觉得自己老了。没有这个能力了。

他想放弃了，全都放弃了。

老太太未来的五年，是老太太追求的生命长度底线，她在追求人生百岁的目标。未来的五年，建军已经熬不过去了。20 多岁完成一个长篇且出版，对建军来说已是一个奇迹，再完成一个长篇小说《天凉好个秋》，对于近 70 岁的建军，也可以称之为梦。

他和老太太各自追求的五年会如何？他用一部长篇小说来和命赌。

拼，只是建军对命运的挑战。这个挑战，让建军如同赌徒。短短半年，成稿近 20 万字，建军用烟和酒相伴自己的每一天，寻求创作上的激情。陈川菊在观看一个北京电视台采访一个作家的节目，那个作家说，长篇写了两年，还没写完。

陈川菊问建军："一个 20 万字的长篇需要多少时间？"

建军无语。

"写作，真的要灵感吗？"陈川菊问。

"是的。"建军不想多说，毕竟陈川菊不过是一个医务技术干部，不会理解文学，更不会理解一个文学创作者的苦衷和创作的艰辛。

建军的创作，伴随着与飞飞的陪读，是在小飞飞的爷爷那间市中心的破旧平房里进行的。

陈川菊也快 70 岁的年纪，终日只感觉累。

　　"你能不能顾一下家里，只有这么一间小屋，开着大灯到半夜，甚至到凌晨，我和飞飞谁能踏实睡下？再说，你这种生活方式，早晚会出问题！你那个破玩意能不能放下！"挨骂太多，建军有愧，却又停不下来。

　　而小飞飞也在模仿着姥姥的口吻，声讨姥爷。"姥爷，你知道怎么生活吗？早睡，早起，身体好。又喝酒，又抽烟，你就不能学学太姥？太姥都快100岁了！"

　　建军每逢此刻，都会笑着给飞飞一句赠言。"你的话，不像话！人活着，要有价值。人过留名，雁过留声。你会给这个社会留下什么？"

　　短短六个月，建军完成了《天凉好个秋》近20万字的文学创作的初稿，也和出版社就这部书的出版达成意向。他知道，自己已经完成了历史使命。

　　出版已然谈妥。建军明天再去正式签订出版协议。当建军从出版社回到家里的时候，只觉得阵阵头晕，昏昏沉沉，眼前有如雾状的东西在飘来飘去。好在拼出来的作品已经搞定，心中喜悦。吃晚饭的时候，又喝个半斤，胸口发闷，便回屋躺下。

　　又累又困又乏。躺倒在床上，建军在似梦似醒之间，只觉得心里被压上一块大石头，压得他喘不过气来，不一时这胸痛愈发加剧，建军捂住剧痛的胸口，终于渐渐地缓解过来。

　　他似乎想喝一口水，薇薇走过来，似乎又被"魔障"叫过去，飞飞走过来，却仿佛又被薇薇叫过去。

　　此时的他，只觉得身体轻飘飘的，像是被一片祥云慢慢地托起，在空中飘浮着，漫天的红光将他眼前的世界照得通红。突然，这祥云飞速升腾，建军仿佛被一个巨大的黑洞吸引进去，只觉得黑洞在旋转，他闭上眼睛在黑洞中睡去，永久地睡去。

第十八章　生命延续中的尾声无止

薛建军走了，享年 68 岁。在人们疯狂追求物质利益和追求长寿秘诀的时代氛围里，他是异类。他也饱受从宁海到杭州，从杭州到上海，从上海到北京众多薛氏家族成员的诟病和批判。尽管这个家族，在事实上已经不存在了。

"太年轻了。"认识他的，和不认识他的人，都由衷地说。

但毕竟在生命的延续中，还有无止的尾声。

按照建军生前早已和陈川菊商议过的"不留墓碑，骨灰撒掉，不通知任何亲友"的遗愿，他的后事极为简单。飞飞太小，办建军后事的那天，陈川菊让燕培照看她，没有让她参与。参与建军后事的只有陈川菊、薇薇和老大建国。

他的妻子、女儿和哥哥，是他临终的牵挂。当然，还有一个妈，是亲妈。谁都知道，他更牵挂的是与他毫无血缘关系的小飞飞。他的精神境界里，小飞飞延续了他的生命。

骨灰撒在玉渊潭，是他几十年来的心愿。

> 驿外断桥边，寂寞开无主。已是黄昏独自愁，更著风和雨。
>
> 无意苦争春，一任群芳妒。零落成泥碾作尘，只有香如故。

这首《卜算子》，是南宋陆游的千古佳作，也是建军最喜欢的宋词之一。

料理完建军的后事，陈川菊也已经对世事心灰意冷，她常常在家里独坐，性格也有了大的改变。为了不去回忆她与建军近四十年的婚姻往事，她与大哥建国极少联系，慢慢也就没有了来往。

如风如雾的光阴，转眼又是五年。她这五年的心思都放在了小飞飞身上。

这天，在老大家门口的紫竹酒店里，张罗着一桌喜宴，那是老太太的百岁寿宴。豪华的包间里，百岁的老太太被 13 岁的重外孙平平吃力地扶上正面的主座位，吴云花已患有轻度痴呆且因足疾不能自如行动，乘轮椅被女儿薛宁推进包间。已经 76 岁的建国虽然行动有些吃力，好在能够自理。

在此期间，薛宁发现丈夫季霄在上海早已和一个女人同居数年，离婚已不可避免，只是尚未达成财产分割协议。

建国望着百岁老母亲的自得的神情，望着满头白发的吴云花，望着女儿宁宁脸上的哀愁，再望望外孙子平平眼中流露的惶恐，他强打起精神，取过一个大大的生日蛋糕，摆放在老太太面前，端起酒杯，大声道："来，祝老太太百年大寿，干！"

同一天，在瑞典的一家餐厅里，也有曾经混迹于薛氏家族的成员在庆贺。庆贺一家四口人，改中国国籍而成为瑞典公民。这就是毛毛、戴惠和他们的一儿一女。他们的儿子已经 17 岁，女儿也已 12 岁了。

毛毛和戴惠都在笑，得意地笑。因为在昨天，毛毛终于拿到肖老太太的亲笔手书遗嘱，肖芬兰的所有遗产，归毛毛继承。这份遗嘱，通过戴惠的表姐和老太太秘密联系，而成功地转交到毛毛和戴惠的手中。

只是，毛毛是不是薛家的种？在肖老太太的眼里，那不是事儿。

二十年如一日，每天给肖老太太请安的老大建国，对此却一无所知。

对于已经死去的建军已然万事俱空，但对仍旧日复一日伺候肖老太太的建国和吴云花并不公平。更何况还有一个曾经孝敬婆婆近四十年的陈川菊这个儿媳。

该怎样评价这个"百岁寿星"？又该如何评价薛家数十年的家风？

在庆贺老太太百年大寿后的第二天，老太太无疾而终。作为薛家第二代的三个兄弟，建军和建民已逝，唯有老大建国来操执后事。建国将一辈子感情不和的老母亲和老父亲葬在凤凰山的同一个墓碑下。明知父母一辈子不和，却要合葬。无奈的行为，不容建国去选择。

吴云花已老年痴呆，刚上初中的平平向老师请了一天的假，要陪着姥姥。毕竟他的亲爷爷季军和亲奶奶历妮连一天都没有养育过他，他心里只有他的姥姥和姥爷。

送别老太太的，只有心碎的建国和因为婚姻矛盾而心神不定的女儿薛宁。在已故的父母的墓碑前，建国呆呆地立着。回想起 1958 年父亲举家北迁，如今只剩下孤独的自己，他几次落泪。这座凤凰山陵园，留下了父母和老三建民。老二建军魂归玉渊潭，自己也已暮年，又向何去？

在建军去世后的第十五个年头，薇薇也办了一场喜宴。喜宴的缘由，是小飞飞已经通过论文答辩，取得硕士学位，即将赴瑞典领事馆工作。今天中午之前赶回万丰路，去看望年迈的姥姥。26 岁的小飞飞，已经成为一个意气风发的青年学者。

乖外孙女转眼成大姑娘，这个舍不得的外孙女，不知道又要嫁给哪家郎。

只不过，陈川菊仍在独居，自从飞飞上了大学，在校住宿，她自己便一个人住在那个空荡荡的大房子里。行走不便，她生活还能自理，虽然亲家均已过世，薇薇也多次说要回来共住，便于照顾，但她不愿和女儿女婿住在一起，有代沟。每个周末，小飞飞都会回来，那是她最快乐的时光。她在等，等小飞飞。其实，那个小飞飞早已成为大姑娘，比陈川菊高出一个头。

薇薇和燕培很早就在家门口的那个天外天餐厅，包下一个包间。盼，盼女儿的归来。女儿执意要先见姥姥。薇薇和燕培心里都明白，在小飞飞的心目中，最亲的是姥姥和姥爷。在小飞飞的成长过程中，姥姥付出的最多。

薇薇的耳畔，仍响起继父十年前的诚恳相劝，"薇，不要怪飞飞不跟你们亲近，你们缺了人生中的一课，这一课永远也补不上"。

既是相逢的欢聚，也是离别的相送。

飞飞来了，她冲过来扑在姥姥的怀里。准确地说，是长大了的飞飞将年迈的陈川菊抱在怀里！毕竟，82 岁的陈川菊，步履已然艰难。薇薇和小飞飞搀扶着陈川菊，来到天外天餐厅的包间，菜品燕培都已点好。在其乐融融的就餐中，小飞飞表示姥姥岁数大了，应该让爸爸妈妈和姥姥同住，去照顾姥姥。

小飞飞的话，在陈川菊和薇薇、燕培的眼里，是圣旨。陈川菊和薇薇、燕培都高兴。在座的四个人都眉开眼笑。小飞飞转身从随身携带的提包里取出一本厚厚的书来，呈放在陈川菊的面前，道："姥姥，这是我姥爷写的书。去年，我替姥爷出版的。"

陈川菊老眼昏花，薇薇一手夺去。

"飞飞，这本书的手稿一直在妈妈这里保存，你怎么会知道？"薇薇很惊讶。

"妈咪，我姥爷走的时候，我都六年级啦。我知道姥爷写的东西很重要，我单独用 U 盘拷下一份。"已经成熟的飞飞平静地述说着。

"你什么时候知道姥爷不是你的亲姥爷？"薇薇追问。

"飞飞，你姥爷的书名叫《天凉好个秋》，你怎么把书名改了呢？"陈川菊问。

"书上写的什么？有爸爸的事情吗？"燕培追问。

面对连连的追问，飞飞笑笑，却道："已经过去，是过去的故事了。"

的确，都过去了。

飞飞只陪着她的姥姥住了一个晚上。像小时候一样，飞飞睡在姥姥的被窝里。第二天，小飞飞走了，她即将飞往瑞典领事馆，她有她这一代人的生活和追求。

陈川菊老泪纵横。女儿薇薇和女婿燕培又回到身边，仍然住进二十多年前为他们新婚安排的那个房间。

只是那间书房，留下幼年小飞飞曾经的奶香。如同当年 50 多岁的陈川菊，曾经放飞了女儿薇薇，如今 80 岁的陈川菊，又要放飞外孙女小飞飞！如梦，转眼数十年，格局又如薇薇刚刚结婚的状态。

如今，薛建军早已逝去多年，已然没有了多余的继父。

此时此刻的女儿和女婿，也到了快退休的年纪。夜深了，那个没心没肺的燕培早已熟睡，薇薇轻轻地走到妈妈的房间，像童年的小薇薇一样钻进母亲的被窝。陈川菊推开薇薇："去吧，明天还要上学，早点呼呼！"

陈川菊说话的语气，像是在对小飞飞讲话。薇薇茫然，她轻轻地站起身，唯恐影响母亲的安睡。在母亲的卧室门前，她默默地站立了许久。

"晚安。"她轻轻地说。

夜沉沉，在沉沉的夜色里，无论是白发苍苍的陈川菊，还是白发爬上鬓角的薇薇，都知道，明天仍会升起一轮新的太阳。这一轮新的太阳，不属于年迈的陈川菊，也不属于薇薇。

这一轮新的太阳，属于小飞飞，也属于小飞飞他们这一代人……

作于 2018 年 11 月 29 日至 2019 年 6 月 28 日

后　记

　　笔者以近百年的回顾，描述了一个普普通通的薛家大家族的历史。通过这个大家族和这个家族中每个小家庭的风风雨雨，深刻地折射出社会道德和家庭观念在近百年来的深刻变化。社会思潮和人们的价值观随着社会的发展，又将向何处去？相信每个人都会思考。

　　但笔者相信，每个人的思考又会各有各的不同。

2019 年 7 月又及